Knaur.

Knaur.

Über den Autor:
Jean Lemieux, 1954 in Iberville (Quebec/Kanada) geboren, ist Allgemeinarzt und Schriftsteller. Zwischen 1980 und 1982 war er auf den Iles-de-la-Madeleine als Arzt tätig. Nachdem er 1983 um die Welt gereist ist, ist er 1984 auf die Inseln zurückgekehrt, wo er bis 1994 geschrieben und gelebt hat. Seit 1994 wohnt er wieder auf dem Festland in Quebec, der Hauptstadt der Provinz Quebec.

Jean Lemieux

Todeslied

Roman

Aus dem Französischen
von Anna Krantz

Knaur Taschenbuch Verlag

Die kanadische Originalausgabe erschien
unter dem Titel »La lune rouge« bei
Les Editions de la courte échelle inc., Montreal.

Besuchen Sie uns im Internet:
www.knaur.de

Deutsche Erstausgabe März 2008

Umschlaggestaltung: ZERO Werbeagentur, München
Umschlagabbildung: Corbis/Don Hammond/Design Pics
Satz: Pinkuin Satz und Datentechnik, Berlin
Druck und Bindung: Clausen & Bosse, Leck
Printed in Germany
ISBN 978-3-426-63132-4

5 4 3 2 1

Ich gehe nie zu Bett, ohne daran zu denken, dass ich vielleicht (auch wenn ich noch so jung bin) am nächsten Morgen nicht mehr leben werde ...; und dennoch kann niemand, der mich kennt, von mir behaupten, ich sei bei meinen Gesprächen bekümmert oder traurig ...

Wolfgang Amadeus Mozart

Phyllis Dickson hat mir am Telefon Bescheid gesagt.
»Thomas, deine Mutter ... Man hat sie unterhalb der Klippe gefunden.«
»Selbstmord?«
»Ich weiß nicht. Es geschehen seltsame Dinge. Gestern Morgen ist Charlene Collins an derselben Stelle ertrunken.«
Charlene Collins ... Ihr Gesicht taucht aus dem Nebel längst vergangener Kindheitstage auf. Ich habe sie seit Jahren nicht gesehen. Meine Mutter ist heute Morgen gestorben. Besteht eine Verbindung zwischen den beiden Todesfällen? Ich beherrsche mich, werde aber gereizt. Ich muss aufbrechen, mich um die Beerdigung kümmern, um den Schriftkram und um das Haus, das winterfest gemacht werden muss. Susan stützt sich auf einen Ellbogen, ihr Leib wölbt sich unter der Bettdecke. Meine Gereiztheit nimmt zu und verwandelt sich in Zorn. Meine Mutter unterhalb der Klippe ... Einen knappen Monat vor der Geburt ihres ersten Enkels hat man sie getötet.
»Wer hat das getan?«
In Phyllis' Stimme liegt Furcht. Ich hatte geschrien.
»Das weiß niemand. Die Polizei ist hier und befragt alle.

Deine Mutter kam gegen Mitternacht, als deine Großmutter Eva starb. Da hat man sie zum letzten Mal gesehen.«

»Großmutter ist gestorben?«

»Ihr Herz hat versagt.«

Meine Großmutter Eva Patton lag schon viel zu lange im Sterben. Deshalb geht mir ihr Tod nicht so nahe. Das Vergnügen, von Mamas Tod zu erfahren, ist ihr also erspart geblieben.

Ich bin nachmittags losgeflogen. Susan bekam Angst, ihr Baby vor meiner Rückkehr zur Welt zu bringen. Seit meiner Ankunft auf den Inseln bin ich ein Gegenstand der Neugier. Ja, ich bin Thomas Patterson, der Sohn der Krankenschwester, die man heute Morgen tot auf der Île d'Entrée gefunden hat. Schauen Sie mich an, ich sehe ganz normal aus. Mein Bruder ist in Neuschottland eingesperrt. Die Blutsverwandtschaft hat nichts damit zu tun, meine Mutter ist Engländerin aus England. Vor dreißig Jahren kam sie über Saskatchewan auf die Île d'Entrée, blieb hängen und kehrte nie wieder in ihre Heimat zurück.

Seltsames Schicksal. Mit dem Fotoapparat um den Hals hole ich mein Gepäck und bahne mir einen Weg durch die Menge. Ich nehme ein Taxi und komme gerade noch rechtzeitig im Hafen von Cap-aux-Meules an, um auf die Fähre zu springen.

Kleine Wellen schlagen an die Planken des Schiffes. Es heißt, in den letzten Tagen habe schwerer Sturm geherrscht. An Deck erkenne ich die Brüder und die Schwester von Charlene Collins. Sie umringen ihre Mutter, die sich in einen Mantel aus Wolfspelz gehüllt hat. Meine Tanten und meine Cousins Patterson wärmen sich in der Kabine auf.

Sie sprechen mir ihr Beileid aus. Ich wage nicht zu fragen, ob sie Großmutter oder Mutter meinen. Robert und ich gehörten nie zu dieser Familie. Man hat uns geduldet. Papa zuliebe.
Etwas abseits unterhält sich eine junge Frau mit einem Matrosen auf Französisch. Zu ihren Füßen steht ein Koffer. Das muss die Krankenschwester sein, die an Mamas Stelle treten wird. Die Leute brauchen sich endlich nicht mehr über Gladys Patterson zu ärgern.
Es ist lange her, dass ich die Insel im November erlebt habe. Das wogende Gras ist gelb. Ich laufe vom Kai nach Hause. Randy Aitkens holt mich mit seinem Jeep ein. Mit seinem Zweitagebart sieht er irgendwie seltsam aus. Ich fotografiere ihn in der Abenddämmerung des Novembers, und er lädt mich zu sich ein. Die Polizisten haben leuchtende Absperrstreifen um das Haus gespannt.
»Die paar Klebestreifen werden mich nicht daran hindern, mein Haus zu betreten.«
Randy beobachtet mich und grinst. Schließlich gibt er mir recht. Er grinst, aber er macht sich Sorgen. Immerhin ist er der Bürgermeister. Bestimmt ärgert er sich über all diese Leichen in seiner Gemeinde. Aber vielleicht ist das gut für den Tourismus. Man könnte ein Schild aufstellen *Todesfelsen.*
»Thomas, es tut mir leid um deine Mutter.«
Scher dich zum Teufel, Randy. Schert euch alle zum Teufel. Ihr habt sie *die alte Königin* genannt … Randy, die alte Königin hat sich die Klippe hinuntergestürzt. Sofern sie nicht irgendjemand hinuntergestoßen hat. Oder alle sie hinuntergestoßen haben.

»An der Tür ist ein Vorhängeschloss«, warnt er mich. »Wegen der Ermittlung.«
Randy, ich liebe dich trotzdem. Erinnerst du dich, wie wir dem alten Sam die Kaninchen gestohlen haben? Du weißt, dass ich auf jeden Fall in mein Haus komme. Mach deine Arbeit als Bürgermeister. Klingelt es in deinem Spatzenhirn? Wer hat die beiden Frauen getötet? Kann man auf dieser Insel leben, solange hier ein Mörder frei herumläuft?
Ich sage leise:
»Charlene ist tot … Das muss dir sehr wehgetan haben …«
Sein schmerzerfüllter Blick ist mir vertraut. Als Kind brachte ich ihn zum Stolpern, wenn er auf dem Eis ganz allein auf den Torhüter zusteuerte.
»Sei still!«
Seine Augen glänzen. Ich stelle Fragen. Gestern Morgen, am Tag nach Halloween, hat Borden Welsh Charlene Collins am Fuß von Cap d'Enfer entdeckt. Heute Morgen haben sie Mama aus dem Wasser gefischt. Sie ist irgendwann in der Nacht gestorben. Keine Spur, abgesehen von einer Silberkette, die Charlene gehörte und die in Mamas Küche gefunden wurde.
»Ich wusste nicht, dass Charlene zurückgekommen war …«
»Sie hat sich seit dem Sommer um ihren Vater gekümmert. Und noch was: Doktor Robidoux ist einen ganzen Tag lang in der Hose vom Hochzeitsanzug deines Vaters hier herumgelaufen.«
»Was hat er hier getan?«

»Der Sturm hat ihn aufgehalten. Er hat ziemlich merkwürdig ausgesehen.«
Ich verabschiede mich von Randy. Es ist fast dunkel. Der orangefarbene Fries am westlichen Himmel erleuchtet die Fenster im Erdgeschoss. Ein neues Vorhängeschloss verwehrt mir den Zutritt. Ich nehme den Weg meiner Kindheit – über das Dach des Windfangs klettere ich durch das Fenster in mein Zimmer. Wie ein Dieb dringe ich in das verwaiste Haus meiner Mutter ein, in das Haus, das Großvater Patterson Anfang des Jahrhunderts gebaut hat, damals echter Luxus, ein einstöckiges Haus, Giebel in alle Windrichtungen und die Wände aus Zedernholz von Neuschottland. Heutzutage ein malerisches Haus für zwei Personen, das die Touristen in der Sommersaison eifrig fotografieren. Es liegt am Ende der Welt. Wenn man am Ende der Welt wohnt, braucht man nur einen Schritt zu machen, um ins Leere zu fallen. Auf der Île d'Entrée ist die Erde flach. Beim ersten Windstoß kann man sich vom Leben verabschieden.
Mama ging an der Klippe entlang, und eine Bö aus Nordwesten drängte sie gegen die Felsen. Als ich klein war, schlang ich mir meinen großen Wollschal um den Hals und legte mich in den Wind, wenn Sturm herrschte. Robert begleitete mich. Er war zu leicht, der Wind warf ihn um. Er legte sich ins Gras und sah mir zu. Ich streckte die Arme aus und lehnte mich an die Mauer aus Luft, die mich stützte. Der Wind stützte mir brüderlich den Rücken. Ich lag in spitzem Winkel zum Boden in der Luft, bis ein Umschlagen des Windes mich zu Fall brachte. Robert lachte, atmete die rauhe Luft ein und saugte den Regen auf, der

ihm die Wangen peitschte. Es muss angenehm sein, sich vom Wind umbringen zu lassen.
Das Zimmer ist unordentlich. Das Bett ist nicht gemacht, auf dem Teppich liegen Kleider und Zeitschriften. Auf dem Nachttisch steht ein leeres Glas. Die Schubladen der Kommode sind aufgerissen, die Wäsche ist zerwühlt. Die Polizisten haben alles auf den Kopf gestellt. Die Armen waren sicher ziemlich aufgeregt. Seit Menschengedenken sind das die ersten beiden Morde auf den Inseln. Mama räumte seit ein paar Jahren nicht mehr ordentlich auf. Nur das Erdgeschoss war immer picobello – wie zu Papas Zeiten. Oben herrschte das Chaos. Ich mache Fotos, und ich würde am liebsten heulen. Warum ist sie aus England weggegangen? Warum hat sie sich hier vergraben? Wer hat ihr die Gnade erwiesen, sie zu töten?
Das Erdgeschoss liegt im matten Neonlicht der Küche. Alles pieksauber. Papa lächelt unter seinem Barometer. Und da ist das Hochzeitsfoto. Der junge Bill Patterson, die Wangen vom Whisky gerötet, schwelgt im Glück. Neben ihm, fast genauso hoch gewachsen wie er, die Schönheit mit den dunklen Augen, die Königin der Insel, die Stute aus Saskatchewan, Gladys Hadfield, die Krankenschwester. Hinter ihnen ein Karren, eine Hausecke und ein klarer Septemberhimmel.
Ich habe Hunger und schneide mir seltsamerweise tief in die Hand, als ich einen Apfel schäle. Im Haus herrscht Stille. Ich setze mich in den Schaukelstuhl, die Hand in ein Geschirrtuch gewickelt. Die Insel zündet ihre Lichter für die Nacht an. Woran denkt ihr, ihr guten Leute? Wem von euch zittern die Hände? Schaut ihr heute Abend fern

oder versammelt ihr euch in den Küchen, um die Ereignisse zu kommentieren? Das Haus der Collins schmiegt sich an die düstere Seite des *Big Hill*. Im Atelier von Timmy Collins brennt Licht. Ich werde in den nächsten Tagen bei ihm vorbeischauen.
Ich blute immer noch. Ich muss die Krankenschwester in der Ambulanz anrufen.

1

Ein kleines Zipfelchen

Ich kenne deine Werke. Du bist weder kalt noch heiß. Wärest du doch kalt oder heiß! Weil du aber lau bist, weder heiß noch kalt, will ich dich aus meinem Munde ausspeien.

Offenbarung, 3,15–16

Doktor François Robidoux machte eine Bestandsaufnahme seines Büros. Nichts Wichtiges mehr. Sein Arbeitstag war zu Ende. Am Horizont zeigte sich bereits die Nacht. Der Ostwind, der seit drei Tagen um die Inseln fegte, warf die Fluten unentwegt gegen die Klippen, die das Hospital säumten.

François Robidoux war sechsundzwanzig und sah aus wie zwanzig. Seit der Abreise seiner blonden Ginette Beauregard, genannt Gigi Bengale, erregte er das Interesse der Mädchen auf der Insel. Er trug sein kastanienbraunes Haar sauber gescheitelt, besaß eine athletische Figur und kleidete sich mit Vorliebe sportlich, er hatte graue Augen, eine glatte Stirn, rosige Wangen, die vor Gesundheit strotzten, und entsprach ganz und gar dem Ideal eines Jungen aus gutem Hause, wie es sie in Outremont oder Haute-Ville häufiger gab. Er wäre ein Durchschnittsmensch gewesen, hätte sich hinter seiner bürgerlichen Verpackung nicht eine einzigartige Mischung aus Arglosigkeit und Misstrauen, Gefallsucht und Egoismus verborgen.

Er wollte schon nach Hause gehen, als er sich an Jolicœurs Anruf erinnerte. Er begab sich eilig ins Gesundheitsamt. Die Flure waren menschenleer. Er traf den Koordinator, der seine Überstunden zum melancholischen Geräusch des Putzmann-Besens machte.

Der dickbäuchige, schlampig gekleidete vierzigjährige Alain Jolicœur, der eine allgemein bekannte Leidenschaft für Poker besaß, machte seinem Familiennamen keine Ehre. Mütterlicherseits war er ein halber Bürger Havre-aux-Maisons'. Daher rührte sein scharfer Verstand, seine Nörgelei und seine Stimme, die einen Ochsen hätte um den Verstand bringen können. Von seinem Vater, einem stämmigen Packer, der ständig in den Kneipen Limoilous herumhockte, hatte er alles andere, darunter auch sein soziales Bewusstsein.

»Ach, François! Ich habe gar nicht mehr mit dir gerechnet!«

Da Alain Jolicœur sowohl sein Patient als auch sein Mannschaftskamerad bei den *Dinosauriern* von *JFT Electrique* war, machte sich François Robidoux einen Spaß daraus, auf der anderen Seite des Schreibtisches Platz zu nehmen. Die Rollen waren damit nicht vertauscht. Er musste warten, bis der Madeleiner mit dem dicken Hintern ihm den Anlass für dieses Treffen verriet.

Im Büro des Koordinators illustrierten Bilder, Grafiken

und Generalstabspläne den Kampf zwischen Krankheit und Gesundheit. Selbst der Schreibtisch diente als Kriegsschauplatz: Links lag ein Apfel mit einem Biosiegel, und rechts, inmitten eines Friedhofs von Kippen, eine brennende Zigarette. Jolicœur zog regelmäßig daran, mit ebenso viel Vergnügen wie Abscheu.

»Ich möchte mit dir über eine heikle Angelegenheit reden. Du fährst doch bald auf die Île d'Entrée?«

»Sobald das Wetter es erlaubt.«

»Es geht um Madame Patterson …«

Jolicœur tat einen kräftigen Zug an der Zigarette und wartete auf die Reaktion des Arztes. Doch François Robidoux hüllte sich in Schweigen.

»Wir haben Beschwerden über sie erhalten. Sie hat die Grenzen überschritten. Der Bürgermeister hat mich informiert. Unter vorgehaltener Hand tuschelt man, sie sei für diese Arbeit zu alt.«

»Man kann sich gar nicht vorstellen, dass es jemanden gibt, über den die da drüben sich einig sind.«

»Aber wir wissen Bescheid. Es sind ziemlich schlimme Dinge passiert. Sie hat ein sechzehnjähriges Mädchen angeschnauzt, weil es eine Abtreibung vornehmen lassen wollte. Sie hat alles den Eltern erzählt. Die sind außer sich vor Wut.«

»Auf ihre Tochter?«

»Auf Madame Patterson. Im Gesundheitsamt hatten wir schon immer Ärger mit ihr. Seit sie uns unterstellt ist, betrachtet sie uns mit so einem …«

»… verächtlichen Blick?«

»Wenn du so willst, ja. Sie erfindet Vorwände, um die

Weiterbildung zu schwänzen. Weil sie seit fünfundzwanzig Jahren im Dienst ist, genießt sie eine Sonderstellung. Du kennst sie doch gut. Du könntest sie mal anschauen und feststellen, ob was nicht stimmt. Sie hat noch jede Menge Urlaubstage offen.«

»Ich versteh mich gut mit ihr, und ich habe keine Lust, mich wegen eurer internen Regeln mit ihr anzulegen.«

»Externen Regeln«, korrigierte Jolicœur lachend. »Auf der Île d'Entrée haben wir wenig Möglichkeiten, Madame Patterson im Auge zu behalten. Könntest du herausfinden, ob sie aus medizinischer Sicht arbeitsfähig ist?«

»Mal sehen.«

Zufrieden mit seiner Antwort auf Jolicœurs Vorschlag schwang sich Dr. François Robidoux hinter das Steuer seines VW Jetta. Sein Glück war nur von kurzer Dauer. Vor der Post überwältigte ihn wieder jene undefinierbare Furcht, die seit sechs Wochen wesentlich sein Gefühlsleben bestimmte. Es ging das Gerücht, Doktor Robidoux habe Liebeskummer. Was für ein Jammer, mit ansehen zu müssen, wie diesem schönen jungen Mann der Schweiß ausbrach, wenn es um das Dosieren von Medikamenten ging, oder wie er in der Liga der *Gentilshommes Molson* ein leeres Tor verfehlte. Man erging sich in Vermutungen über die Motive, die Ginette Beauregard bewogen haben mochten, auf eine solche Partie zu verzichten.

Kein Brief im Postfach!, stellte er fest. Auch wenn er auf die tägliche Erinnerung an die Kompromisslosigkeit seiner Ex vorbereitet war, quälte ihn der vertraute Schmerz des Zurückgewiesenwerdens. Wütend, weil er erneut gehofft hatte, brachte er seinen Wagen mit viel Getöse vor einem Kiosk zum Stehen, stürmte hinein, schnappte sich eine Zeitung, rannte ohne zu bezahlen wieder hinaus und fuhr wie ein Zombie bis zu seinem Haus an der Martinique, wo er feststellte, dass er vergessen hatte, Milch zu kaufen.

Diese Kleinigkeit gab ihm den Rest. Er goss sich einen Scotch ein, ließ sich noch im Mantel auf das Sofa fallen, trank seinen Whisky und verzog das Gesicht. Er achtete nicht auf die Staubkörner im ganzen Raum, die davon zeugten, dass sein Leben immer chaotischer wurde. Die Stille ging ihm auf die Nerven. Er raffte sich auf und schob das *Quintett in G-Moll* von Mozart in den CD-Player.

Die Geigen spielten sich furchtsam in das Stück hinein und führten ihn zu jenem Septemberabend zurück, an dem Gigi Bengale, sie, Amadeus und ihn, ohne Vorwarnung mit ihren Giftpfeilen durchbohrte.

Nichts hatte ihren Ausbruch angekündigt. Er war spät aus der Klinik gekommen und hatte gute Laune. Er hatte das Quintett aufgelegt und sich für den Sportteil des *Journal de Montréal* interessiert.

Auf seinem Teller blickten ihn zwei Scheiben kalter Leber in einer nicht identifizierbaren Sauce vorwurfsvoll an. Ihm gegenüber lag kein Gedeck. Allem Anschein nach hatte Gigi Bengale bereits gegessen oder machte mal wieder eine ihrer Diäten. Sie hatte sich gerade hingesetzt und aus ihren Kopfhörern dröhnte überdeutlich die neueste CD von U2.

Die junge Frau, 25, dunkel und sehr temperamentvoll, besaß einen unerbittlich kritischen Geist. Als François sie kennenlernte, bahnte sie sich gerade mit der Machete ihren

Weg durch den Kommunikationsdschungel von Montreal. Anfangs glaubte sie, sie sei ihm aus Leidenschaft auf die Inseln gefolgt, später hielt sie es für einen Horrortrip. Statt – wie vorgesehen – sich zur Ruhe zu setzen, machte sie sich sofort daran, den Rundfunksender der Gemeinde umzukrempeln. Sie verdankte ihren Spitznamen gewissen Charakterzügen und ihrer Vorliebe für Tigerbalsam, den sie trotz François' Misstrauen reichlich benutzte, um ihre Migräne zu bekämpfen.

Gigi Bengale pflegte ein schwieriges Verhältnis zur klassischen Musik, das auf Toleranz basierte. François versuchte vergeblich, sie für die Schönheit des *Requiems* und der *Neunten* empfänglich zu machen. Sie blieb bei ihrer Ansicht, dass diese einschläfernde Musik anderen Formen der Verblödung des Geistes – wie Eishockey und Fernsehserien – sehr ähnelte. Wolfgang Amadeus Mozarts Einbruch in ihr gemeinsames Leben führte zu einem fatalen Missklang, wie Robidoux ein Jahr zuvor entdeckt hatte. Wenn Gigi Bengale gereizt war, wenn sie François seine Gleichgültigkeit oder seine Sturheit vorwarf, nannte sie ihn Amadeus, eine vage Beschimpfung, die im Grunde genommen sehr zärtlich war und den jungen Arzt nur noch tiefer in seinem Narzissmus versinken ließ. Diese Liebe zu Mozart, dessen Musik sogar ihre Beschimpfungen untermalte, seine italienischen Unterhosen, seine Reisepläne nach Asien, seine Enzyklopädie der *Geschichte der Medizin* und seine Zugehörigkeit zu den *Dinosauriern* von *JFT Electrique* gehörten zu jener Gesamtheit von ärgerlichen Attributen, die sie kurzum als *Bullshit* abtat.

An jenem Abend, an dem Robidoux unbemerkt zu kau-

en versuchte, erklärte Gigi Bengale mit besonders lauter Stimme, um ihren Walkman zu übertönen, dass Mozart ihr Brechreiz verursache.
»Das ist Alte-Leute-Musik. Du fliehst vor der Wirklichkeit, du vergräbst dich in deine Arztwelt.«
François Robidoux erhob sich und beförderte Amadeus ins Sammelgrab.
»Erklär mir das.«
»Erklär mir das!«, äffte Gigi ihn nach. »Da gibt es nichts zu erklären. Du solltest dich sehen, mit deinen Spießerschuhen, mit deinem Schauspielertoupet, mit deiner keimfreien Musik. Pom po pom po pom po pom pom pom …«
Mit durchgedrückten Knien marschierte sie in der Küche auf und ab und stimmte *Eine kleine Nachtmusik an*.
François Robidoux beobachtete sie so seelenruhig wie eine psychotische Patientin, deren Medikamente er neu einstellen musste. Wenn er mit ihr schlief, wurden ihre Wangen kurz vor dem Orgasmus genauso rot wie bei ihren Wutausbrüchen.
»Du irrst dich. Das klingt nicht wie pom pom, sondern pom pom.«
Ein fataler Scherz. Gigi Bengale, die sich mitten in der Küche aufgepflanzt hatte, verwandelte sich in den ausbrechenden Vesuv.
»Wenn du glaubst, ich verneige mich vor deiner Kohle und vor deinem mickrigen Schwanz! Du bist ein Spießer, ein Macho und ein Angsthase. Du lebst in einem Kokon. Und ich bin keine Porzellanpuppe. Tschüss!«
Bis spät in die Nacht hinein hatte er versucht, die Brände

zu löschen, die an allen möglichen Ecken ihres Königreichs ausgebrochen waren. Gegen drei Uhr morgens war er allein im Doppelbett eingeschlafen, davon überzeugt, dass sie am nächsten Morgen die verbrannte Erde wieder neu bepflanzen könnten.

Doch am nächsten Tag entführte die *Lucy Maud Montgomery* Gigi Bengale, ihren Renault 5, ihren Walkman und ihren Rucksack über ein ölfarbenes Meer. Als François Robidoux durch das Haus ging, stellte er fest, dass seine Blondine fast nichts mitgenommen hatte. Sie besaß nichts, sie war frei. Sie konnte auf Reisen gehen, während er zurückblieb, Mozart hörte und seinen Jetta und seine italienischen Slips bezahlte. Das war nur eine der Überlegungen, die ihn in seiner Existenz bedrohten und die jeder andere mit Kummer verwechselte. Hinter dem Liebeskummer, der noch gnädig schien, zeichneten sich schwerer wiegende Fragen ab: War er, Dr. François Robidoux, ein Spießer ohne Profil? Hatte er seine Seele gegen ein festes Einkommen verkauft? War er und würde er stets zu egoistisch sein, um zu lieben? Und schließlich: Hatte er wirklich einen mickrigen Schwanz?

Freud bellte. Eingelullt vom Scotch und dem Quintett hatte Robidoux ihn in seiner Hütte vergessen. Der irische Setter kam herein, nass und arglos. François Robidoux legte seine Stirn auf Freuds salzige Schnauze und versicherte dem Vierbeiner, dass er sich keine Sorgen zu machen brauche, dass alles bald wieder besser werde.

Das Telefon läutete. Die Empfangsdame des Hospitals erklärte ihm, dass Charlene Collins am anderen Ende der Leitung sei, und stellte den Anruf zu ihm durch. Die jun-

ge Frau wollte wissen, ob er am nächsten Tag auf die Île d'Entrée fahren würde. Und ob er die CDs von Mozart mitbringen würde, über die sie bei seinem letzten Besuch gesprochen hatten?
Sie wechselten noch ein paar Worte, dann legte er auf und schien besänftigt. Der Küstendienst sagte im Fünf-Uhr-Wetterbericht einen schwachen Südwind für die Nacht voraus. Er würde am nächsten Tag eine Überfahrt wagen können. Er holte eine Hühnerpastete aus dem Gefrierschrank. Um neunzehn Uhr würde Marie-Claude zu ihrer wöchentlichen Scrabble-Partie erscheinen. Um zweiundzwanzig Uhr würden die *Dinosaurier* die *Habenichtse* bei *Chez Rosaline* herausfordern. Auch wenn Dr. François Robidoux sich auf dem Trockendock befand, hatte er keine Zeit, sich zu langweilen.

2
Die Morgendämmerung des Einunddreißigsten

Neuankömmling in der Weltenliebe
Bedecke mich mit Sternen deines Milchstraßenkörpers
Auch wenn ich mein Leben mit einem Kopfsprung in einen Sumpf, eine Art dumpfe Wut versenkt habe.

Gaston Miron

Der Mann reicht ihr die Hand. Sie ergreift sie. Der Mann entfernt sich sofort. Sie hält seine Hand in ihrer fest. Der Arm des Mannes wird ungewöhnlich lang, während seine Gestalt sich verkleinert und mit der Nacht verschmilzt. In ihren feuchten Fingern liegt nur noch eine tote Hand, die am Handgelenk abgeschnitten wurde und hohl klingt, als sie sie angewidert zu Boden schleudert.
Gladys Patterson öffnete ein Auge. Sie suchte im Zimmer nach den ersten Anzeichen der Morgendämmerung, nach den grauen Punkten, die sich mitten in der Nacht einschleichen. Wolken verdeckten den Mond. Sie hätte gern weitergeschlafen. Sie versuchte, schnell wieder in ihren Traum zu tauchen und den Mann oder seine tote und verkohlte Hand wiederzufinden. Ihre Hast weckte sie wie-

der auf, und sie dachte, sie würde jetzt keinen Schlaf mehr finden. Wenn man älter wird, schläft man weniger.
Der Wind hatte sich gelegt. François würde kommen. Er hatte eine Ehrensache daraus gemacht, seine Besuche niemals abzusagen. Er wartete einen, zwei, ja vielleicht drei Tage auf seine Chance, dann kreuzte er auf, tadellos mit seinem Arztkoffer, ohne die geringsten Anzeichen von Seekrankheit, die Haare ordentlich frisiert. Doktor François Robidoux würde zum Kap Horn und zurück segeln, immer vorausgesetzt, er hatte einen Kamm und Unterwäsche zum Wechseln dabei.
Gladys Patterson drehte sich auf den Rücken. Sie war schwerfällig, ihre Hüften waren füllig geworden. Dabei hatte sie sich geschworen, schlank zu bleiben. Doch sie ließ sich seit langem gehen, nichts konnte sie aufhalten. Die Bewohner der Île d'Entrée konnten ruhig nach Herzenslust über sie lästern. Niemals würden sie ihr ihre Jugend nehmen können. Und er, François, stand fortan unter ihrem Regime, auf das Nichts reduziert, genau wie sie, Überlebende im wunderlichen Vorübergleiten von Tag und Nacht. Die Welt ging kaputt, und es gab keine Möglichkeit, diesen Mechanismus aufzuhalten.
Gladys Patterson befühlte ihren Leib, ihre Schenkel. Die Nacht ließ ihr Zimmer so seelenlos erscheinen wie ein Pfandleihhaus. Sie ließ einen Finger in ihre Vulva gleiten. Sie war feucht, sie musste von ihm geträumt haben. Aus ihrem Traumkorb wählte sie den ältesten, den lieblichsten Tagtraum, den sie als traurige Penelope seit ihrer frühesten Jugend immer wieder träumte, und sie wob wieder ein paar Reihen in den Schal ihrer Liebe.

3
Fünfzig Knoten West Nordwest

Und als ich mich ansah, wickelte sich ein heimliches Netz mit festen Maschen aus Meer, Regen und Abfahrt um mein Herz.

Nikos Kazantzakis

Im Morgengrauen strich ein leichter Südwind sanft über die liliengesäumten Felder in der Nachbarschaft. Leichter Nebel hing über dem Meer. Es sah eher nach einer kurzen Beruhigung als nach einer Ankündigung schönen Wetters aus. François Robidoux packte zwei CDs ein, die Quintette und das *Adagio in h-Moll*, und fuhr in Richtung Hafen. Zwischen den Trawlern wartete die *Gertrude-Béatrice* darauf, nach dreitägiger Ruhepause wieder in See zu stechen. An Bord befand sich eine einzige Passagierin, eine etwa dreißigjährige Blondine, deren kaputte Haarspitzen auf eine neue Ölzeug-Jacke fielen.
Das Schiff verließ den Hafen. Eine starke Dünung, bedingt durch den Ostwind, wühlte das Meer auf. Die kleine Fähre glitt zwischen der bewegten See und dem unbeweglichen Himmel wie auf der Oberfläche zweier Welten

dahin. Der Matrose stand an der Ruderpinne. Er streckte den Arm nach dem Radio aus. Eine englische Stimme erklang zwischen einem Stimmengewirr über Knoten und Kardinalpunkte. Der Matrose wandte sich an Robidoux.
»Fünfzig Knoten West Nordwest!«
François spürte ein Unbehagen in sich aufsteigen: Er hatte weder einen Rasierapparat noch Wäsche zum Wechseln dabei. Wie würde er aussehen, wenn er drei Tage in der Ambulanz nächtigen müsste? Und Freud? Hatte er genug Futter, um es so lange auszuhalten?
Nur mühsam blieb er stoisch. Nachdem er schon über ein Jahr die Ambulanz besuchte, war es unausweichlich, dass er wenigstens einmal dem Wetter zum Opfer fiel. Das Abenteuer war nicht ohne Reiz. Die Engländer pflegten Halloween auf spezielle Weise zu begehen. Man berichtete von bösen Streichen, hart an der Grenze von Späßen und Rache, die zuweilen gar mit Schüssen endeten.
Zur Rechten wurden die Dünen von Bout-du-Banc immer flacher, bis nur noch der Sandstreifen an der Oberfläche zu erkennen war, der sich bis in die düstere Mitte der Insel erstreckte. Die von der Kraft des Ozeans aufgetürmten Wellen umspielten das Schiff. Es fuhr in die enge Passage, die die Insel vom übrigen Archipel trennte. Einem unwandelbaren Ritual folgend, trat in diesem Augenblick der Kapitän aus der Kabine. Ohne ein Wort zu verlieren, löste er den Matrosen am Ruder ab. Der drückte seine Kippe aus und machte sich auf den Weg, um sich hinzulegen.
Der Kapitän versank in eine götzenähnliche Erstarrung, die er nur durchbrach, um sich ein Guckloch im Kondenswasser auf dem Bullauge frei zu wischen. Lautlos

wie ein berühmter Nebendarsteller in einer großen Filmproduktion fuhr die *Lucy Maud Montgomery* an ihnen vorbei. Mit ihrem Ölzeug raschelnd, erhob sich die Frau, um zu beobachten, wie das Schiff im Nebel verschwand. Der Kapitän musterte sie mit bärbeißiger Miene. Vor gut einem Monat hatte er seinen letzten Touristen abgesetzt. Was suchte sie zwischen zwei Stürmen auf diesem Stück Erde, das sich auf den Winter einrichtete? Er warf Robidoux einen fragenden Blick zu, doch dieser zuckte nur mit den Schultern.
Die Île d'Entrée war ein Felsen aus Sandstein und roter Erde. Sie formte ein vages Quadrat von jeweils drei Kilometern Seitenlänge. Ihre gelbe Silhouette überragte den Horizont. Die nördliche Hälfte bestand aus Anhöhen, die seitlich von scharfen Klippen begrenzt wurden. Im Süden liefen die Hügel zu einem Plateau aus, das von pastellfarbenen Häusern übersät war.
Der Nebel verflog im selben Maße, in dem der Wind die Ruhe der Morgendämmerung vertrieb. Der Matrose tauchte ebenso routiniert wie sein Kapitän wieder auf, als die Fähre die sandige Spitze der Hafeneinfahrt passierte. Er trat auf die Brücke, um die Lage zu peilen.
»Es ist nicht sicher, ob wir heute Nachmittag zurückkehren«, sagte er mit Blick auf den Kapitän.
Dieser brach einen Stengel Kautabak zwischen den Lippen entzwei und runzelte die Stirn. François wandte sich mit fragendem Blick an den Matrosen.
»Das hängt vom Wind ab«, erklärte der Matrose.
Er schien sich zu amüsieren. François sah, wie sich die Wellen an der Hafenmole brachen. Das Meer war hier

aufgewühlter als in der Bucht. Der Wellenbrecher, der den Ankerplatz schützte, wirkte mit seinen Fransen aus braunen Algen und seiner verrosteten Stütze besonders düster.

»Hübscher Platz, um Halloween zu verbringen«, murmelte François.

Der Matrose zwinkerte ihm zu. Die Unbekannte wühlte in ihrem Rucksack. Inmitten ihrer wild durcheinander liegenden Wäsche entdeckte Robidoux ein Haarfärbemittel in einer Flasche, eine Wasserpfeife und ein Buch, gebunden in schwarzes Maroquinleder. Er konnte sogar den Titel entziffern: THE HOLY BIBLE.

4
Die alte Königin

Ich war praktisch neu hier;
hinter selbstgefälligem Gehabe
verbarg ich die Besorgnis, die meine
eigene Person mir verursachte.

Jacques Ferron

Das Schiff fuhr in den Hafen ein. Fast die Hälfte aller Einwohner war am Kai versammelt, in einer fröhlichen Gleichmut, die François Robidoux an die Weihnachtsparaden seiner Kindheit erinnerte. Seit seinem letzten Besuch waren ungefähr zehn Schiffe in der Hafenanlage getreidelt worden.

Der Arzt erkannte Madame Pattersons hochgewachsene Gestalt. Sie hatte die Verabredung eingehalten, plauderte mit dem Bürgermeister und warf dabei einen achtsamen Blick auf die Kinder, die auf ihrem Dreirad herumtollten. Das Schiff legte an. Ein Geruch nach Benzin und Fisch entströmte den verwitterten Balken des Kais. Die Unbekannte sprang leichtfüßig an Land. Wegen des Windes kniff sie die Augen zusammen und schlug den Weg zur

Kirche ein, ohne auf die Blicke zu achten, die ihr den ganzen Weg über folgten.
Der Arzt bahnte sich einen Weg zu Madame Patterson.
»Guten Tag. Wie geht es Ihnen?«
Erschrocken spürte François Robidoux, dass sich die Krankenschwester in allerletzter Sekunde zurückhielt, darauf verzichtete, ihn zu umarmen. Er reichte ihr hastig das Tonometer, um das sie ihn gebeten hatte. Sie nahm es in ihre von blauen Adern übersäte Hand und steckte es achtlos in eine Tasche ihres Anoraks.
»Ich wusste, dass ich mich auf Sie verlassen kann«, sagte sie.
Ihre hohe Stimme voller subtiler Tonfälle passte nicht zu ihrer Haltung. Sie pflegte immer noch einen leicht britischen Akzent, den er sehr mochte. Ohne Umstände blickte sie ihm gerade in die Augen. In ihrer Jugend war sie sehr schön gewesen. Später hatten die Falten ihr Gesicht verhärtet.
»Gute Reise gehabt, Doktor?«
Die Männer, die sich mit Zigaretten zwischen den Lippen unter Lasten aller Art beugten, musterten den Arzt geringschätzig. Am Kai herrschte ein großes Durcheinander. Mit unbegründeter Hektik entrissen die Insulaner dem Inneren der Fähre all die Dinge, die sie zum Überleben brauchten. Nägel, Zeitschriften, Haken, Gipsblätter, Mehlsäcke, Windeln, Fernseher, Postsäcke, Vergaser, Kleidungsstücke gingen von Hand zu Hand wie kostbare Schmuggelware. Die Möwen zogen ihre Kreise über diesem Schauspiel. Den Stiefel auf das Dollbord gestemmt, brüllte der Kapitän die Vornamen der drei Lebensmittel-

händler der Insel. Jeder einzelne von ihnen überwachte das Ausladen, während eine Gruppe von männlichen Verwandten und politischen Anhängern die Waren in den Pick-ups verstaute.
Man schleppte eine beachtliche Menge Bierkisten von der *Gertrude-Béatrice*, alle von derselben Marke. Die Bewohner der Île d'Entrée unterhielten knappe, aber exklusive Beziehungen zu den Brauereien, die ihnen besser als die verrinnenden Jahre dazu dienten, ihre Vergangenheit ins rechte Licht zu rücken. Diese Kisten würden die Reserven vergrößern, die es ihnen ermöglichten, die Wintermonate zu überstehen.
Die Luft war erfüllt von Ausrufen und Gelächter. Sie hatten ihrem atlantischen Kerkermeister erneut ein Schnippchen geschlagen. Sie konnten ihre Schätze auf ihre Lastwagen laden und lachend nach Hause bringen.
François Robidoux und Madame Patterson fädelten sich zwischen den Pick-ups ein, die die Mole versperrten. Sie fuhren auf dem motorisierten Dreirad zur Ambulanz. Die Krankenschwester besaß einen Lieferwagen, aber sie bevorzugte dieses kleine Fahrzeug, dessen Instabilität ihren Mitfahrer häufig beunruhigte.
Die Insel schien das Ende der Welt zu sein. Anlagen mit Hummerkäfigen hoben sich gegen den grauen Himmel ab, bewacht von Autowracks und streunenden Hunden. Wilde Blumen waren in den Herbstwinden verblüht. Rostrote Grasstoppeln zitterten im beißenden Wind und verlängerten das Wogen der Meereswellen.
Die Ambulanz war ein zweistöckiges Haus auf einer Anhöhe. Ihre Kiefernholzverkleidung erinnerte mit den un-

gleichen Teilen an eine Patchwork-Decke. Ein Seegeruch nach Salz, Feuchtigkeit und Fäulnis entströmte den Holzdielen. Im Erdgeschoss befanden sich das Sprechzimmer, eine Küche, ein Esszimmer und ein Salon, der auch als Wartezimmer diente. Im ersten Stock klemmten sich drei pastellfarben gestrichene Zimmer unter das Spitzdach. Man hätte meinen können, man befinde sich im Zwischendeck einer Karavelle: Die Bretter knarrten unter den Schritten, die Messingbetten schienen beim ersten Schlingern zusammenzubrechen, die Eckbalken krächzten wie Wanten. In allen Fenstern hing der Meerschaum.

Madame Patterson hatte Tee und *Brownies* vorbereitet. Aus dem Augenwinkel beobachtete sie den jungen Arzt. Vor einem Spiegel schüttelte er seinen schwarzen Wollschal aus, der ihn wie einen Studenten aussehen ließ.

»Wer war diese Frau auf dem Schiff?«, erkundigte sich die Krankenschwester.

»Keine Ahnung. Vermutlich eine Touristin.«

»Für eine Touristin hatte sie einen erstaunlich großen Rucksack dabei. Ich bin froh, dass Sie heute gekommen sind.«

Ihre Unterhaltung verlief – zu ihrer beidseitigen Erleichterung – im unverfänglichen *Sie.*

»Gibt es viel zu tun?«

»Nicht unbedingt. Ich dachte, bei dem Sturm kommen Sie erst nächsten Monat. Ich denke, Sie fahren bald in Urlaub?«

Die Sekretärinnen des Hospitals hielten Madame Patterson über die Zeitplanung des Arztes auf dem Laufenden.

»Ich fahre nach Portugal.«

»Und Ginette begleitet Sie?«
»Nein.«
»Immer noch nichts Neues?«
»Absolut nichts.«
»Langweilen Sie sich?«
»Nein«, log François Robidoux.
»Sie kommt wieder. Ein Gläschen zum Aufwärmen?«
Er lehnte ab. Die Krankenschwester hatte den besonders kalten Winter des letzten Jahres zum Vorwand genommen, dieses Ritual einzuführen, das es ihr ersparte, sich vor den Visiten heimlich ein Gläschen zu genehmigen. Robidoux hatte nach kurzem Überlegen beschlossen, diese Gewohnheit zu ignorieren. Obwohl er immer stolz auf sein großzügiges Denken war, hatte sein Gespräch mit Jolicœur vom Vortag jedoch einen bitteren Beigeschmack hinterlassen. Hätte er sagen müssen, dass die Krankenschwester Alkohol trank? Warum hatte er es nicht getan? Warum fühlte er sich trotz seines Widerwillens verpflichtet, diese unangenehme Aufgabe zu erfüllen?
»Sie finden, dass ich zu viel trinke, nicht wahr?«
»Nein, das habe ich Ihnen neulich schon gesagt.«
»Ich weiß, dass Sie es denken. Sie sind wie alle anderen. Sie trauen sich nicht, es mir offen ins Gesicht zu sagen.«
Madame Patterson äußerte diese Vorwürfe in einem gekünstelt leichten Ton. Seit ein paar Wochen neigte sie dazu, sich zu isolieren. Ihre Neugier ließ nach, sie konzentrierte sich auf einige Themen, auf die sie immer wieder zurückkam und die sie auf seltsame Weise interpretierte.
»Wenn ich Ihnen sagte, Sie trinken zu viel, würde das etwas ändern?«

»Vielleicht.«
»Sie trinken zu viel«
Sie dachte kurz nach und nahm einen weiteren Schluck.
»Das funktioniert nicht. Was soll ich denn hier tun, außer trinken und träumen?«
»Warum gehen Sie nicht weg? Ihre Söhne leben in Neuschottland. Krankenschwestern sucht man überall.«
»Und Sie? Was tun Sie noch auf den Inseln? Und in dieser Internistenniederlassung?«
François Robidoux lächelte. Im Lauf der Monate hatte er eine Zuneigung zu Madame Patterson entwickelt. Sie wohnte allein in dem Haus, das ihr ihr Mann hinterlassen hatte. Ihre Herkunft und ihr Charakter schlossen sie aus der Gemeinschaft aus. Sie verließ die Insel nur sehr selten. Angesichts der Verwünschungen von Gigi Bengale fühlte sich François Robidoux mit ihrem Schicksal als Einsiedlerin auf seltsame Weise solidarisch. Vielleicht sah er darin seine Vorstellung vom Leben als alter Junggeselle erfüllt.
»Alles zu seiner Zeit.«
Sie ließen ihre Worte nachklingen. Draußen war es seltsam düster. François musste der Versuchung widerstehen, die Deckenleuchte einzuschalten. Madame Patterson reichte ihm die Flasche. Er lehnte erneut ab. Die ersten Takte von Mozarts Quintett gingen ihm durch den Kopf, und mit ihnen eine Reihe von Fragen. Langweilte er sich wirklich? War sein Liebeskummer nicht nur eine Inszenierung?
Er verwarf den Gedanken und hielt ihr das Glas hin.
»Nur einen kleinen Schluck. Sie wirken müde.«
»Ich bin topfit.«

»Wenn Sie meine Patientin wären, würde ich Ihnen raten, Urlaub zu machen.«
»Wollen Sie mich vielleicht mit nach Portugal nehmen? Oder haben Ihnen die Leute vom Gesundheitsamt eingeredet, mich krankzuschreiben?«
»Sie wirken müde, das ist alles. Das Leben hier ist nicht leicht für Sie.«
Madame Patterson erhob sich und räumte wütend den Tisch ab.
»Wollen Sie mich loswerden? Wissen Sie, niemand vertreibt mich lebend von dieser Insel. Niemand hindert mich daran, meine Gedanken zu äußern, solange ich die Kraft zum Denken habe.«
François Robidoux sank auf seinem Stuhl in sich zusammen. Die Krankenschwester zog ein Taschentuch heraus und schnäuzte sich lautstark, was aber nicht dazu beitrug, die Lage zu entschärfen. Schweigen breitete sich aus, nur vom Klappern des Geschirrs unterbrochen.
»Verzeihen Sie«, murmelte die Krankenschwester.
»Ich hätte nicht mit Ihnen darüber sprechen sollen.«
Robidoux trank einen Schluck. Madame Patterson lief geschäftig hin und her. Der Saum ihrer Hose war aufgegangen und bedeckte nur unvollständig ihren mit roter Erde verschmutzten Schuh. An der Universität hatte man ihm beigebracht, dass ein Arzt für alles Verständnis haben müsse. Später hatte er begriffen, dass er manchmal einfach nur Zeit schinden musste.

5
Hotel Phyllis

And taking from her wallet
An old ticket of train
She'll say I told you when I came
I was a stranger

Leonard Cohen

Die Unbekannte ging mit der Nase im Wind forschen Schrittes auf die Kirche zu, als ein junger Mann sie aufforderte, in seinen Jeep zu steigen. Auf seine Frage erklärte sie, sie wolle Vater Jeffrey besuchen.

»Er ist bestimmt nicht in der Kirche. Sind Sie mit ihm verwandt?«

»Ich bin eine alte Bekannte.«

»Ich heiße Randy. Ich bin der Bürgermeister dieser Insel.«

Mit seinen schlecht rasierten Wangen, seinen Jeans und seiner getönten Brille ähnelte Randy Aitkens weder einem Bürgermeister noch dem Papst.

»Ich heiße Margie Stone.«

»Wir finden ihn vielleicht eher am Leuchtturm.«

Der Leuchtturm erhob sich an der Südspitze der Insel, von einem Zaum umgeben, der gerade in den Farben des Bundesstaates frisch gestrichen worden war. Seit der Leuchtturm automatisch funktionierte, stand das Wärterhäuschen leer. Vater Jeffrey wohnte hier, wenn er sich bei den Insulanern aufhielt. Die meiste Zeit verbrachte er mit Lesen und Gin trinken. Wenn er betrunken war, ließ er nur Phyllis Dickson ins Haus. Ohne zu murren kam sie jeden Tag und führte diesem Trabanten ihrer Zimmervermietung den Haushalt.

Der Bürgermeister blieb in seinem Jeep sitzen, während Margie Stone mit ihrem Rucksack über der Schulter an zwei verschlossenen Türen rüttelte. Sie ging um den Leuchtturm herum, rannte zur Klippe und wieder zurück und atmete dabei tief ein. Ihre gute Laune war ungebrochen.

»Vielleicht macht er einen Besuch«, brummte Randy Aitkens. »Sie haben sich keinen guten Tag ausgesucht, um auf die Insel zu kommen. Es wird Sturm geben.«

»Ich möchte eine Weile bleiben.«

»Soll ich Sie im Hotel abladen?«

Die Frau überlegte, dann nahm sie sein Angebot an. Der Bürgermeister fuhr zurück in Richtung Hafen. Seine Beifahrerin erging sich in entzückten Ausrufen über die Landschaft. Wieder eine, die auf dem Land die Verwirklichung ihrer Träume suchte. Er lud sie gegenüber der Bucht vor einem Haus mit vielen Giebeln ab.

»Die Inhaberin heißt Phyllis. Sie passt auf Sie auf.«

Randy Aitkens unterstrich seinen Satz mit einer Ironie, die Margie Stone nicht zu registrieren wagte, während sie sich in den Anblick des Gästehauses vertiefte. Sie schlug die Wagentür zu und entfernte sich, ohne sich zu bedanken.

Sie stieg über einen Labrador und läutete. Keine Antwort. Sie trat ein. Ein alter Mann wandte sich unvermittelt vom Fernseher ab. Er kam auf sie zu, vergaß jedoch sein Gebiss auf der Sessellehne. Aus den kehligen Lauten, die er ausstieß, schloss Margie Stone, dass er taubstumm war. Mit großer Mühe nahm der Alte ihr den Rucksack ab, deponierte ihn am Fuß der Treppe und forderte sie auf, sich auf ein Sofa in den Salon zu setzen. Er setzte seine Prothese ein, verzog den Mund und ging hinaus. Dann kehrte er mit einer kleinen rundlichen Frau mit tiefschwarzen Haaren von etwa sechzig Jahren zurück.

»Entschuldigen Sie bitte«, sagte sie, »gerade ist die Post gekommen. Seit dem Tod meines Mannes kümmere ich mich um alles.«

Der alte Mann hieß Winston, der Labrador Churchill. Phyllis Dickson führte ihren Gast zu einem entzückenden Zimmer. Das Fenster lag zum Leuchtturm.

»Werden Sie lange bleiben?«

»Ich bin hier, um Vater Jeffrey zu besuchen.«

Das freundliche Gesicht der Pensionsinhaberin zeigte Erstaunen. Die Frau mit dem Hippieaussehen schien ihr verdächtig.

»Sind Sie seine Schwester?«

»Ich bin seine Frau.«

6
Eine letzte Überfahrt

Wie alle begnadeten Heiler hatte er begriffen,
ohne es in aller Deutlichkeit zu formulieren,
dass die Wurzeln des Bösen in einer irregeleiteten
Metaphysik, in einer gesamten Lebenseinstellung lagen.

Lawrence Durrell

Mit dem Rücken zu François Robidoux räumte Madame Patterson das Geschirr ab. Als sie fertig war, hatte ihr Zorn sich gelegt.

»Eva geht es nicht gut«, sagte sie plötzlich. »Sie hatte gestern wieder Schmerzen, aber ich hielt es nicht für notwendig, Sie extra zu benachrichtigen.«

»Auf jeden Fall …«

Es klopfte an der Tür, und der morgendliche Sprechstundenbetrieb kam in Gang. Madame Patterson empfing die Patienten und führte sie ins Sprechzimmer. Anfangs hatte sie den Arzt als ein notwendiges Übel betrachtet und ihre Verachtung für gewisse neumodische Behandlungen kaum verbergen können. Robidoux war jedoch klug genug gewesen, bei allen verblüffenden Anordnungen die Gewohnheiten der Inselbewohner nicht völlig über den Haufen zu werfen. Er besprach die tausend Probleme, über die man an der Universität nichts lernte, mit der Krankenschwester, denn mehr als die Syndrome, über die sich seine Professoren ausgelassen hatten, bildeten sie das Fundament seiner Praxisarbeit. Madame Patterson kam zu dem Schluss, dass dieser junge Arzt trotz seines eitlen Gehabes einen durchaus gesunden Menschenverstand besaß. Sie verfiel ihm ganz und gar, als sie entdeckte, dass er ein Anhänger der klinischen Diagnose war.

Seit seinem Eintritt ins College las François Robidoux die Biografien berühmter Ärzte des 19. Jahrhunderts. Er bewunderte ihre Beobachtungsgabe und ihre Strenge. Im Zeitalter der Computertomographie beschloss er, sein Gespür für das Klinische zu entwickeln. Unter allen Fachgebieten wählte er das umfassendste, die innere Medizin. Bevor er sich niederließ, wollte er dem Rat eines Professors folgen und war aufs Land gegangen, um fern von Spezialisten und hochtechnisierten Apparaten Erfahrungen zu sammeln.

Als Krankenschwester alter Schule musste sich Madame Patterson lange mit ihrem gesunden Menschenverstand über die Runden retten. Sie freute sich sehr, ihre Kenntnisse nun mit einem künftigen großen Arzt teilen zu dürfen. Bereitwillig spielte sie ihr Lieblingsspiel, das darin bestand, Herkunft und Familie ihrer Patienten anhand ihres Aussehens zu erraten.

Männer, Frauen und Kinder kamen und gingen. Sie beschrieben ihre Schmerzen mit derselben Gelassenheit, mit der sie über Unwetter und Versorgungsprobleme redeten. Für einige war die Medizin etwas Neues, dem sie misstrauten. Für andere war der Arztbesuch ein angenehmer Zeitvertreib. Die Insulaner verglichen François Robidoux mit den Helden aus den Arztserien im Fernsehen, die sie dank ihrer Satellitenschüsseln empfingen.

Zum Ende des Vormittags drehte der Wind nach Westen und wurde heftiger. Zwischen zwei Patienten erledigte Madame Patterson einen Anruf. An ihrem Ton erkannte Robidoux, dass sie mit ihrer Lieblingsinformantin Phyllis Dickson sprach.

Madame Patterson kehrte mit nachdenklicher Miene ins Sprechzimmer zurück.

»Gleich nach ihrer Ankunft machte sie sich auf die Suche nach Vater Jeffrey.«

»Wer?«

»Die Frau vom Schiff.«

Er hatte sie schon völlig vergessen.

»Sie hatte eine Bibel in ihrem Rucksack«, sagte er.

»Vielleicht ist sie eine Nonne oder eine ehemalige?«

François Robidoux dachte an die Wasserpfeife und das Haarfärbemittel in ihrem Rucksack.

»Wenn sie eine Nonne ist, gehört sie allerdings einem sehr speziellen Orden an.«

Sie aßen zu Mittag und machten sich zu den Hausbesuchen auf. Robidoux setzte sich auf das Dreirad hinter die Krankenschwester und fuhr mit ihr, den Arztkoffer unter dem Arm, über die Hügel der Insel. Madame Patterson nahm gern Umwege, um ihm die Landschaft zu zeigen. In den Häusern setzte er mit bärbeißigen alten Männern

die Gespräche fort, die sie im Monat zuvor begonnen hatten. Die meisten legten Wert darauf, dass er sie in Frieden sterben ließ. Andere waren noch am Leben interessiert und verlangten nach entsprechenden Medikamenten. Sie taten es sehr zurückhaltend und ohne damit die vermeintliche Unverletzlichkeit in Frage zu stellen, die es ihnen ermöglicht hatte, 85 Jahre in dieser Einsamkeit zu überleben. Die Patienten boten Tee oder Whisky an. Manche Besuche, besonders im Dezember, erforderten einen starken gesunden Magen.
Ihre erste Patientin war Eva Patton, die Schwiegermutter der Krankenschwester. Sie litt an einer tödlichen Herzkrankheit. Im Frühling des Vorjahres hatte François Robidoux nach ihrem dritten Herzinfarkt jede Hoffnung aufgegeben, sie könne wieder ein annehmbares Leben führen. Sie erhielt die Letzte Ölung. Die Familie traf Vorbereitungen für die Beerdigung. Am nächsten Tag hatte sich der Zustand der Achtzigjährigen jedoch nicht verschlechtert. Zwei Tage lang schwebte sie zwischen Leben und Tod, und dann, ganz langsam und ohne dass sie sich besonders bemühte, ging es ihr wieder besser. Drei Wochen später, unter Einfluss eines Medikamentencocktails, der ihr Herz fast zum Stillstand gebracht hätte, nahm sie die *Gertrude-Béatrice* und schwor bei Gott, nie wieder ihren Fuß in eine Intensivstation zu setzen und dass dies ihre letzte Überfahrt sein würde.
Sie war eine hochgewachsene Frau mit einem Löwenhaupt, die alles mit großer Aufmerksamkeit betrachtete. Sie schleppte sich von ihrem Schaukelstuhl zum Bett und geriet bei der geringsten Anstrengung außer Atem.

Es hieß, sie sei eine gerechte Frau, die ihre Kinder ordentlich erzogen habe. François Robidoux glaubte, sie klammere sich ans Leben, weil sie fürchtete, irgendetwas vergessen zu haben, es unterlassen zu haben, ein Papier zu unterzeichnen, einer Freundin eine Karte zu schreiben, ein Familienproblem zu lösen oder dem einen statt dem anderen eine Kleinigkeit zu hinterlassen. Diese Besorgnis machte sie zerstreut, und ihre Kinder sagten, sie sei kindisch. Sie wartete voller Geduld und Zärtlichkeit auf ihren Tod. Er würde eines Tages eintreten, so schicksalhaft wie die Panne eines schlecht gewarteten Motors.

Sie sonnte sich in der Obhut, die ihre Schwiegertochter ihr angedeihen ließ. Die Knochen ihrer breiten Schultern zeichneten sich unter dem Morgenmantel ab.

»Doktor Robidoux! Endlich kommen Sie zu uns auf die Insel!«

François Robidoux lächelte. Sie hatte sich verändert.

»Wie geht es Ihnen, Madame Patton?«

Gemäß der Krankenhauskonvention nannte er seine Patientinnen bei ihrem Mädchennamen. Manche Damen, die seit Jahrzehnten unter dem Namen ihres Ehemanns vergraben waren, lächelten, wenn sie auf den Lippen ihres Arztes ihre Jugend wiederfanden.

Sie bestand darauf, ihn in ihrem Schlafzimmer zu empfangen. Sie erhob sich und unternahm, mit einer Hand den Stock umklammernd, mit der anderen sich an die Holztäfelung abstützend, die kleine Reise in ihr Zimmer. Das gleitende Geräusch ihrer Filzpantoffeln schien aus dem Pendel der Wanduhr zu kommen, der in seinem Eichen-

gehäuse hin und her schwang. Madame Patterson setzte sich für eine Tasse Tee zu ihrer Schwägerin.
Eva Patton erwartete François Robidoux in ihrem Bett. Sie lehnte sich an drei spitzenbesetzte Kissen und fragte ihn nach der Überfahrt und nach dem Krankenhausgeistlichen. Es war ihr besonders wichtig, nicht über ihren Zustand zu sprechen: Dieses Thema langweilte sie. Er stellte ihr Fragen und untersuchte sie. Ihr Herz kämpfte gegen eine Flut aufsteigender Sekrete, die sie von einer Stunde zur anderen zu verschlingen drohten.
»War's das dann für heute?«, erkundigte sich die alte Dame.
»Sie müssen in die Klinik.«
Sie schüttelte langsam den Kopf und lächelte. Ihre Lieblingsdiskussion bestand darin, dass der Arzt vergeblich versuchte, sie zu überreden, sich in die Klinik zu begeben.
»Bei diesem Wind? Hören Sie, junger Mann … Die Fähre kommt erst in zwei Tagen …«
»Sie werden sterben.«
»Das hoffe ich.«
François Robidoux verstaute sein Stethoskop. Er war gereizt, ohne zu wissen warum. Diese Frau hatte das Recht, in aller Ruhe zu Hause zu sterben. Sie war alt und hatte drei Infarkte hinter sich. Ihr Herz war erweitert, erschöpft und schlug völlig anormal unter ihren mageren Rippen. Er musste sie in Ruhe lassen, aber etwas in ihm lehnte sich dagegen auf.
»Sie sterben schließlich nicht«, fuhr die alte Frau fort, »sondern nur ich.«

Der Arzt spürte, wie sein Herzschlag sich beschleunigte und von dem seiner Patientin mitgezogen wurde. Seine Hände begannen zu zittern. Er spürte eine Beklemmung in der Brust. Er hustete. Er tat so, als höre er seine Patientin noch mal ab. Er atmete ein und aus und spürte weiterhin eine fürchterliche Beklemmung. François Robidoux bemühte sich, so langsam zu atmen, wie er es seine Patienten gelehrt hatte.

Eva Patton gluckste.

»Schlafen Sie, Herr Doktor?«

Er richtete sich wieder auf, weiß wie ein Gespenst.

»Sie haben nur noch ein paar Stunden«, erklärte er zitternd.

»Machen Sie sich keine Sorgen … Alles wird gut.«

Sie ergriff Robidoux' Hand. Er hatte diese alte Engländerin nur allzu gern umsorgt. Eva Pattons trockene Lippen deuteten ein Lächeln an. Dieses von Falten zerfurchte Gesicht, diese hervorstehenden Wagenknochen waren einmal die einer Geliebten gewesen.

»Sie bereuen nichts?«, fragte der Arzt.

»Bedauern! Das gilt für die Reichen oder für die Jungen, wie Sie. Das Einzige, was ich frei gewählt habe, ist mein Mann. Und ich habe mich nicht in ihm getäuscht.«

»Haben Sie die Medikamente genommen, die Gladys Ihnen gebracht hat?«

»Ich nehme nichts von dem, was mir Gladys bringt.«

»Sie mögen sie nicht besonders.«

»Sie hat meinen Sohn getötet.«

»Wollen Sie damit sagen, dass sie nicht glücklich miteinander waren?«

»*I mean she killed him*! Sie hat ihn vergiftet. Es ist einfach, jemanden zu töten, wenn man Zugang zu Medikamenten hat. Er war so stark und so gesund! Ein Totenschein vom Arzt und ein schnelles Begräbnis!«

»Gab es keine Autopsie?«

»Sie hat mir ein Papier gezeigt. Ich habe dieses Arztgefasel nicht verstanden.«

Selbst wenn François Robidoux schon immer das Gefühl hatte, der angetraute Hummerfischer von Madame Patterson sei nicht ihre große Liebe gewesen, wäre er doch nie auf die Idee gekommen, dass sie so weit gehen würde, ihn zu vergiften. War die alte Eva noch klar im Kopf?

Er flüchtete sich in Schweigen und hoffte, sie fasse es als Verständnis auf. Wenn ein Patient ihm ein beunruhigendes Geständnis machte, konnte er es unter seine ärztliche Schweigepflicht fallen lassen. Das ersparte ihm stets, das Ganze näher zu betrachten.

»Wir sprechen morgen noch mal darüber.«

Die alte Dame bedachte ihn mit einem Blick voller Verachtung.

»Sie glauben, ich sei nicht mehr ganz richtig im Kopf, nicht wahr? Aber da irren Sie sich.«

Er verabschiedete sich und schrieb in der Küche seine Rechnung. Seine Schrift war krakelig, zitterig. Er bat um ein Glas Wasser. Madame Patterson starrte auf ihre leere Teetasse. Er verdoppelte die Dosis des Diuretikums und befahl, dass man ihn anrief, wenn es nötig werde.

Sie setzten ihre Hausbesuche fort. Aufgemuntert durch den Brandy betrachtete François Robidoux seine Begleiterin mit neuem Blick. Eine Verrückte? Die Fantasie einer alten Frau? In diesem Land war die Grenze zwischen Fiktion und Wirklichkeit fließend. Madame Patterson lebte seit 25 Jahren hier und war doch eine Fremde geblieben, die den Leuten Angst machte und die verleumdet wurde. Der Wind frischte auf. François Robidoux, der jetzt wusste, dass er auf der Insel übernachten würde, verweilte in jeder Küche. Er begann zu begreifen, warum diese Menschen, die ein hartes Leben führten, häufig sehr alt wurden. Wenn sich der Wind erhob, wenn die Demoiselles im Nebel dahinglitten, wenn der Staub zwischen den Häusern tanzte, gab es nichts anderes zu tun als zu warten. Die Zeit blieb stehen.

7
Die Rechte und die Linke

Wusste er, dass der, der viele Länder gesehen hat,
nach seiner Reise in seinem Dorf
so viele Lügen erzählen kann, wie er will?

Georges Langford

An jenem Nachmittag war der Maler Timothy Collins ihr letzter Patient. Er stammte von der Insel, hatte aber lange in Toronto gelebt. Sein Lebenslauf war eigenartig. 1941 wurde er, wie viele Insulaner seiner Generation, von den Japanern gefangen genommen, vier Jahre in ein Lager gesteckt und zur Zwangsarbeit verurteilt. Nach seiner Entlassung hatte er in Vancouver und in Montreal verschiedene Berufe ausgeübt und zu malen angefangen. Auf der Insel glaubte man, dass er in Japan nicht nur zwei Zehen, sondern auch den Verstand verloren hatte. Malen! Timmy Collins war der denkbar ungeschickteste Lausbub, der je auf dem Kai der Île d'Entrée herumlungerte: Man konnte ihm keinen Kaninchenkäfig oder Pinsel anvertrauen, ohne dass er eine Latte des

Käfigs kaputt machte oder ein Bullauge mit dem Pinsel beschmierte.

Fünf Jahre später kam er an einem Junimorgen in Begleitung einer schönen Blondine auf die Insel zurück. Er nannte sie Inge oder Ingrid, je nach Stimmung, und stellte sie als seine Frau vor. Später erfuhr man, dass sie gar nicht verheiratet waren. Sie bezogen das alte Haus von Isaac Welsh, für das er dreitausend Dollar bar auf die Hand zahlte. Sie kamen jeden Sommer wieder, bald in Begleitung von vier Kindern. Timmy malte den ganzen Tag, in leuchtenden Farben. Im September brachte er alle wieder an Bord der Fähre. Die Familie war arm, aber es fehlte ihr an nichts. In den sechziger Jahren hörte man von Ausstellungen in Toronto, Halifax und Montreal. Als man sein Foto in der Werbezeitschrift von CP Air entdeckte, musste man es endlich anerkennen: Der Lausbub Timmy Collins war einer der zehn berühmtesten kanadischen Maler seiner Zeit geworden. Als er damals aus Hongkong zurückgekehrt war, hatte er gut daran getan, Leinwände zu bemalen, statt Hummer für fünfzig Cent das Pfund zu fangen.

Von seinen Mansarden aus bot das Haus einen hübschen Blick auf die Insel. Die Farbe blätterte von den Schindeln ab. Madame Patterson betrat den Windfang, der zur Küche führte, ohne anzuklopfen. Der Maler rief ihnen zu, sie sollten hochkommen.

Seit seiner Thrombose ging Timmy Collins nur noch selten hinunter. Er lebte zwischen seinen Leinwänden und seiner Musik, und er ließ sich kaum stören von seiner Tochter, die ihm das Essen und seine Zeitschriften brachte und mit ihm die Große Arkana des Tarots befragte. Er hatte die Wände zwischen zwei Zimmern einreißen lassen und ein Studio eingerichtet, dessen Fenster zur Kirche, zum Leuchtturm, zum Kai und zur Bucht von Plaisance, Havre-Aubert und zur Butte Ronde gingen. In dem kargen Raum, in dem sich häufig nicht mehr befand als das Bild, an dem er gerade arbeitete, dienten nur wenige Gegenstände seiner Bequemlichkeit: eine Stereoanlage, ein Ledersessel und ein Fernglas mit Kupfergehäuse, das ein Goldschmied in Halifax nach seinen Plänen gefertigt hatte. Er sah durch das Fernglas, um das An- und Ablegen der Schiffe zu beobachten. Sein Fernglas war das Einzige, was ihn mit den Insulanern verband: Wenn man wissen wollte, was es in der Ferne gab, rief man Timmy an, dem es Spaß machte, die Einzelheiten zu erklären.

»Herr Doktor, bleiben Sie heute Abend auf der Insel?«

»Bei dem Wetter kommt die Fähre ganz bestimmt nicht«, seufzte François.

»Niemals.«

Der Maler lächelte. Für einen Augenblick versank er in eine frühere Welt, in der er schön, ironisch und verführerisch gewesen war. Danach saß wieder der vorzeitig ergraute Mann im Rollstuhl.

»Wie geht es Ihnen, Monsieur Collins?«, erkundigte sich der Arzt.

»Sehr gut. Charlene hält Sie doch sicher über meine kleinen Unpässlichkeiten auf dem Laufenden.«

»Sie hat mich diese Woche angerufen und mir berichtet, dass Ihnen die Schultern wehtun.«

»Wie wär's mit einem Scotch? Gladys, hol die Flasche,

heute ist ein Tag der Ausschweifung. Nerven Sie mich nicht mit Ihrer Medizin. Haben Sie die CDs mitgebracht?«

Collins nahm die beiden CDs und rollte zur Stereoanlage. François verspürte einen Stich im Herzen, als Collins das Quintett auflegte. Der Himmel hatte sich verdüstert. Zum Klang der Geigen peitschte der Regen gegen die Fenster. Zusammengekauert in seinem Rollstuhl versuchte der Maler, mit seiner rechten Hand an den Knöpfen zu drehen. Auch wenn sie inzwischen wieder geschmeidiger geworden war, hatte er lernen müssen, mit der linken Hand zu malen. Er erklärte scherzhaft, Picasso habe eine blaue und eine rosa Periode gehabt, er habe eine rechte und eine linke.

Sein Bein blieb bewegungsunfähig. Er hatte sich auf die Île d'Entrée geflüchtet und war hier geblieben. Er hatte allein gelebt, von einer Schar junger Mädchen umhegt, die er eine nach der anderen aus lächerlichen Gründen verjagte. Im Juli war Charlene, seine Jüngste, aus Toronto gekommen und hatte die Herrschaft im Haus übernommen. Der Maler hatte seinen Rhythmus wiedergefunden. Seine linke Hand zeigte Fortschritte. Er sprach mit respektvoller Zärtlichkeit von ihr wie ein Jockey von einem störrischen, aber talentierten Pferd. An den Wänden des Ateliers häuften sich Bilder. Trotz des Widerstands ihres Vaters hatte Charlene einige an eine Galerie gesandt. Collins spielte den Desinteressierten, war aber zwei Wochen lang hypernervös. Ein Anruf gab ihm die Ruhe zurück: In Toronto wurden seine Bilder teuer verkauft. Ein Kritiker sprach von einer »thematischen Erneuerung«. Man nannte ihn im gleichen Atemzug mit den wilden jungen Malern New Yorks.

»*Goddam*«, spottete er, als er sein Glas hob. »Wenn ich erst mit den Zähnen male, halten sie mich für Gauguin.« Nachdem er einen Schluck getrunken hatte, wandte er sich an François.

»Ist das nicht … großartig?«, stieß er hervor. »Es ist Halloween, Herr Doktor. Gladys, setz nicht so 'ne Leichenbittermiene auf und gieß dir noch ein Glas ein. Du siehst aus wie ein Gartenkürbis.«

Nur Timmy Collins wagte es, Madame Patterson so zu nennen. Einige Menschen behaupteten, die beiden hätten einander schrecklich gern, andere wiederum behaupteten das Gegenteil. François Robidoux glaubte verstanden zu haben, dass der Maler Zeit brauchte, um sich an die Besuche der Krankenschwester zu gewöhnen, nachdem er mit seiner Thrombose auf die Insel zurückgekehrt war.

Madame Patterson schenkte sich ein großes Glas Scotch ein und leerte es zur Hälfte.

»Und was ist mit deinen Schultern, Timmy?«, ging sie zum Angriff über.

»Was erwartest du? Sie tun mir weh, das ist alles.«

»Haben Sie Ihre Medikamente genommen?«, erkundigte sich François vorsichtig.

»Herr Doktor, ich habe Sie immer für einen intelligenten Jungen gehalten. Sie wissen so gut wie ich, dass diese verdammten Pillen mir genauso guttun wie ein Tritt in den Hintern.«

Timmy Collins liebte diese Plänkeleien. François Robidoux hatte erst an jenem Tag seine Achtung erworben, als er ihm Kontra gegeben hatte.

»In Ihrem Fall wäre ein Tritt in den Hintern vielleicht das beste Heilmittel.«
Die Tür fiel ins Schloss und auf der Treppe hörte man beschwingte Schritte.
»CHARLENE«, rief Collins, »DIESER VERDAMMTE ARZT WILL MIR DEN HINTERN POLIEREN!«
»In Ordnung!«
Charlene Collins mochte acht- oder neunundzwanzig sein. Sie hatte ein kleines rundes Gesicht mit Sommersprossen, und der Schalk blitzte in ihren Augen. Weiße Strähnen durchzogen ihre dichte Mähne, was ihre Jugendlichkeit nur betonte.
»Guten Tag, Herr Doktor. Sie verbringen Halloween mit uns?«
»Ich habe mein Froschkostüm mitgebracht.«
Das junge Mädchen und der Maler blieben erst sprachlos, dann brachen sie in schallendes Gelächter aus. François Robidoux war stolz auf seinen Gag. Gegenüber Charlene fühlte er sich linkisch. Sie musterte ihn herausfordernd und amüsierte sich über seine Naivität. Sie hatte sich dank ihrer künstlerischen Umgebung eine geistige Lebendigkeit bewahrt, um die er sie beneidete. Seit Gigi Bengale ihn verlassen hatte, fürchtete er, apathisch zu werden.
»Gladys«, herrschte der Maler die Krankenschwester an. »Füll lieber das Glas unseres Gastes nach, statt zu schmollen.«
»Charlene sitzt doch direkt neben der Flasche«, maulte Madame Patterson.
François Robidoux schenkte sich selbst nach. Die Musik

schluchzte im Hintergrund. Timmy Collins bewegte den Rollstuhl auf den Arzt zu und reichte ihm sein Glas. Er tat, als merke er die Spannung nicht, die sich seit dem Eintreffen seiner Tochter breitmachte.

»Mein lieber François«, begann er emphatisch. »Heute ist Halloween. Da ich Ihren Geschmack hinsichtlich der Kunst und der Medizin kenne, habe ich ein Spiel vorbereitet. Sehen Sie diese beiden Bilder? Welches habe ich mit der rechten und welches mit der linken Hand gemalt? Wenn Sie sich irren, müssen Sie Ihr Glas ex trinken.«

»Papa«, stöhnte Charlene. »Wie soll er das erraten?«

»Charlene, dieser Mann ist mein Arzt. Er kennt meine Seele in- und auswendig, die Farbe meiner Scheiße, den Zustand meiner Leber und auch in etwa meine Träume. Er müsste dazu in der Lage sein, und sogar besser als ein Kritiker aus Toronto, meine beiden Malweisen zu unterscheiden. Schließlich habe ich eine *thematische Erneuerung* durchgemacht. Ha, ha.«

François Robidoux fühlte sich sowohl verärgert als auch geschmeichelt und stellte sich vor die Bilder.

»Dieses hier stammt eindeutig aus der linken Periode«, erklärte er.

»Bravo! Das habe ich auch von der Intelligenz eines jungen Katholiken erwartet. Jetzt darf ich mein Glas auf ex trinken.«

Timmy Collins kippte seinen Scotch hinunter. Wie alle Junggesellen schien er sich besonders gern zu produzieren, wenn er Gesellschaft hatte.

»Wie haben Sie das erraten?«, fragte er.

»Ganz einfach. In der Raumaufteilung der linken Hälfte

des Bildes sieht man den Einfluss der nicht dominanten Hälfte.«

»Sie sind ein Kenner. Warum haben Sie nicht die Polizeilaufbahn eingeschlagen?«

»Polizei oder Medizin, das kommt auf das Gleiche raus: Man hindert die Leute daran, sich zu amüsieren.«

Die Krankenschwester und François, die den Anlass ihres Besuchs vergessen hatten, lauschten Collins Geschichten über Halloween. Charlene lehnte sich gegen einen Tisch und prustete schon im Voraus bei den witzigsten Stellen los. Das Licht wurde schwächer. Der Alkohol und die Musik taten das Ihre, damit François Robidoux ein Gefühl von Unwirklichkeit bekam: So driftete er im Nebel des Nordatlantiks auf einem notdürftigen Schiff ab, umgeben von Rothaarigen, die Spukgeschichten erzählten.

Das Gelächter ebbte allmählich ab und damit auch das Vergessen, das sie von ihren Sorgen befreite. Madame Patterson leerte ein letztes Glas und öffnete die Arzttasche.

»Timmy, Sie haben uns immer noch nichts über Ihre Schulter erzählt.«

»Zum Teufel mit meiner Schulter und euren Pillen. François, kommen Sie morgen zum Essen und füllen Sie dann Ihre Papiere für die Klinik aus.«

Er drehte sich mit seinem Stuhl und legte eine neue CD ein. Wenn ihn jemand nicht mehr interessierte, wandte er sich so brüsk ab, dass ihm diese Gewohnheit bestimmt so manche Feinde eingebracht hatte.

Die Visite war beendet. Charlene begleitete sie zur Tür.

»Sagen Sie mal«, flüsterte sie Robidoux zu, »woran haben Sie die beiden Bilder unterscheiden können?«

»Die Nägel, an denen das ältere hing, waren verrostet.«
»Das habe ich auch gesehen.«
Sie lächelte ihn an. Was tat dieses Mädchen auf dieser verlassenen Insel?, fragte sich Robidoux. Madame Patterson wartete im Regen. Charlene bot Robidoux an, ihn im Lastwagen mitzunehmen, aber er lehnte ab.
Draußen herrschte Weltuntergang. Madame Patterson umklammerte den Lenker, fuhr mit vom Wind geblähtem Anorak durch die Schlaglöcher und versuchte, ihre schlechte Laune zu bekämpfen. In der Ferne erhob sich im Osten ein roter Mond. Völlig durchnässt erreichten sie die Ambulanz.
»Sie können nicht hier bleiben«, sagte Madame Patterson. »Sie sind völlig durchgeweicht, und es gibt hier nichts zu essen. Kommen Sie mit mir nach Hause.«
François wäre gern allein geblieben. Es gelang ihm, die Krankenschwester loszuwerden, indem er versprach, zum Essen zu kommen.
Die Zimmer waren feucht und rochen modrig. Er nahm eine heiße Dusche und schlüpfte unter eine grauenerregende rosarote Bettdecke.
Seine Hände und Füße waren eiskalt. Er versuchte, die Heizung aufzudrehen. Sein Herz schlug dumpf. Er hörte wieder das Schlurfen von Eva Pattons Filzpantoffeln. Zum zweiten Mal hatte ihn eine nervöse Krise am Bett einer Sterbenden erfasst. Einen Monat zuvor hatte er nach dem Tod einer Patientin vor dem Personal beinahe die Beherrschung verloren.
Er hatte den Vorfall seiner Müdigkeit zugeschrieben. Allerdings war die Dame unter ziemlich merkwürdigen

Umständen gestorben. Florida Arseneau war eine alte Frau mit dem Schalk im Blick, immer zu Späßen aufgelegt. Nach einem kleinen harmlosen Infarkt wartete sie ungeduldig auf ihre Entlassung aus der Klinik.

»Mich wegen ein bisschen Herzklopfen acht Tage in der Klinik zu behalten, das tun Sie doch ausschließlich zu Ihrem Vergnügen.«

Am Vorabend ihrer Entlassung machte Robidoux seine Visite bei ihr. Sie lag ausgestreckt auf dem Rücken, die Arme über der Brust gekreuzt, den Mund offen. Er dachte an einen Scherz. Diese alte Hexe!

Er trat lächelnd an ihr Bett.

»Madame Arseneau, Sie sollten mir nicht solche Streiche spielen ... Sie könnten jemanden damit erschrecken.«

Trotz aller Wiederbelebungsversuche zeigte sich Florida Arseneau mit ihrem makabren Humor unerbittlich in ihrer Absicht, das Zeitliche zu segnen. François Robidoux blieb wie betäubt in ihrem Zimmer stehen. Er hatte solche Situationen bereits erlebt. Während seiner Zeit als Assistenzarzt in der Klinik Saint-Luc hatte er an mehreren Patienten Wiederbelebungsversuche vorgenommen. In der Notaufnahme wurden arme Teufel eingeliefert, die auf den Trottoirs des Stadtzentrums herumlagen, oder ein Lokalmafioso, der mit drei Kugeln niedergeschossen worden war. Anonyme Marionetten auf der Intensivstation, die seit Tagen, an irgendwelche Schläuche angeschlossen, zwischen Leben und Tod schwebten. Ihr Tod war rein technischer Natur. Man holte ihn aus dem Zimmer, in dem Krankenschwestern und Klinikmitarbeiter dösten, Anordnungen erteilten oder befolgten. Er kannte seinen Platz in der Hierarchie und tat, was er konnte, Sauerstoff, Herzmassage, Intubation, und er konzentrierte sich auf den Erfolg. Der Klinikgeistliche tauchte auf. Eingezwängt zwischen dem Beatmungsgerät und dem Defibrillator leierte er seine Gebete herunter, dann verdrückte er sich wieder, dieser Zeuge einer anderen Welt. Wenn man jede Hoffnung aufgegeben hatte, dann durften die Medizinstudenten an den Leichen üben, was man ihnen an lebenden Patienten untersagte.

Madame Arseneaus Tod jedoch hatte François Robidoux tief erschüttert. Er besprach noch einmal ihre Krankenakte mit seinen Kollegen. Nichts Auffälliges. Irgendwann musste jeder sterben. Das gleiche Unbehagen hatte ihn bei Eva Patton erfasst.

Natürlich musste man irgendwann sterben. Hatte er Angst vor dem Tod? Das durfte einem Internisten nicht passieren. Musste er seine Kindheit durchforsten? Er sah Onkel Roger ordnungsgemäß in seinem Sarg liegend vor sich, in diesem riesigen Bestattungsunternehmen, in dem er damals mit seinen Cousins herumtobte. Er erinnerte sich an einen Unbekannten, der neben der Espressomaschine saß. Schließlich identifizierte man ihn als Bridgepartner des Verstorbenen. Onkel Roger hatte seine letzte Partie mit großem Getöse aufgegeben, nachdem er Kreuz statt Herz ausgespielt hatte. Der Mann trank einen Kaffee nach dem anderen und war untröstlich. »Er hätte wirklich nicht Kreuz spielen sollen …«

François hörte Mozart mit seinen Kopfhörern. Der Legende nach hatte ein maskierter Mann an die Tür des Komponisten geklopft und das *Requiem* bei ihm bestellt.

Mozart steckte bis über den Kopf in Schulden, war in Wien vergessen und krank. Seine Musik wurde immer heiterer. Der nahende Tod befreite ihn von einer Last. Seltsam, dieses geliehene und sogleich wieder genommene Leben. Wenn Gott wirklich existierte, fehlte es ihm an Großzügigkeit. Die ganze Aufregung, um dann wie eine Eintagsfliege an die Windschutzscheibe eines führerlosen Lastwagens zu klatschen. François Robidoux versuchte, sich den letzten klaren Augenblick vorzustellen. Er sah nur den Weltraum vor sich. Hinter den Sternen und Galaxien lag diese Unendlichkeit, die sein Geist nicht begreifen konnte. Ein Betrug. Angesichts all des Unbekannten fröstelte ihn wie ein Kind, das nachts Blitz und Donner hört und sich schnell unter die Bettdecke verkriecht. Das war existenziell. Dieses Adjektiv hätte er dem Begriff Angst im Krankenblatt eines Patienten beigefügt, der ihm diese Geschichte anvertraut hätte.

Er hinterließ eine Nachricht auf dem Anrufbeantworter von Jolicœur. Könnte er Freud morgen etwas zu fressen geben? Und spazieren führen? Er wusste nicht, wann er zurückkehren würde. Armer Freud!

Die Musik ging in Dur über. François Robidoux' Herzschlag verlangsamte sich. Der Wind heulte, verfangen in den Nischen des Hauses. Die Decke drehte sich und erinnerte ihn an die Geschichten von Timmy Collins. Zehn Minuten später war er eingeschlafen.

8
Das Leuchtturmwärterhaus

I want to marry a lighthouse keeper
And keep him company

Erika Eigen

Winston bückte sich, um den Herd anzumachen. Eine Stunde zuvor hatte er die Thermostate ausgeschaltet, um sich zum ersten Mal in diesem Herbst seiner Leidenschaft fürs Heizen mit Brennholz hinzugeben. Phyllis Dickson warf ihm einen finsteren Blick zu. Er hatte nicht gehört, worüber sie und der neue Pensionsgast beim Abendessen gesprochen hatten, aber Phyllis schien diese Frau nicht gerade leidenschaftlich zu lieben.
In diesem Augenblick kam die in ihrem Touristenölzeug so auffällige Unbekannte herunter. Sie hatte sich eine Tasche unter den Arm geklemmt und ging jetzt, um acht Uhr abends, während der Wind bedrohlich wehte, auf Expedition. Phyllis fragte sie, wohin sie gehen wollte. Winston konnte an ihren Lippenbewegungen den Namen Jeffrey erkennen. Phyllis machte ein mürrisches

Gesicht und wandte den Kopf ab. Die fremde Frau ging hinaus, ohne sich um Phyllis' Reaktion zu kümmern. Ein Lächeln umspielte die Lippen in ihrem aufgedunsenen Gesicht.

Margie Stone steuerte geradewegs auf den Leuchtturm zu. Sein Strahlenbündel wetteiferte mit dem hellen Mond, erleuchtete hier und da eine verkümmerte Fichte, einen Schuppen oder ein Lastwagenwrack.

Das Haus des Wärters war verschlossen. Ein Wasserkessel pfiff auf dem Herd. Margie Stone klopfte.

»Jeffrey! Ich weiß, dass du da drin bist. Mach auf, *Honey* …«

Keine Reaktion. Margie Stone legte ihren Rucksack ab und setzte sich vor die Tür. Von Zeit zu Zeit klopfte sie vorsichtig an die Tür.

Eine halbe Stunde später hörte sie, wie der Riegel des Schlosses geöffnet wurde. Sie hob ihren Rucksack auf und betrat ein niedriges Zimmer, in dem es nach Alkohol roch.

Vater Jeffrey Ballantyne bereitete Rühreier zu. Er kehrte ihr ostentativ den Rücken.

»Hast du Hunger?«

»Ich habe bei Madame Dickson gegessen. Oh, Jeffrey!«

Sie ging auf ihn zu, um ihn zu küssen. Der Pastor war dunkel, schmächtig, schlampig, und seine Hände zitterten. Er drehte sich um und benutzte die heiße Pfanne als Schutzschild gegen die Frau. Er umklammerte die Pfanne und manövrierte sie zum Tisch.

»Was machst du hier? Du hast versprochen …«

»Ich habe alles in Sydney zurückgelassen.«

Ohne sie zu beachten, setzte sich der Pastor an den Tisch und stellte die Pfanne vor sich hin.
»Ich bin frei«, fuhr Margie Stone fort.
Das Adjektiv vibrierte im Raum wie ein Kennwort. Der Priester lachte verkrampft.
»FREI! Madame Fletcher ist FREI!«
»Warum nennst du mich Madame Fletcher?«
»Madame Fletcher, verheiratet, drei Kinder, ist frei. Hast du dich gesehen? Du siehst aus wie ein gekochter Apfel.«
In dem Maße, in dem er seine Beherrschung verlor, gewann Margie Stone ihre zurück. Ihre Miene verriet Wohlwollen, sie war Herrin der Lage.
»Es ist in Ordnung, Jeffrey. Es steht geschrieben, dass wir uns wiedersehen. Alles wird so, wie es war, mach dir keine Sorgen.«
»Ich hatte dich gebeten, nicht zu mir zu kommen.«
»Du liebst mich.«
»Lass mich in Ruhe.«
»Du liebst mich. Das kann jedem passieren. Wenn ich erst mit dir lebe, findet sich alles von selbst.«
»Mit mir leben! Du kannst deine Kinder nicht im Stich lassen. Verschwinde!«
»Sie sind groß genug, um allein zurechtzukommen. Ich habe ein Geschenk für dich.«
Sie holte die Bibel aus ihrem Rucksack und reichte sie ihm. Verärgert betrachtete er das Buch, hielt es vorsichtig zwischen Daumen und Zeigefinger. Dann warf er es in den Mülleimer, nahm wieder Platz am Tisch, atmete tief durch und warf seinen Teller gegen den Kühlschrank.
»Bravo«, bemerkte Margie Stone spöttisch.

»Geh zu Phyllis zurück und nimm die erste Fähre.«
»Ich bleibe.«
»Ich gehe fort.«
»Du kommst wieder, ich warte auf dich.«
Verzweifelt flüchtete Jeffrey Ballantyne in das angrenzende Zimmer. Margie Stone zog die Vorhänge zu und zog sich aus. Dann erschien sie nackt im Wohnzimmer, schaltete Musik ein, setzte sich auf die Knie des Pastors und versuchte, ihn aus seiner Erstarrung zu reißen. Er fiel auf das Sofa, jammerte und weinte. Plötzlich schien ein Blitz in ihn gefahren, denn er packte ihren Arm und warf sie samt ihrem Gepäck aus dem Haus. Er drohte ihr, sie zu töten, wenn sie wiederkäme.
Margie Stone sammelte ihre Kleider ein und klapperte mit den Zähnen. Als sie angezogen war, beruhigte sie sich. Sie ging auf die Tür zu.
»Bis morgen, Jeffrey. Ich liebe dich.«
Der Priester sah ihr nach, wie sie sich entfernte. Wieder quälten ihn Magenschmerzen. Er trank einen kräftigen Schluck Gin, ging hinaus und steuerte auf die Klippen zu. Die Wogen peitschten an die Felsen. Die Kieselsteine prallten auf den Strand. Er schritt eine Weile am Ufer des silbrig brodelnden Meeres entlang und kehrte dann zum Leuchtturm zurück.
Er holte die Bibel aus dem Mülleimer und reinigte sie. Das Fenster seines Zimmers blieb bis spät in die Nacht erleuchtet.

9

Wimperntusche auf der Oboe

Wenn die Angst bei einem Menschen
ein bestimmtes Maß erreicht hat,
kann man einen Wortdurchfall erleben.

Réjean Ducharme

Das Telefon riss François Robidoux aus einem traumlosen Schlaf. Es war Nacht. Der Regen fiel weniger heftig. Madame Patterson verkündete mit sanfter Stimme, dass das Lamm im Backofen verkohle.

Er schlüpfte in seine nassen Sachen. Noch ganz benommen begab er sich zum Haus der Krankenschwester. Er hatte Hunger, und sein Magen war übersäuert vom Alkohol. Die Krankenschwester wohnte hundert Meter von der Ambulanz entfernt, auf dem Weg, der zu den Klippen führte. Hinter Havre-Aubert funkelten die Sterne. Der Regen ließ nach.

Der 69er Ford von Bill Patterson stand in der Nähe des Hauses. Auf dieser Insel, auf der Fahrzeuge keine lange Lebensdauer hatten, weil sie den Schlaglöchern auf den

Straßen zum Opfer fielen, grenzte sein Standhalten an ein Wunder. Madame Patterson fuhr nur selten mit ihm, gewissermaßen in Erinnerung an ihre Vergangenheit.
Sie hatte ein Kleid angezogen und ihre Augen mit Kajalstift umrandet. Der Tisch im Esszimmer war für zwei Personen gedeckt. An den Wänden und auf dem Fernseher erinnerten Fotos und maritime Gegenstände an ihren Mann. Aus dem Radio klang die tiefe Stimme eines Countrysängers. Der Lichtkegel des Leuchtturms glitt über die Silbergefäße.
»Sie sind ja ganz durchnässt. Ich habe Ihnen etwas zum Wechseln zurechtgelegt und werde die Sachen waschen.«
Im Bad entdeckte François den sorgfältig zusammengelegten, mit Mottenkugeln versehenen Hochzeitsanzug des verblichenen Bill Patterson. Zumindest sah es danach aus.
»Wollen Sie wirklich, dass ich den anziehe?«
»Das ist alles, was ich habe. Ich könnte Ihnen auch meinen Morgenmantel leihen.«
»Nein, danke.«
François Robidoux beschloss, das Spiel mitzuspielen. Er kleidete sich sorgfältig an, Manschettenknöpfe und Fliege mit inbegriffen. Es fehlten nur noch Schuhe und Hut. Er begutachtete sich im Spiegel: Er sah aus wie ein Brautführer, der die Nacht beim Kartenspiel verbracht hatte.
In diesem Aufzug betrat er die Küche. Madame Patterson erwartete ihn, den Zylinder in der einen und ein Glas Wein in der anderen Hand.
»Tut mir leid. Ich habe die Schuhe Bills Bruder geschenkt. Sie sehen sehr elegant aus.«

Sie rückte Kragen, Fliege und Hut zurecht. Die Krankenschwester war betrunken.
Kinder in Halloween-Kostümen läuteten das erste Mal bei der Suppe und das letzte Mal beim Dessert. Sie kamen herein und erstarrten angesichts dieses Sargträgers, der mit Madame Patterson speiste. Manchmal wurden sie von einem Erwachsenen begleitet, der Robidoux zu seinem Aufzug gratulierte.
Das Lamm schmeckte ausgezeichnet, nur der Riesling bekam ihm nicht. Madame Patterson vertrug viel und achtete darauf, dass François' Glas immer voll war. Der Arzt fühlte sich trotz des Hochzeitsanzugs wohl in Gesellschaft dieser Frau, die seit Ewigkeiten nicht mehr mit einem Mann zu Abend gegessen hatte. Er spürte eine ihm ungewohnt gute Laune. Seine Gastgeberin lächelte und schwenkte das Weinglas in ihrer Hebammenhand. Sie legte eine Symphonie von Tschaikowsky auf, deren hohe Töne die Gespenster, die in den Windfang eingedrungen waren, beeindrucken würden. Die Atmosphäre verschwamm. Madame Patterson war plötzlich weit weg, ganz verwischt. François Robidoux' Sätze verloren sich in der Unordnung auf dem Tisch.
Sie lauschten der Musik.
»Lieben Sie Tschaikowsky?«
Er war stolz, dass er den Komponisten erkannt hatte.
»Es war der Lieblingskomponist meines Vaters. Er spielte dieses Thema immer abends, um mich zu beruhigen.«
»Spielte er Flöte?«
»Oboe«, korrigierte sie ihn milde. »Mein Vater war Oboist im Londoner Philharmonischen Orchester. Er war ein

schöner Mann, unbekümmert und kindlich. Er hatte der Oboe zuliebe das Klavier aufgegeben. Niemand hatte begriffen, warum. Es gefiel ihm, das A anzugeben und seine kleinen Soli zu spielen. Er war liebenswert in seiner Ambitionslosigkeit.«

François trank einen Schluck Wein. Er fühlte sich im Verhältnis zu dieser Engländerin besonders jung.

»Und Ihre Mutter?«

»Meine Mutter starb bei einem Bombenangriff auf London, zusammen mit meinem Bruder Jimmy.«

»Verzeihen Sie.«

»Es gibt nichts zu verzeihen. Das alles liegt so weit zurück. Manchmal frage ich mich, ob es nicht nur ein schlechter Film war.«

Robidoux fühlte sich unwohl. Sein Beruf brachte ihn täglich mit Schmerzen in Berührung. Das Gefühl ging Hand in Hand mit ihm wie die Arbeit eines schmerzenden Muskels mit einer Grimasse der Seele.

»Das ist Ihnen bestimmt sehr nahegegangen ...«

»Ich war fünf. Papa und ich sind in eine kleine Wohnung gezogen. Er hat das Orchester verlassen, um sich um mich zu kümmern. Er hatte mir stundenlang Geschichten erzählt, mit mir gespielt und mich in den Zoo geführt. Nachts kam er an mein Bett, um zu schauen, ob mir kalt war, ob ich normal atmete und ob ich noch lebte. Ich schlief bei ihm, und das beruhigte ihn.

Das Geld wurde knapp. Er musste sich wieder ans Klavier setzen und in den Nachtbars Tango spielen. Er vertraute mich einem Nachbarn an, einem liebenswürdigen Trunkenbold, der BBC hörte und dabei einschlief. Ich überzeugte ihn schließlich, dass es einfacher sei, mich mir selbst zu überlassen.

Mit acht habe ich meinen ersten Western gesehen. Das war die Erleuchtung: Ich wollte nach Amerika. Papa lachte, aber ich war wild entschlossen dazu. Also ist er, genauso wie er mit mir in den Park, in den Zoo oder ins Kino ging, nach Amerika gegangen. Er entschied sich der Indianer wegen für Kanada. Mein Vater war der Meinung, dass die Indianer in Kanada authentischer waren als in Amerika.

Wir haben Paris, Rom und Wien angeschaut. Er legte Wert darauf, mir erst Europa zu zeigen, bevor er mit mir in die Neue Welt reiste. In Amsterdam gingen wir an Bord eines Passagierschiffes voller Emigranten aus Mitteleuropa. Auf dem Schiff lernte er Maria, eine Deutsche, kennen. Ihr Mann war im Krieg gefallen. Sie hatte einen Sohn in meinem Alter. Hans spielte Klavier. Sie haben sich angefreundet. Drei Monate später verließen wir Halifax, um zu ihnen nach Saskatchewan zu ziehen.«

Die Musik war inzwischen verstummt.

»Und dann?«

»Sie hatten keine weiteren Kinder. Ich glaube, sie wollten keine mehr. Sie hatten mit Hans und mir genug. Ich mochte Hans nicht, ich glaube, ich war eifersüchtig auf ihn. Mein Vater gab ihm Stunden und lobte sein Talent. Doch ich wusste, dass Hans trickste. Er spielte Klavier wie ein gelehrter Affe. Ich behielt recht: Heute arbeitet er als Buchhalter. Er kann fantastisch kopfrechnen. Und er wettet immer mit seinen Freunden.

Mein Vater eröffnete ein Musikgeschäft. Wenn wir schlafen gegangen waren, spielte er Oboe. Meine Stiefmutter

war geduldig und nahm meine Launen in Kauf. Papa bekam gelegentlich Anwandlungen von Zärtlichkeit. Und wieder machten wir uns auf den Weg, allein. Unsere Unternehmungslust legte sich schnell wieder. Es gab nur diese ländliche Stadt und die Weizenfelder drum herum. Ich fragte nach Mama, nach Jimmy und nach London. Ich hatte Angst, dass er meine Kindheit vergessen könnte. Ich erinnerte mich an die Abende, an denen er in die Bar ging, um zu spielen – das war für mich das Paradies. Ich verwünschte den Tag, an dem ich ihn angefleht hatte, mit mir nach Amerika zu gehen.
Ich machte meine Ausbildung als Krankenschwester. Ich wollte reisen. Doch Maria wollte, dass ich heirate. Sie hatte Angst, Papa würde es nicht überleben, wenn ich wegginge. Ich las eine Anzeige des Roten Kreuzes. Ich hinterließ einen Brief auf dem Tisch und bin mitten in der Nacht weggegangen. Es war romantisch. Dann bin ich hier gelandet. Die Insel war die erste Etappe auf meiner Weltreise.«
Die Krankenschwester hatte die Augen halb geschlossen und lachte schallend. Mit dem Handrücken wischte sie die Wimperntusche ab, die ihre Augen verschmiert hatte. Sie saß aufrecht, das leere Glas in der Hand wie eine ausgelassene Schülerin, die auf ihre Strafe wartet.
»Und Ihr Vater?«
»Er rief mich an, wenn er getrunken hatte. Er wusste aber nicht, was er sagen sollte. Ich fragte ihn, ob er immer noch Oboe spiele. Ein paar Jahre später ist er an einer Leberzirrhose gestorben.«
Was für ein seltsames Schicksal, dachte François Robi-

doux. Sie hatte ihr Gefängnis in den Weizenfeldern von Saskatchewan verlassen, um sich auf eine vom Atlantikwind gepeitschte Insel zurückzuziehen. Die Menschen vom Festland, die auf den Inseln lebten, hatten eines gemeinsam: eine seltsame innere Unabwendbarkeit.

»Waren Sie die erste Krankenschwester hier?«

»Vor mir hat eine gewisse Boudreau den Dienst getan.«

»Boudreau?«

»Sie kam aus Havre-Aubert. Ihre Mutter war Irin, sie sprach Englisch. Sie war froh, als ich kam.«

»Warum sind sie geblieben?«

Sie zuckte die Schultern.

»Der erste Winter war hart, denn es herrschte Meningitis in der Umgebung. Ein Kind ist gestorben, ein anderes wurde taub. Bill besuchte mich jeden Tag und erwies mir Gefälligkeiten. Er war … amüsant. Er hatte eine seltsame Art, das Leben zu betrachten, als ob er gewusst hätte, dass er mit 38 sterben würde. Anfangs war es nur ein Spiel. Dann ging es um Heirat. Ich träumte davon, auf Reisen zu gehen. Dann kamen die Kinder. Das war's schon.«

»Sie haben Ungewöhnliches erlebt. Mit 20 schon Krankenschwester auf der Île d'Entrée, und das 1959.«

»Interessiert Sie das?«

Madame Patterson bückte sich und holte ein schwarzes Heft aus einer Schublade.

»Mein Tagebuch von damals. Vielleicht amüsiert es Sie.«

»Wollen Sie es mir wirklich leihen?«

»Sind wir denn keine guten Freunde?«

Der Wind hatte sich gelegt. Ein dünner Mondstrahl schien

durchs Fenster. Der Bericht der Krankenschwester hatte das letzte Bollwerk seiner Klarsicht unterhöhlt. Sie war betrunken, ihre Augen waren starr, ihre Gesten vage.
»Was hält *Sie* hier zurück?«, erkundigte sie sich.
»Nichts. Ich bin frei. Warum soll ich nicht ein oder zwei Jahre bleiben?«
François traute sich nicht, der Krankenschwester zu gestehen, dass ihre Geschichte quälende Fragen in ihm wachgerufen hatte. Was hielt ihn denn wirklich auf diesem einsamen Archipel zurück? Warum war er nicht mit Gigi Bengale in die Stadt zurückgekehrt? Hatte er die Röcke der Universität gegen die des Atlantiks getauscht? Von der Außenwelt, vom Kontinent, erreichte ihn nur eine leichte Brise, die noch durch den Golfstrom und zweihundert Jahre Inseltradition geschwächt wurde. Er hatte seine Gewohnheiten, Freunde und einen Job. Würde er der Verlockung dieser hellen Dünen erliegen, auf denen schon so viele Schiffe gestrandet sind? Unter den Vorfahren seiner Patienten gab es viele Schiffbrüchige, die an einem stürmischen Abend aufs Meer hinausgefahren und nicht mehr zurückgekehrt waren. Würde er eine dieser kleinen verlorenen Familien inmitten einer Robbenherde auf LeBlanc oder Arseneau gründen? Oder würde er als alter Junggeselle in einem Bungalow über dem Cap-aux-Meules enden?
»Trauen Sie den Mädchen auf den Inseln nicht«, murmelte Madame Patterson. »Sie sind Hexen.«
»Ehrlich?«
Die Krankenschwester schwieg. Sie schielte durch das Fenster nach dem Leuchtturm.

»Ich frage mich, was Vater Jeffrey tut ... Die Frau hat sich auf den Weg zu ihm gemacht. Nach dem Abendessen ging sie mit ihrem Rucksack los und erklärte Phyllis, sie solle sich keine Sorgen machen, wenn sie nicht wiederkäme.«

»Sie ist zum Leuchtturm gegangen?«

»Ja, ich habe gesehen, wie sie sich auf den Weg dorthin machte.«

François hatte den Eindruck, dass seine Gastgeberin gleich über ihrem Teller zusammenbrechen würde. Seine Fliege beengte ihn. Er hatte nur noch einen Wunsch: ein Bett und ein Buch.

»Ich gehe jetzt schlafen«, verkündete er. »Morgen früh bin ich mit Timmy verabredet.«

»Timmy! Er wird Sie bis dahin vergessen haben. Er verspricht viel, wenn er ein Glas in der Hand hält.«

»Was für ein merkwürdiger Mensch!«

Die Krankenschwester sah ihn scharf an.

»Timmy Collins ist ein Scheißkerl. Ich habe nie begriffen, wie er überhaupt fähig ist zu malen.«

»Wie kommen Sie denn darauf?«

»Sein ganzes Leben lang hat er andere nur ausgenutzt. Wussten Sie, dass seine Frau Geld hatte? Als er sie kennenlernte, hatte sie gerade ein paar Mietshäuser in Toronto geerbt. Sie lebten von ihren Einkünften, während der Herr den Maler rauskehrte. Sobald seine Bilder sich verkauften, hat er alles hingeworfen, Frau und Kinder verlassen. Hier kennt man ihn gut.«

François Robidoux schwieg. Sollte er sich an solcher Engstirnigkeit stoßen? War nicht jede Heirat ein Pakt voll unleserlicher Klauseln? Die Schöpfung war nicht das Werk reiner Geister. Seit er seinen Arztberuf ausübte, hatte er gelernt, die Schwächen seiner Patienten zu respektieren. Wie die Bakterien sorgten sie in den Grauzonen der Persönlichkeiten für ein Gleichgewicht, das zu stören gefährlich war.

Madame Patterson merkte, dass er sich nicht negativ über Collins äußern wollte. Sie goss sich noch ein Glas ein.

»Schlafen Sie hier. Hier haben Sie es viel bequemer als in der Ambulanz.«

»Ich würde lieber gehen.«

Robidoux' Stimme klang unsicher. Madame Patterson warf ihm einen mürrischen Blick zu und seufzte. Sie stand auf und ging ins Bad. Dort machte sie sich an den Sachen des Arztes zu schaffen. Plötzlich hörte er einen dumpfen Schlag.

Robidoux stürzte ins Bad. Die Krankenschwester kniete vor dem Trockner und rieb sich die Stirn. Der junge Arzt beherrschte sich, um nicht laut loszulachen. Madame Patterson würde ihm nie verzeihen, dass er sie in diesem Zustand gesehen hatte. Sie versuchte vergeblich, die Hose ihres Gastes zusammenzulegen.

»Ich bin betrunken. Entschuldigen Sie. Ich bin eine alte Närrin.«

»Sie sind ganz normal. Es ist Halloween. Lassen Sie doch die Hose liegen!«

Sie erhob sich wieder und lächelte, die Augen halb zusammengekniffen. Mit bangem Herzen half François ihr ins Schlafzimmer hoch.

Dort ließ er die Krankenschwester aufs Bett fallen. Sie murmelte etwas von wegen es täte ihr leid, flüsterte etwas

von einem Jimmy und einem Bastard. Er legte ihr ein kühles Tuch auf die Stirn. Sie zog ihn zu sich heran.
»Bleiben Sie bei mir. Nur diese Nacht. Niemand wird davon erfahren, nur Sie und ich. Was macht es Ihnen schon aus, bei einer alten Närrin zu schlafen?«
Wie erstarrt fiel Robidoux' Blick auf ihren von quer verlaufenden Falten gefurchten Hals. Madame Patterson schloss die Augen und vermied es auf diese Weise, ihn anzuschauen. Warum schlief er nicht mit dieser Frau? Immerhin hatte er sie in ihr Zimmer begleitet. Wie würde es wohl sein, mit einer fünfzigjährigen Frau zu schlafen?
Er erhob sich und zögerte. Die Krankenschwester setzte sich auf die Bettkante und umklammerte seine Hüften.
»Bleiben Sie noch ein bisschen.«
Er war immer noch kalt wie Stein, atmete schwer und angsterfüllt. Mit zitternden Fingern löste sie seinen Gürtel und ließ seine Hose hinuntergleiten. Sein Glied zeigte eine leichte Erregung unter seinem Slip. Mit ihrer großen Hand befühlte sie es. Seine Erektion war – trotz seiner Unentschlossenheit – unübersehbar.
»Sie werden schon sehen …«
Dann zog sie an seinem Slip.

10
Nichts ist verdächtiger als gute Absichten

Ich habe den Eindruck, dass Sie sich nicht ausreichend in der Übertreibung ergehen.

Réal Arsenault

Eingeklemmt zwischen die starken Schenkel von Madame Patterson fühlte sich François Robidoux so unnütz wie ein Männchen im Matriarchat. Er arbeitete sich in die Tiefe einer uferlosen Vagina vor und drang behutsam in einen feindlichen Wald ein. Die Krankenschwester reagierte nicht darauf, sondern verlor sich geräuschvoll in irgendwelche Erinnerungen und wurde ab und zu von kleinen Weinkrämpfen geschüttelt. Er fühlte sich benommen vom Alkohol, sein Glied war ihm fremd und wie aus Blei. Der weiße Körper der Engländerin bewegte sich auf und ab, riesig, geheimnisvoll. Nach dem Orgasmus fiel er langsam in sich zusammen und zog sich zurück.

Madame Patterson blieb einen Augenblick lang reglos liegen und stöhnte mit ihrer grellen Stimme weiter. Sie

streichelte ihre Vagina und presste die Schamlippen zusammen.
Wie hypnotisiert beobachtete François Robidoux die Frau und wurde sich langsam bewusst, in welcher Verfassung er sich befand. Seine Fliege schnürte ihm den Hals ab, sein Hemd hing halb aufgeknöpft an ihm herunter. Das Zimmer stank nach Wein und Schweiß. Wie konnte er sich nur auf diese Alkoholikerin einlassen? Noch vor Tagesanbruch würde die ganze Insel Bescheid wissen.
»Kommen Sie her.«
Die Krankenschwester streckte ihm die Hand entgegen. Robidoux trat den Rückzug zur Tür an. Madame Patterson ließ sich wieder aufs Bett fallen und schloss die Augen. Er eilte die Treppe hinunter und zog sich schnell um. Ein Weinglas hatte einen gelben Kreis auf der ersten Seite des Tagebuchs der Krankenschwester hinterlassen. Er griff nach dem Heft und ging hinaus.
In Madame Pattersons Zimmer ging Licht an. Sie sah ihm vom Fenster aus nach. Er stammelte ein absurdes »Guten Morgen« und machte sich auf den Weg zur Ambulanz.
Das trockene Gras wogte im Wind. Licht drang aus den Häusern. In der Ferne bahnten sich zwei schwankende Lastwagen ihren Weg durch die Schlaglöcher der Straße. Das Fest ging weiter. Vor dem Leuchtturm entdeckte er die Umrisse der Unbekannten, die sich auf den Weg zur Kirche machte. Sie ging langsam und gemessen. Sie sah aus wie eine philosophierende Nonne im Innenhof eines Klosters. François verlangsamte seine Schritte. Sie führte einen glänzenden Gegenstand an den Mund. Es war die Wasserpfeife, die er auf der Fähre gesehen hatte.

»Guten Abend«, sagte sie. »Ich habe dich heute Morgen gesehen.«
Sie betonte »gesehen«, als habe sie Röntgenaugen.
»Schöner Abend, nicht wahr?«
»Wunderbar«, brummelte die Frau und zog an ihrer Pfeife. »Willst du mal?«
Sie atmete eine blaue Wolke aus und reichte ihm die Pfeife. Robidoux zögerte. Seit dem Studium hatte er nicht mehr geraucht und damit den Rat eines Großonkels befolgt, der ebenfalls Arzt war und ihn bei seinem Eintritt ins College vor den Narkotika gewarnt hatte. Der Sturm hatte ihn von der Welt abgeschnitten. Als er am Morgen an Bord der *Gertrude-Béatrice* gegangen war, hatte er eine Tür halb geöffnet, durch die alle Herbstwinde hereingeweht waren.
Er zog an der Pfeife. Ein Gurgeln stieg aus dem stählernen Inneren der Pfeife bis in sein Hirn hoch.
Granola, dachte er, eine alte Granola.
Sie stellten einander vor. Sie hieß Margie.
»Margie Stone«, ergänzte sie.
Sie lachten schallend.
»Kommen Sie vom Leuchtturm?«, fragte er.
»Ich wollte Jeffrey besuchen.«
»Sie kennen Vater Jeffrey?«
»Ich bin seine Frau.«
François schluckte. Margie Stone starrte ihn an.
»Glückwunsch. Ich wusste nicht, dass Vater Jeffrey verheiratet ist.«
»Wir sind nicht verheiratet, ich bin geschieden.«
»Leben Sie zusammen?«

»Er hat Angst vor dem Tratsch. Aber das wird sich schon legen.«
»Sie sind bereit, auf ihn zu warten, nicht wahr?«
»Ich bin hergekommen, um mit ihm zu leben. Und was tust du auf dieser Insel? Du bist der Arzt, oder?«
»Ich bin vom Wind eingefangen, ich kann nicht zurückfahren.«
»Hier werden viele Menschen vom Wind eingefangen.«
François Robidoux spürte, wie sein Hals und seine Glieder schwer wurden.
Die Zeit dehnte sich auf subtile Weise. Ihre Worte knisterten in der Nacht, bewegten sich wie Figuren auf einem Schachbrett. Jeder Satz barg eine Vielfalt von Deutungen. Fieberhaft wählte François die einleuchtendste, ohne davon überzeugt zu sein, dass er richtig lag. Das war ermüdend.
Margie Stone sah das Heft unter seinem Arm.
»Was hast du denn da?«
»Das ist das Tagebuch einer Krankenschwester, die vor dreißig Jahren hierherkam.«
»Das muss aufregend sein ... Du siehst nicht gerade wie ein normaler Arzt aus.«
»Ich bin ein ganz normaler Arzt.«
Sie hatten inzwischen die Ambulanz erreicht.
»Sind Sie nicht unglücklich, weil Jeffrey sich weigert, Sie zu heiraten?«
»Keineswegs. Das Unglück habe ich hinter mir gelassen. Bis morgen.«
»Wir sind Gefangene des Winds.«
Sie musterte ihn mit engelhaftem Blick. Verdammte

Hexe, fluchte er still für sich. Nichts ist verdächtiger als gute Absichten. Er dachte voller Zärtlichkeit an Madame Patterson, die über den Klippen ihren Rausch ausschlief.

11
Miss Hadfield

Ich habe genug Menschen gepflegt,
John MacDuff, um zu wissen,
dass Schuldgefühle häufig ihre einzige
Form von Gedächtnis sind.

Pierre Nepveu

In einer Garderobe der Ambulanz entdeckte François Robidoux einen abgewetzten Morgenmantel. Er schlüpfte hinein und sah darin wie ein verarmter Baron aus. Feierlich schritt er durch die drei Zimmer im oberen Stock. Dann ging er wieder hinunter, überprüfte die Schlösser und löschte das Licht. Er legte sich zu Bett und schlug das Tagebuch auf. Der Einband war brüchig. Einige Seiten wiesen ganz frische Risse auf. Die Krankenschwester schien es erst kürzlich gelesen zu haben, nachdem sie es jahrelang an einem feuchten Ort aufbewahrt hatte.

29. September 1958

Heute Morgen warteten ungefähr fünfzig Menschen am Kai auf mich. Der Bürgermeister, ein hochgewachsener bärbeißiger Mann, hat mir dabei geholfen, an Land zu gehen. Die Insulaner musterten mich schweigend. Ich hatte das Gefühl, aus einer Kutsche zu steigen, um einen Saloon zu betreten.

Der Bürgermeister hat mich in seinem Buggy zur Ambulanz gebracht. Eine Schar blonder Kinder folgte uns kichernd. Ich saß aufrecht und blickte auf das Meer, das mich umgab.

Die Häuser wirken trostlos mit ihren grauen Schindeln und ihren baufälligen Schuppen. Die Gärten sind gut gepflegt und von Zäunen umgeben, zum Schutz gegen Tiere.

Die Ambulanz befindet sich in einem Haus auf einer Anhöhe. Der Bürgermeister hat mich ins Haus gebracht. Frauen in Sonntagskleidung erwarteten mich. Die Männer haben meine Koffer abgestellt. Der Bürgermeister stellte mich den Damen vor und verschwand dann wortlos, nachdem er seine Pflicht erfüllt hatte.

Meine Gastgeberinnen waren sehr charmant. Sie führten mich herum und zählten alles auf, was repariert werden musste. Ich wollte das Sprechzimmer sehen. Einen Moment lang herrschte Schweigen. Dann führten sie mich in ein Zimmer, in dem das blanke Chaos herrschte. Die Instrumente lagen auf einem staubigen Tablett. Ein altes Bild aus meinem Anatomiebuch schien lebendig zu werden. Man müsste ans Rote Kreuz oder an den Abgeordne-

ten schreiben und sich mit dem nächsten Schiff moderne Instrumente bringen lassen.

Im Wartezimmer hatten die Frauen ein Büfett angerichtet. Als ich mich voller Elan zum Essen setzte, räusperte sich ein Junge am Eingang: Seine Mutter kam nieder. Eine Madame Dingwell erhob sich. Seitdem die Bereitschaftsschwester Boudreau gegangen war, half sie den Frauen, die nicht rechtzeitig genug nach Cap-aux-Meules gefahren waren.

Ich erkundigte mich nach dem Fötoskop. Ich hatte lediglich ein Stethoskop dabei, weil ich davon überzeugt war, alles Übrige vor Ort vorzufinden. Die Damen waren bestürzt. Ich versuchte, sie zu beruhigen, dabei zitterte ich jedoch am ganzen Leib. Was war das für ein Instrument, das ich so dringend benötigte? Ich beschrieb es ihnen mühsam. Eine der Damen erinnerte sich plötzlich, vor drei Wochen gesehen zu haben, wie sich ein Kerl namens Jeffrey mit einer komischen Hupe amüsiert hatte. Madame Dingwell fand es jedoch ziemlich verdächtig, dass ich dieses Ding mit dem komischen Namen für eine Geburt brauchte.

Man führte mich an das Bett einer Rothaarigen, die problemlos ein Baby zur Welt gebracht hatte, das betroffen dreinblickte. Ich machte mir wohl unnötige Sorgen, weil es so dürr war, denn alle sagten, es sehe großartig aus. Nachdem wir alles Nötige erledigt hatten, konnten wir nichts anderes tun als feiern. Später fand man das Fötoskop auf der Vogelscheuche eines Nachbarn. Die Mutter des kleinen Jeffrey will mir ein neues kaufen, doch ich will lieber das alte behalten. Kein anderes Instrument, nicht mal das

modernste, ist besser als dieses geeignet, den Herzschlag der Babys auf der Île d'Entrée zu hören.
Ich habe dieses Heft in Montreal gekauft, im Hinblick auf die langen Abende, die mich erwarten. Ich bin die Krankenschwester auf diesem einsamen Vorposten im Atlantik. Der Wind hat sich gelegt. Es herrscht eine übernatürliche Stille. Ich wollte allein sein – und jetzt bin ich es.

6. Oktober 1958

Gestern habe ich Papa geschrieben. Es ist jetzt über zwei Wochen her, dass ich aus Saskatchewan geflohen bin. Es macht mir Spaß, auf hoher See zu sein. Nur die schlichte Notiz auf dem Tisch: »Ich bin auf Weltreise. Gladys.« Banal, aber berauschend. Wenn er meinen Brief liest, kann er mich in der weiten Welt suchen. Ich lebe an diesem mysteriösen Ort: ENTRY ISLAND, MAGDALEN ISLANDS, QUEBEC. Er wird in seinem Atlas suchen und nur einen kleinen Flecken an der Mündung des Saint-Laurent finden. Er wird aufstehen, nach seiner Oboe oder einem Glas Gin oder nach beidem greifen. Er wird nicht schlafen können, bevor er mir geantwortet hat.
Ich hatte ihn angefleht, mit mir nach Amerika zu gehen. Warum habe ich das Bedürfnis, diesen Mann zu bestrafen, der doch meinetwegen alles aufgegeben hat?

8. Oktober 1958

Heute Abend hat mich eine Frau ans Krankenbett ihres Onkels Clarence Aitkens geführt. Er hatte sich beim

Fallen den Schädel verletzt. Die Frau fürchtete eine Infektion. Unterwegs vertraute sie mir – irgendwie stolz, aber gleichzeitig beschämt – an, dass ihr Onkel ein sehr eigenwilliger Charakter sei. Unter anderem war er nie bereit gewesen, Schwester Boudreau zu empfangen. Vor zehn Jahren hatte er sein gebrochenes Handgelenk lieber zwischen zwei Bretter gelegt, statt in die Klinik zu gehen.

»So ist er seit dem Krieg.«

»Seit fünfzehn Jahren?«

»Seit vierzig Jahren. Seit dem Ersten Weltkrieg.«

»Lebt er allein?«

»Er ist ein alter Junggeselle.«

Die Hütte war winzig. Er lag auf einem verblassten Sofa. Als wir kamen, kehrte er uns den Rücken zu.

»Raus!«

Die Frau legte ihren Mantel ab und räumte den Schreibtisch auf, der als Schreib- und Küchentisch diente.

»Dieser Riss wird sich entzünden, Clarence. Schwester Hadfield wird sich darum kümmern.«

»Ich will, dass diese Schindmähre mein Haus verlässt!«

Ich schickte mich an, hinauszugehen.

»Eine Tasse Tee, Mademoiselle Hadfield?«

Die Frau bedachte mich mit einem strengen Blick. Ich musste bleiben.

»Gern.«

Ich setzte mich, um meine Anwesenheit zu bekräftigen. Unbeeindruckt bereitete die Nichte den Tee zu und setzte sich neben mich.

»Clarence, willst du eine Tasse?«

»Schert euch zum Teufel!«

Wir tranken unseren Tee ohne ein Wort zu sagen. Der Alte ignorierte uns. Fichtennadelduft erfüllte den Raum. Nach zwanzig Minuten raffte ich all meinen Mut zusammen und näherte mich dem Kranken.

Oberhalb seiner sandigen Haare befand sich eine mehrere Zentimeter tiefe klaffende Schnittwunde, die mit einer schleimigen Flüssigkeit überzogen war, die ich nicht identifizieren konnte.

»Fichtenharz«, bemerkte meine Komplizin mit neutraler Stimme.

»Wie alt sind Sie, Monsieur Aitkens?«, fragte ich törichterweise.

»Find es doch selbst raus!«

Ermutigt trat ich näher und legte meinen Finger auf seinen Schädel. Plötzlich wandte er mir sein Gesicht zu, in dem ein gelblicher Bart wucherte, und deutete mit dem Finger auf ein Gewehr, das an der Wand hing.

»Siehst du das Gewehr da? Raus hier!«

Er starrte mich mit seinen Pavianaugen an. Langsam zog ich mich zur Tür zurück. Ich fürchtete, ohne großen Prozess abgeknallt zu werden. Die Nichte behielt die Ruhe.

»Clarence, spiel nicht den Idioten. Du hast eine üble Wunde, die sich entzünden wird.«

Ich blieb in der Türöffnung stehen. Der alte Clarence drehte den Kopf wieder zur Wand.

»Monsieur Aitkens, ich komme morgen wieder.«

18. Oktober 1958

Ich habe lange über Papas Brief nachgedacht:
»Mit neun konntest du mir nicht genau sagen, dass du dagegen bist, dass ich wieder heirate. Ich musste es selbst herausfinden. Du hast bis zu deinem 20. Lebensjahr auf mich gewartet, dann warst du es leid zu streiten und bist gegangen. Ich kann es dir nicht vorwerfen.«
Diese Resignation beunruhigt mich. Weshalb habe ich ihn jetzt, da er alt wurde, in Saskatchewan, in dieser fremden Stadt, im Stich gelassen? Ich hätte ihn mitnehmen können, in mein Amerika.
Doch er hätte sich geweigert, mit mir zu gehen.

22. Oktober 1958

Die ganze Woche lang tobte der Ostwind über der Insel. Ich lausche den Unterhaltungen meiner Patienten: Der Ostwind bringt Regen, Sturm und den Jahreszeitenwechsel mit sich. Er treibt die Wolken vom Nordatlantik vor sich her, den feuchten Dunst der herbstlichen großen Meere. Der Westwind kommt vom Land, ein Vorbote schönen Wetters.
Seit drei Tagen wartet man auf die Fähre. Die Insel hat sich in ihren Panzer zurückgezogen. Die Menschen eilen von einem Haus zum nächsten, kleine verschwommene Gestalten in Anoraks. Sie trinken und spielen Karten. Sie arbeiten ein wenig, reparieren Holzkäfige, die während der Saison kaputt gegangen sind.
Die ersten beiden Tage schienen sie mich vergessen

zu haben. Kein Besuch, kein Anruf. Ich irrte durch die Zimmer, durch die der Wind pfiff. Am ersten Tag habe ich mich ordentlich angezogen. Am zweiten behielt ich den Morgenmantel an. Ich musste Tücher in das Fenster meines Zimmers legen und den Ofen heizen. Ich habe alles gelesen, was im Haus herumlag, Groschenromane, Almanache, Kochbücher. Ich habe auch ein Handbuch für Anatomie entdeckt. Teres major, flexor carpi ulnaris, pectoralis minor … Ich habe die neunzehn Muskeln des Vorderarms und die acht Abzweigungen der inneren Carotiden auswendig gelernt.

Heute Morgen hat das Telefon um acht Uhr geläutet. Phyllis Dickson, die Frau des Bürgermeisters, macht sich Sorgen um mich. Das Wetter war scheußlich. Der Regen tröpfelte von der Decke meines Schlafzimmers bis unter den Wandbehang in der Küche.

Zehn Minuten später stürmte jemand in den Windfang. Ich war noch im Morgenmantel. Ein hochgewachsener völlig durchnässter Kerl mit dem Hut in der Hand betrachtete mich erfreut.

»Guten Morgen. Ich bin Bill.«

Mit seiner eiskalten Hand drückte er meine Finger. Ich fragte ihn, ob er ein Problem hätte. Er gluckste amüsiert. Meine Frage schien ihn an ein lustiges Ereignis zu erinnern.

»Alles in Ordnung, Mademoiselle? Wo sind sie?«

»Wer?«

»Die doppelten Fensterflügel.«

Er lachte amüsiert. Ohne sich die Mühe zu machen, die Stiefel auszuziehen, ging er in den Keller. Offensichtlich wusste er, wo sie sich befanden. Er bewegte sich unbeholfen und hatte ein ausdrucksloses regennasses Gesicht.

»Sie wollen sie bei diesem Wind anbringen?«

»Aber Mademoiselle, man kann Sie in diesem Stall doch nicht erfrieren lassen.«

Er hatte eine seltsame Art, das Wort Mademoiselle zu betonen. Ich ging hinauf, um mich umzuziehen und aufzuräumen. Der Mann installierte inzwischen in lebensgefährlicher Manier die doppelten Fensterflügel in meinem Zimmer. Er trällerte ein Liedchen in den heftigen Wind hinaus, um mich zu beeindrucken. Dann baute er die unteren ein und lehnte seine Leiter an die Hauswand.

»Wenn der Wind sich gelegt hat, komme ich wieder und mache die restlichen fertig. Ihr Heizöltank ist fast leer. Sie müssen nachbestellen.«

Lächelnd stand er an der Tür und wartete auf eine Antwort. Als ich mich erkundigte, was er für seine Dienste verlangte, gluckste er wieder.

»Zwei Zucker und eine Milch.«

»Sie werden sich mit dem Zucker begnügen müssen, denn ich habe keinen Tropfen Milch mehr.«

»Ich bringe Ihnen welche, machen Sie sich keine Sorgen.«

»Ich mache mir keine. Wollen Sie reinkommen?«

Linkisch nahm er am Küchentisch Platz und beantwortete meine Fragen mit kurzen sibyllinischen Sätzen. Wenn ich es richtig verstand, hat er sich zu Zeiten von Schwester Boudreau als Hausmeister um die Ambulanz gekümmert. Er wohnt bei seinen Eltern, in der Nähe des Leuchtturms. Seine Verwirrung nahm von Minute zu Minute zu. Er trank seine dritte Tasse Tee und empfahl sich

dann, indem er vorgab, für seinen Vater etwas erledigen zu müssen.
»Haben Sie heute tatsächlich so viel zu tun?«
»Mademoiselle, es gibt immer etwas zu tun.«
Er verabschiedete sich lachend und verschwand im Regen. Hatte ich ihn mit meinen Fragen in Verlegenheit gebracht? In Zukunft werde ich vorsichtiger sein.

4. November 1958

Seit einer Woche empfinde ich die Stille im Haus weniger belastend. Nach meinen Visiten empfinde ich sie sogar als sehr angenehm. Inmitten all der Leere habe ich das Gefühl, wirklich zu leben. Unter diesen Fremden werde ich zu mir selbst, sofern man überhaupt etwas anderes sein kann als eine Summe von Einflüssen. Das ist ziemlich umständlich ausgedrückt, um eigentlich zu sagen, dass ich lerne, allein zu leben.
Die ersten Schneeflocken sind gefallen. Ich erwarte diesen Winter mit einer Mischung aus Ungeduld und Besorgnis. Zu meinem Geburtstag hat mir Phyllis Dickson Wolle gekauft und mir das Stricken beigebracht. Ich habe gelacht, als sie mit ihrem Omakram hier ankam.
»Madame Dickson, Sie scheinen wirklich Angst zu haben, dass ich mich langweile.«
»Eine Krankenschwester sollte wissen, dass es viel einfacher ist, vorzubeugen als zu heilen.«
Sie hat mich unter ihre Fittiche genommen und will mich beschützen. Sie hat keine Tochter, und ich erinnere sie an ihre Jugend. Sie beneidet mich.

Abends mach ich's mir vor dem Holzofen gemütlich, den Bill, mein anderer Schutzengel, aufgestellt hat. In Gedanken gehe ich die Ereignisse des Tages noch mal durch, denke an mein Leben in Saskatchewan zurück, denke mir bizarre Geschichten, heiße Liebesgeschichten aus. Zum Beispiel bin ich eine Erbin aus den Südstaaten und erwarte in der Stille einer Plantage die Katastrophe.
Ich beginne zu fürchten, dass ich mich nach meiner Rückkehr nicht mehr den Zwängen der Familie oder der Ehe unterwerfen kann. Die Einsamkeit ist wie das Feuer: Man nähert sich und wärmt sich. Nähert man sich zu sehr, verbrennt man sich.

24. Dezember 1958

Seit drei Tagen haben wir einen klaren Himmel. Der heftige Wind aus Nordwesten hat eine dichte Schneedecke hinterlassen. Die Insel ist jetzt das Reich der Tiere und Schlitten. Die Männer legen letzte Hand an ihre Fässer mit schwarzgebranntem Gin, die Frauen häufen Pasteten und Süßigkeiten an, die Kinder verbringen die Tage damit, die Hügel hinunterzurutschen.
Die Besuchsrunden fingen an. Trotz meiner Proteste hat mir Bill Patterson zweiundvierzigprozentigen Gin gebracht.
»Was bieten Sie an, Mademoiselle, wenn man an Ihre Tür klopft?«
Eine gute Vorsichtsmaßnahme. Die Leute tauchen zu allen möglichen Zeiten in Vierer- oder Fünfergruppen auf und gehen erst wieder, nachdem sie mein Elixier probiert

haben. Nach einigen Stationen dieses Kreuzwegs befinden sie sich in einem seltsamen Zustand. Sie gehen in irgendein Haus, schlafen, spielen Karten und brechen frühmorgens wieder auf. Das dauert zwei Wochen, bis der Vorrat aufgebraucht ist.
Bill hat mich für den Heiligen Abend zu seinen Eltern eingeladen. Ich habe abgelehnt. Er schien eher fasziniert als betrübt zu sein.
»Sie werden doch wohl nicht den Heiligen Abend allein hier verbringen?«
Er hasst es, allein zu sein. Er sucht immer jemanden, dem er etwas erzählen kann, eine Arbeit, die er erledigen kann, und jemanden, dem er helfen kann. Er ist ein Insulaner. Er versteht mein Zögern nicht, mich in die Festlichkeiten der Gemeinde zu mischen. Er taucht zu allen möglichen Zeiten hier auf und kommt herein, ohne anzuklopfen. Als ich ihm erklärte, dass die Ambulanz nicht irgendein Schuppen sei, entschuldigte er sich auf spöttische Weise, indem er mich mal wieder mit einer seiner »Mademoiselles« bedachte. Sollte er sich vielleicht einer Besuchszeit unterwerfen oder Krankheiten erfinden?
»Bill Patterson, du bist ja im Grunde genommen schon krank.«
Wir mussten beide wie verrückt lachen. Er macht mich mit seinen Geschichten und seinem Klatsch rasend. Aber an manchen Abenden freue ich mich, wenn ich seinen schwerfälligen Schritt höre.
»Wie geht's, Mademoiselle?«
Sehr gut. So gut, dass ich seine Einladung abgelehnt habe.

25. Dezember 1958

Ich habe eine Wachstuchdecke auf dem Küchentisch ausgebreitet. Sie ist sehr schön und ganz neu, ich habe sie gerade aus Montreal erhalten. Da ich keinen Wein im Hause habe, habe ich die zweite Flasche Gin aufgemacht. Zum Henker mit dem Besuch! Ich habe sorgfältig zwei Gedecke aufgelegt. Er würde demnächst an die Tür klopfen, seine Oboe unter dem Arm. Das Lamm war köstlich. Phyllis hatte mir eine schöne Minzsauce zubereitet. Ich konnte die Schlitten an der Kirche erkennen. Während der Messe standen die Männer in der Nähe der Fenster, um sie im Auge zu behalten.

Ich hatte keine Musik. Schwester Boudreau versprach, mir einen Plattenspieler aus Halifax mitzubringen. Ich musste mich mit dem Prasseln des Holzes im Ofen begnügen. Auf dein Wohl, Papa. Erinnerst du dich an unser erstes Weihnachten, das wir allein in der Londoner Wohnung verbrachten? Ich war sechs. Ich sehe dich noch genau vor mir. Du hast mir versprochen, es sei das letzte Weihnachten während des Kriegs. Du hattest es im Jahr zuvor auch schon geschworen. Dieses Mal hätte ich es dir fast geglaubt. Jede Woche hast du eine Europakarte ausgebreitet und mir das Voranschreiten der Alliierten erklärt. Sie kämpften jetzt in Belgien. Sie näherten sich immer mehr Berlin und dem Ort, von dem aus die Deutschen ihre Raketen abschossen. Weshalb ist eine Rakete, die irgendwo in einem Wald an der Ostsee abgefeuert wurde, unter all den Häusern unserer Straße in Chelsea, London, England, direkt auf unserem Haus gelandet, in dem Augenblick, als

Mama Jimmy Klavierunterricht erteilte? Weshalb waren sie nicht mit uns in den Park gegangen? Zufall. Was ist Zufall? Jemand? Etwas? Der Zufall war weder eine Person noch ein Ding. Wenn Miss Oates in der Schule ihre Hand in den Hut steckte, wusste man nicht, welchen Namen sie herausholen würde. Meine Mutter und mein Bruder waren durch den Zufall, der weder eine Person noch ein Ding war, getötet worden. Irgendjemand hatte ihre Namen aus einem großen Hut gezogen.
Du hast das Thema gewechselt. Du hast mir die Städte gezeigt, die du mir nach Kriegsende zeigen würdest. Papa, du hast von jeher eine Vorliebe für Landkarten gehabt. Du hättest Geograf werden sollen. Dann hättest du später nicht in irgendwelchen Tingeltangelbars Klavier spielen müssen.
Ich pfiff auf Wien und den Krieg. An jenem Abend hast du in der Wohnung, in die das Geschrei der Feiernden eindrang, hinter den wegen der Ausgangssperre geschlossenen Läden das Lamm aufgeschnitten und mir mein erstes Glas Wein kredenzt. Beides hat dich auf dem Schwarzmarkt ein Vermögen gekostet. Deine Wangen waren gerötet, du hast gelächelt und ständig geredet. Wir waren immer zu viert bei Tisch. An jenem Abend sagte ich mir, dass der Zufall, die Hand mit dem großen Hut, nur Gott sein konnte. Das Jesuskind in seinem Stall in Bethlehem. Der Wein machte mich traurig.
Pünktlich um Mitternacht läutete das Telefon. Papa hatte die Zeitverschiebung zwischen Saskatchewan und den Inseln nicht vergessen. Frohe Weihnachten. Es ist das erste Mal, dass wir es nicht gemeinsam verbringen. Wir müssen

es auf nächstes Jahr verschieben. Er wollte fröhlich klingen. Vermutlich hatte er im Geschäft mit den Kunden ein Glas getrunken. Maria bereitete das Weihnachtsessen zu. Hans war ausgegangen, würde aber zum Essen zurück sein. Sofern er nicht in einer Bar hängenblieb.

Die Verbindung war schlecht. Ich stellte mir vor, wie die Telefonleitung die Bucht durchquerte, 130 Kilometer bis zum Cap Breton, durch den Sand und den Schlamm, zwischen den Krebsen und den Leuchtfischen. Dann ging die Leitung weiter, von Pfosten zu Pfosten, bis zu der kleinen Stadt in Saskatchewan, die von den Winden der Arktis umweht wird. Wir waren zu weit voneinander entfernt. Die Ausgangssperre musste erst wieder aufgehoben werden. Der Zauber der Londoner Wohnung hat sich zwischen England und Amerika verloren. Der Krieg ist zu Ende. Über uns ist nur noch der Sternenhimmel. Unsere Welt ist schon seit langem auseinandergebrochen, Papa.

Er brüllte am anderen Ende der Leitung. Gewittergrollen dröhnte in meinen Ohren. Hunderte von Stimmen störten die Töne, die zu mir drangen. Ich rief noch ein letztes Frohe Weihnachten in den Hörer und legte dann auf.

Das Lamm war inzwischen kalt geworden. Ich hatte Hunger und habe es kalt gegessen. Ich ging durchs Haus, lehnte mich an die Türrahmen und lauschte den Glöckchen der Schlitten draußen. Bei jenem ersten Weihnachtsfest in der Londoner Wohnung hatte Papa die ganze Flasche Wein ausgetrunken. Das tat mir weh. Er hatte mir Natron gegeben, doch ich habe es erbrochen. Er hatte mich gewaschen und sorgfältig geputzt und mit in sein Bett genommen, wo er mir bis zwei Uhr morgens Geschichten

vorgelesen hat. Er schlief ein, mit dem Buch in der Hand. Trotz Weihnachten gab es Alarm. Ich öffnete den Laden und überlegte, dass der Weihnachtsmann nie und nimmer bei solchem Lärm heruntersteigen würde. Papa schlief. Warum sollte ich ihn aufwecken? Wenn eine Rakete auf unser Haus fiele, würden wir zu Mama und Jimmy kommen. Ich hatte Papa das Buch aus der Hand genommen sowie seine Brille und hatte mich neben ihn gelegt.
Ein Schlitten näherte sich. Das Geräusch der Glöckchen wurde lauter. Ich hörte die Tür am Windfang, dann kamen vertraute Schritte näher.
»Mademoiselle, schlafen Sie schon?«

9. Januar 1959

Die Müdigkeit frisst mich auf, und ich würde am liebsten heulen. Was für eine blöde Idee, mich hier zu vergraben! Ich bin keine geborene Missionarin. Das ist kein Land für eine alleinstehende Frau. Ich kann zehn Jahre hier bleiben, aber ich werde nie zu ihnen gehören.

22. Januar 1959

Heute Morgen ist ein Schiff gelandet, um den kleinen James nach Cap-aux-Meules mitzunehmen. Er war halb bewusstlos und hatte trotz der Penicillinspritzen hohes Fieber. Vielleicht retten sie ihn in der Klinik. Ich bin erschöpft. Ich habe die ganze Nacht bei ihm gewacht und immer nach draußen gelauscht, um festzustellen, ob der Wind eine Überfahrt zulassen würde. Er dämmerte vor sich hin, Wangen und Körper von roten Flecken übersät. Er war schwach, sein Puls wurde immer schwächer, er schwebte in einer Welt, aus der ich ihn nicht zurückholen konnte. Doch er atmete langsam und regelmäßig. Ich starrte immer auf seinen Mund, weil ich Angst hatte, er könnte zu atmen aufhören. Halt durch, mein Junge, halt durch!

Etwas anderes konnte ich nicht tun. Ich habe Doktor Bailly angerufen. Er seufzte und hat mir gesagt, was und wie viel ich dem Kind geben soll, und ließ mir wenig Hoffnung. Meningitis. Ich habe die Bezeichnung in meinen Büchern gefunden. Ich muss ihm alle Kinder schicken, die verdächtige Anzeichen haben.

Gegen vier Uhr bekam das Kind Zuckungen. Dann versank es in einen tiefen Schlaf. Ich wartete auf den Sonnenaufgang. Der alte Doktor Bradley hat gesagt, dass Kinder zu dieser Zeit neue Kräfte schöpfen würden. Los, James, reiß dich zusammen! Dein Vater wartet nebenan, in der Küche. Er wacht zusammen mit deinen Onkeln. Sie bleiben so lange wach, bis du gerettet bist. James. Du hast denselben Namen wie mein Bruder, der tot ist. Lass mich nicht im Stich. Nimm allen Mumm zusammen. Ach ja, die Sonne erscheint am Himmel. Du atmest besser. Dein Fieber ist gesunken. Die Menschen gehen zum Kai hinunter, um zu sehen, ob sich das Eis bewegt hat. Bald wirst du in die Klinik gebracht.

Zwei Stunden später kann ich aufatmen, als das Schiff kommt. Jetzt liegen die Dinge nicht mehr in meiner Hand. Bill bringt mich in die Ambulanz zurück. Auf meinen Wangen trocknen die Tränen. Er erzählt irgendein unsinniges Zeug. Eine kleine Meningitis wird doch einen McPhail nicht schaffen. Er glaubt, dass ich wegen des Kindes weine.

5. Februar 1959

Der kleine James kehrt aus der Klinik zurück. Sein Geist hat nicht gelitten. Die ganze Insel ist aufmarschiert, um ihn willkommen zu heißen. Gloria ist zu Hause geblieben, sie ist untröstlich. Warum hat James, der Jüngste von neun Kindern, ein unmöglicher Lausbub, überlebt, während ihr einziger Sohn gestorben ist? Warum sterben überhaupt Kinder?
Ich will keine haben.

27. Februar 1959

Die Tage werden länger. Die Männer sind hektisch. Sie suchen den Horizont ab, halten Ausschau nach den Winden, bereiten ihre Kanus für die Robbenjagd vor. Bill scheint mit neuer Energie erfüllt zu sein. Er geht zeitig zu Bett und steht wieder früh auf, zieht sich in seinen Stall zurück, um seine Takelage blank zu putzen. Jeden Tag geht er zum Leuchtturm hinauf, um mit dem Wärter die Bewegungen des Packeises zu beobachten. Auf einen heiligen Krieg könnte man sich nicht besser vorbereiten.
Er nimmt mich mit zum Ufer an der Klippe und bringt mir die Begriffe für das Eis bei. Ich verstehe nicht, welches Interesse sie an dieser Jagd haben. Ich habe Bill gefragt, ob ihn die Gefahr lockt. Er fing an zu lachen.

»Mademoiselle, davon verstehst du nichts.«
»Wieso willst du wegen ein paar Robbenfellen und zweihundert Dollar dein Leben aufs Spiel setzen?«
»Es gibt keinen Grund dafür.«
»Warum dann?«
Er zuckte mit den Schultern. Der Stamm bereitet sich auf ein Ritual vor. Das geht mich nichts an.

2. März 1959

Phyllis hat mich heute Morgen zeitig geweckt. Die Männer versammelten sich an der südwestlichen Landspitze. Die Robben kamen in Sichtweite, im Süden des Bout-du-Banc.
Seit zwei Tagen lagen die Boote auf dem Sandstrand in Bereitschaft. Die Männer hatten sich in Fünfergruppen aufgeteilt. Von der Küste aus beobachteten die Insulaner die Abfahrt. Die Jäger zogen mit den Seilen über der Schulter die schweren Boote aufs offene Meer hinaus. Jenseits der geschlossenen Eisdecke war das Meer mit einer zerborstenen Eisschicht bedeckt, die heimtückisch atmete. Inmitten dieser Eisbrocken drifteten kleine Inseln unterschiedlicher Größe und Formen dahin, im kompakten Packeis glänzten Rillen, die sich entsprechend der Winde und Strömungen schlossen oder erweiterten. Ebbe und Flut presste die weißen Eisbrocken in die Fahrrinne. Die Eisstücke sanken nach unten, hoben sich wieder nach oben, schoben sich mit dumpfem Knistern ineinander, was vom Ufer aus an die Geräusche erinnerte, die riesige Tiere bei der Paarung ausstoßen.

Ohne mich zu beachten, hatte sich Bill in die Mitte seiner Gruppe gestellt. Die Jäger erinnerten mich an Kinder, die Krieg spielten. Sie waren genauso ernst, zeigten denselben unbeugbaren Willen und dasselbe einstudierte Gehabe. Im April würde es wieder mit der Fischerei losgehen. Sie würden wieder ihren Einsatz bringen. Inzwischen gingen sie hinaus auf die Eisschollen, Herren und Meister, und spielten auf Tod und Leben.
Die Menge zerstreute sich. Auf dem Packeis verfolgten ältere Männer mit dem Fernglas das Treiben der Männer auf dem Eis. Der Tag zog sich in die Länge. In jedem Haus war die Jagd das einzige Gesprächsthema. Die Frauen sprachen kühl und respektvoll von ihr wie von einer Fremden, der sie einmal pro Jahr ihren Ehemann ausliehen. Sie empfingen mich mit einer ungewohnten Vertraulichkeit. Bill zuliebe teilte ich ihre Besorgnis. Aber diese verschwörerische Atmosphäre begann mir auf die Nerven zu gehen.
Gegen vier Uhr tauchten die ersten Gruppen wieder am Horizont auf. Sie näherten sich langsam, die Männer stemmten sich gegen den Rand der Boote, die bis obenhin mit Fellen beladen waren. Sie zogen, stießen und fielen erschöpft in die flachen Pfützen des Tauwassers auf der Eisfläche. Es wurde schnell dunkel. Die Insulaner drängten sich ans Ufer, bereit, die Männer zu empfangen und die Kanus auf den Strand zu ziehen. Die Jäger lachten unter ihren gefrorenen Bärten. Sie genehmigten sich einen Schluck und zählten voller Stolz ihre Felle.
Ich hielt mich abseits. Der Wind wehte aus Nordwesten, nahm an Stärke zu und wirbelte Schnee auf, der mir in

den Augen brannte. Zwei Gruppen waren nicht zurückgekehrt, darunter auch die von Bill. Ich war beunruhigt. Phyllis tröstete mich. Ich kannte die Geschichten. Männer hatten die Nacht auf dem Eis verbracht, eingekeilt zwischen ihrem Kanu und den Robben. Andere waren vom Golfstrom abgetrieben worden und nie mehr zurückgekehrt. Es genügte eine Kleinigkeit, eine Änderung der Windrichtung, der Strömung, eine Havarie.
Die Nacht brach herein. Am Strand zündete man Lichter an. Im Halbdunkel erkannte man ein Kanu, aber es war nicht Bills. Man hatte sie fünfhundert Fuß weiter südlich gesehen. Sie würden demnächst auftauchen. Ich war wie erstarrt und wütend und wärmte mich am Feuer.
Man vernahm Stimmen und das Knirschen des Kanus auf dem Kies. Es war jetzt stockdunkel. Gespenster näherten sich, eingehüllt in eine Eisschicht, die von Minute zu Minute schwerer wurde. Die Alten schüttelten den Kopf. Sie waren sehr unvorsichtig gewesen.
Bill stand ungebeugt an der Spitze des Bootes. Nie zuvor hatte er mich derart an einen Bären erinnert. Als er den Strand betrat, warf er mir einen Blick zu. Ich ging mit großen Schritten auf die Ambulanz zu.
Er kam dann bei mir vorbei, frisch geduscht, aber immer noch nach Seebär riechend. Er war ernster als sonst oder erschöpfter. Er stand im Windfang und wartete darauf, dass ich ihn aufforderte einzutreten. Er hatte getrunken.
Ich sagte ihm, dass ich früh zu Bett gehen wolle. Doch er blieb und bemühte sich, etwas Drolliges zu erzählen. Ich musste ihn bitten zu gehen.
Ich bin nicht verliebt in Bill Patterson. Ich bin nicht auf

diese Insel gekommen, um mich in einen Hummerfischer zu verlieben.

François Robidoux spürte, wie seine Lider schwer wurden. Er hatte noch dreißig Seiten vor sich. Liebe Madame Patterson. Was für einen Weg sie zurückgelegt hatte … Er blickte sich um. Hatte sie in diesem Zimmer ihr Anatomiebuch gelesen? War das der Windschutz, den Bill Patterson ausgewechselt hatte?
In der Nacht ertönte eine Hupe. Die alten Mauern der Ambulanz hielten den Wind ab. Robidoux legte das Tagebuch beiseite und löschte das Licht.

12
Odysseus

Du selber magst, auf Wunsch, sie vernehmen.
Aber dann muss man im Schiff mit Seilen dich binden,
aufrecht, an Händen und Füßen
geknüpft um den Mastbaum.
Darauf erst erfreue dich an dem Gesang der Sirenen!
Wenn du sie aber bittest, die Mannschaft,
ihnen befiehlst, die Fesseln zu lösen,
soll sie vielmehr mit stärkeren Seilen
noch strenger dich binden!

Homer

Das Telefon läutete in seinem Traum, dann in Wirklichkeit. Es war ein Uhr. François Robidoux glaubte, Eva Patton habe ihren letzten Atemzug getan.

»Herr Doktor?«

Er erkannte Charlene Collins.

»Ich muss Ihnen etwas Wichtiges sagen.«

»Um diese Zeit?«

»Ich bin um ein Uhr dreißig am Kai, an Bord der *Melinda D.*«

Sie legte auf.
Selbst für eine Halloweennacht war dieser Scherz etwas zu heftig. François fing an zu lachen und vergrub sich wieder unter seiner Bettdecke. Man wollte ihn ins Freie locken, um ihm einen Streich zu spielen.
Doch die kurze Unterhaltung hatte ihn wach gemacht. »Ich bin um ein Uhr dreißig am Kai, an Bord der *Melinda D.* …« Würde Charlene tatsächlich bei einem üblen Streich mitspielen? Und wenn sie es ernst meinte? Konnte er sich etwas Romantischeres vorstellen, als sich mit Charlene Collins auf einem Schiff unterm Oktobermond zu treffen? Er würde es sich nicht verzeihen, eine solche Gelegenheit verpasst zu haben.
Doktor François Robidoux kletterte aus seinem warmen Bett, kleidete sich an und begab sich in Richtung Hafen. Die Straße war wie ausgestorben. Ein Südostwind trieb ihn zum Kai. Sein Kopf war klar, frei von Alkohol und Hasch.
Die Aussicht auf ein Rendezvous mit Charlene erfüllte ihn mit Besorgnis. Als sie ihn das erste Mal angerufen hatte, war er entzückt von ihrer lebhaften Stimme. Sie interessierte sich mehr für den Klang seiner Antworten als für deren Inhalt. Als er sie bei ihrem Vater kennengelernt hatte, war er fasziniert, hatte sich aber professionell zurückhaltend benommen. Sie besaß dieselbe Ironie wie der alte Collins. Charlene und ihr Vater lebten in einer eigenen Welt, in einer Traumwelt. Er wollte nicht den Eindruck erwecken, in diese Welt einzudringen.
Ihre Anrufe waren zur Gewohnheit geworden. Sie rief ihn jetzt häufiger an, und er antwortete länger als erforderlich.

Die Unpässlichkeiten des Malers dienten als Vorwand für einen lockeren Gedankenaustausch. Er begann diese wöchentlichen Erquickungen mit Freude zu erwarten. Von einem sicheren Instinkt geleitet, verzichtete die Dame am Empfang mit einer resignierten Diskretion darauf, Charlenes Anrufe anzunehmen, um sie ihm durchzustellen, wenn er sich in der Klinik befand.

Diese Anrufe spielten sich am Rande seiner Liebschaft mit Gigi Bengale ab, in einer abgekapselten Welt, die an seine Arbeit grenzte. Hätte man ihn gefragt, hätte sich Robidoux in aller Treuherzigkeit empört, da ihm eine Liebesbeziehung mit Charlene völlig unwahrscheinlich schien.

Und jetzt rief sie ihn zu sich. Er fühlte einen Überschwang, der ihn an seine ersten Treffen mit Gigi Bengale erinnerte. Bestand Liebe darin, immer denselben Stein wie Sisyphus bis zum Gipfel seiner Illusionen zu rollen? Seine Ex hatte recht: Er war für sein Alter viel zu ernst. Wenn er sich nicht veränderte, würde er sich ein Krebsleiden oder ein psychosomatisches Leiden zuziehen, das der Welt seine Unsicherheit enthüllen würde.

»Seien wir mal frivol«, murmelte er durch die Zähne.

Er ging an der anglikanischen Kirche und am Friedhof entlang. Die weißen Steine erhoben sich schief auf der Seite einer Anhöhe. Die Familiennamen Welsh, Dickson, Collins, Patton, McLean, Josey wurden allmählich vom salzhaltigen Wind ausgelöscht. Unter den meisten Männernamen las man diese einfache Grabinschrift: *An able seaman.* Unter dem der Frauen ein paar zärtliche Worte, die vom feuchten Gras verdeckt wurden.

Das Essen von Madame Patterson ruhte auf dem Grund

eines trüben Wassers, aus dem klar umrissene Bilder hochstiegen. Verrückt. Diese Frau war verrückt. Die andere auf der Straße, mit ihrer Wasserpfeife und ihrem Sechziger-Jahre-Verhalten, war auch nicht besser. Und er machte sich in einer Halloweennacht auf, eine Sirene mit flammender Mähne zu treffen.

Robidoux erreichte in kurzer Zeit den Hafen. Ein Lastwagen, die Motorhaube nach Cap-aux-Meules gerichtet, bewachte die Anhöhe über der Anlegestelle. Er verließ die Straße, überquerte den mit Tang und Holzplanken übersäten Strand und gelangte zum menschenleeren Kai. Schäumende Wellen, aufgewühlt durch den drehenden Wind, bespritzten ihn mit Gischt. Die Schiffe schaukelten an ihren Haltetauen hin und her.

Er kannte die *Melinda D.* Das blaue Schiff gehörte Charlenes Onkel. Er ging an Bord. Die Kabine war verriegelt. Weit und breit kein Lebenszeichen. Seine Uhr zeigte ein Uhr zwanzig. Er sprang in ein anderes Boot und beobachtete, hinter einer Winde verborgen, den Kai. Über den Kirchenweg kam ein Auto gefahren und blieb ungefähr fünfzig Meter vom Lastwagen entfernt stehen. Die Scheinwerfer wurden ausgeschaltet. Er hörte, wie Wagentüren zugeschlagen wurden. Panik ergriff Robidoux. Männer würden auftauchen und ihn verspotten. Der Hummer saß im Käfig, liebe Charlene … Und Madame Patterson hatte schließlich von Hexen gesprochen.

Eine Gestalt näherte sich dem Lastwagen. François Robidoux hörte einen Schrei. Der Schatten kehrte zum Auto zurück, das sofort wegfuhr.

Nichts rührte sich im Umkreis des Lastwagens. War es

ein Betrunkener, der ein Nickerchen machte, bevor er nach Hause fuhr? Robidoux wartete. Das Boot roch nach Bier und Kabeljau. Die Feuchtigkeit durchdrang ihn.

Ein Uhr fünfundvierzig. Keine Spur von Charlene Collins. Er war gespannt darauf, am nächsten Morgen ihr Gesicht zu sehen, wenn er ihren Vater besuchen würde. Mit ein paar Flüchen und tausend Vorsichtsmaßnahmen ging er an den Booten entlang, huschte über die Ablaufbahn und gelangte über die Müllkippe in die Felder. Wenn man ihn gesehen hätte, hätte man ihn jahrelang an seine Anwesenheit auf der Müllkippe der Île d'Entrée in jener Nacht erinnert.

Gegen den Wind ankämpfend, kehrte er in die Ambulanz zurück. Die Deckenlampe in seinem Zimmer funktionierte nicht mehr. Seine Beine waren eiskalt, als er ins Bett schlüpfte. Plötzlich kniff ihn aus dem Nichts eine Hand in die Seite.

13
Bilder

Ich kenne Menschen aller Art
Sie kennen ihr Schicksal nicht
Sie sind unentschlossen wie welke Blätter
Ihre Augen sind wie schlecht gelöschte Brände
Ihre Herzen schlagen wie ihre Türen

Apollinaire

Der Tag gehörte der Musik und der Malerei, die Nacht der Erinnerung. Timothy Collins lag in seinem Bett. Seine Schulter schmerzte höllisch. Die Nacht, die ihm lange eine Freundin gewesen war, hatte sich in einen Sumpf verwandelt, aus dem er todmüde und von einem Gefühl der Dringlichkeit beseelt wieder aufwachte. Bereits im Morgengrauen legte er Musik auf. Von seinem Logenplatz aus verfolgte er das Erwachen des Tages. Die Männer gingen zum Hafen hinunter, begaben sich eilig zu ihren Schuppen. Die Frauen atmeten unter den Wäscheleinen den Wind ein.

In jener Nacht hatte er gehört, wie Charlene die Treppe hinunterging und von der Küche aus telefonierte. Ein

paar Worte, dann legte sie wieder auf. Natürlich hatte sie mit ihrem Doktor gesprochen. Mit seiner gesunden Hand hievte er sich aus dem Bett und setzte sich in den Rollstuhl. Er war genau im richtigen Augenblick an seinem Fernrohr, um zu beobachten, wie seine Tochter, dunkel gekleidet, über die Felder zum Hafen lief.
Collins richtete sein Fernrohr auf die Ambulanz. Dreißig Sekunden später tauchte François Robidoux auf. Er wandte sich, die Hände in den Taschen vergraben, zur Hafenmole. In der Nähe des Kieselstrands sah er sich vorsichtig um und verschwand hinter einer Düne.
Der Maler legte sich wieder zu Bett. Bereits als Kind war Charlene auf Abenteuer aus. Ließ man sie einen Augenblick aus den Augen, verschwand sie mit ihrem kleinen Blondschopf im tiefen Gras. Eine Nachbarin rief zwei Minuten später an, um Bescheid zu sagen. Seine Frau, bereits erschöpft vom Ungestüm der ersten drei Kinder, verlangte einen Zaun für die Kleine. Er weigerte sich eisern und zog es sogar vor, einen Sommer lang weniger intensiv zu malen, um das Kind im Auge zu behalten, es zu ermahnen, wenn es sich an gefährliche Orte wagte und vorzugeben, es nicht zu sehen, wenn es sich einen Spaß daraus machte, ihn hinters Licht zu führen.
Heute war sie das einzige seiner Kinder, mit dem er sich verbunden fühlte. Gerechter Ausgleich? Die anderen hatten sich nach seiner Scheidung stillschweigend auf die Seite seiner Frau geschlagen und ihm dann seine Abwesenheit vorgeworfen. Charlene hatte bis zu dem Tag geschwiegen, an dem sie zu ihm auf die Insel gekommen war.
Würde er diese Bilder malen, wenn sie nicht da wäre?

Timothy Collins hatte es sich immer gewünscht und gleichzeitig davor gefürchtet, noch einmal in seinem Leben eine vollständige Einsamkeit zu erleben, um sich vorbehaltlos der Malerei hinzugeben.

14
Seiltänzer

I'm frightened by the devil
And I'm drawn to those ones that ain't afraid
I remember that time you told me, you said
»Love is touching souls«
Well surely you touched mine

Joni Mitchell

Brüllend und angetrieben von einem Adrenalinstoß, schoss François Robidoux wie eine Rakete aus dem Bett. Er stand nackt im Flur und erstarrte. Aus dem Schlafzimmer drang Charlene Collins' Gelächter, das ihn lähmte.
Er warf einen Blick zum Bett. Im Halbdunkel erkannte er ihre wilde Mähne, die sie vor Lachen schüttelte. Hin und her gerissen zwischen Erleichterung und Zorn, lachte er nervös.
»Mademoiselle Collins! Hi, hi! Ho, ho!«
»Doktor Robidoux! Du bist so komisch …«
Sie wurde immer noch von Lachen geschüttelt, und er stand mit aufgerecktem Penis vor dieser Hexe. Er stürzte sich auf seine Hose, schlüpfte hastig hinein, landete dabei mit

dem Hinterteil auf dem Boden und tat sich weh. Erneuter Lachanfall. Schließlich hatte er seine Hose übergezogen und setzte sich würdevoll in die Nähe des Fensters.
Es brodelte in ihm. Er hätte die junge Frau am liebsten mit Fragen bombardiert, doch er beherrschte sich. War das der Auftakt zu einem durchtriebeneren Spaß? Würde plötzlich jemand auftauchen und sie beide zusammen fotografieren? Er musste herausfinden, was sie wirklich wollte.
Sie beobachtete ihn amüsiert aus dem Augenwinkel. Es gab jetzt kein Telefon mehr, keine Anstandsdamen. François Robidoux schnürte es den Hals zu. Seine Hände zitterten, er versteckte sie unter den Schenkeln. Erneut fing sie an zu lachen.
»Legst du dich häufig ins Bett anderer Leute?«
»Nur wenn sie mir gefallen.«
»Das ist doch ein Scherz.«
»Es fehlt dir enorm an Selbstvertrauen. Das macht einen Teil deines Charmes aus.«
»Warum hast du mich zum Boot bestellt?«
»Es war romantischer. Ich wollte wissen, ob du wirklich Wert darauf legst, mich zu sehen.«
»Warum bist du nicht gekommen?«
»Der Lastwagen von Borden Welsh stand gegenüber dem Kai. Ich wollte dich nicht kompromittieren.«
Charlene Collins betrachtete, die Wange auf die Hand gestützt, den Arzt.
»Sonst noch Fragen, Herr Doktor?«
Er legte die Beine übereinander, besann sich aber dann wieder anders.

»Ich ärgere dich, nicht wahr?«, fragte sie ihn.
»Ich fühle mich lächerlich. Am liebsten würde ich im Zimmer nebenan schlafen.«
»Das wäre vielleicht gar nicht so schlecht.«
François Robidoux ging hinaus und legte sich auf das nächstbeste Bett. Sein Herz schlug dumpf. Dieses Mädchen schälte ihn wie eine Orange. Die Minuten verstrichen. Er atmete gleichmäßig. Die Ereignisse entwickelten sich weniger skurril. Er sprang aus dem Bett und kehrte ins andere Zimmer zurück.
Charlene Collins rauchte eine Zigarette.
»Geht's besser?«
»Ich bin Halloween nicht mehr gewöhnt, aber das kommt schon wieder.«
»Verzeihst du mir?«
Sie lachten. François zog sich aus und legte sich neben die Engländerin.
»Du riechst nach Zimt.«
»Ich habe heute Nachmittag Kuchen gebacken.«
Charlenes Gesten, der schwache Laut ihrer Lippen an ihrer Zigarette, die Wärme ihrer Haut, ihre Mundwinkel, die sich hoben und ihre Eckzähne enthüllten, erinnerten ihn an andere Nächte. Ihre Begegnungen und ihre Anrufe bekamen eine neue Dimension, wie Wegzeichen entlang einer Straße, die sie unwissentlich geteilt hatten. Sie hatten ahnungslos, jeder auf seiner Seite, ein Tuch gewoben, dessen Mittelpunkt dieser unwirkliche Holzwürfel bildete, der zwischen den kompakten Schichten der Vergangenheit und der Zukunft schwankte.
Sie legte den Kopf auf seine Schulter. François Robidoux

blieb misstrauisch. Es war nicht normal, dass ein Mädchen mit so viel Ungeniertheit in sein Leben trat.
Charlenes Gesicht verdeckte das Fenster. Sie betrachtete ihn ernsthaft, beschäftigt mit irgendeiner Erinnerung. An ihren Schläfen zeichneten sich feine Linien ab. Ihre dichte Mähne war von grauen Strähnen durchzogen. Ihre vollen Lippen waren rissig. Sie zeigte ihre Wunden, das Blut floss aus ihr heraus, wie die Träume, und überließ sie der Wirklichkeit des Irdischen. Man fängt rundlich an, prall gefüllt mit Wasser, und trocknet langsam aus, verhärtet sich, wird fest, vernünftig und sehr realistisch, voller Vergangenheit, bis man zu diesem kalten Stein wird, den man auf den Boden wirft.
»Woran denkst du?«
»Ich bin erschöpft, das bringt mich auf düstere Gedanken.«
Sie küsste ihn sanft.
»Ich kann gehen, wenn du willst.«
»Bleib. Du beeindruckst mich.«
»Hast du noch nie mit einer Engländerin geschlafen?«
»Viel zu gefährlich. Seit zwei Monaten denke ich oft an dich und wartete auf deine Anrufe.«
Sie machte die Lampe und die Zigarette aus. Der Mond beleuchtete eine Silberkette an ihrem Hals. Wie Seiltänzer näherten sie sich einander auf dem gespannten Seil, das sie vom Gefühl ihrer Unterschiedlichkeit trennte. Charlene versank in einer dunklen Welt, durchdrungen von Visionen, aus der sie unverständliche Botschaften übermittelte. Ihr Gemurmel, ihre Schreie in diesem so vertrauten und doch so fernen Englisch erfüllten François Robidoux

mit Ungestüm. Sie schlang die Beine um seine Hüften und führte ihn bis zu einer Klippe, von der aus sie mit geschlossenen Füßen in ein dunkles Meer voller Sterne sprangen, aus dem sie schwitzend und außer Atem wieder auftauchten, benommen von dem, was mit ihnen geschah.

Wirre Gedanken gingen ihnen durch den Kopf. Der Lärm der Lastwagen wurde leiser. Der Arzt hatte plötzlich den Eindruck, ungeheuer klare Gedanken zu fassen. Er wusste, es würde nur einige Minuten anhalten.

»Was tust du auf dieser verlassenen Insel?«

»Meine Insel ist nicht verlassener als deine. Ich habe meinen Vater und all die Weite hier. Ich gehe in den Hügeln spazieren. Ich stoße lediglich auf Klippen und Kühe. Wir leben in einem Kokon. Ich glaube, im Augenblick brauche ich das.«

»Langweilst du dich nicht?«

»Natürlich. Die Menschen würden gewinnen, wenn sie sich mehr langweilen würden. Das verleiht vielem Gewicht. Ist dein Leben mit deinen Patienten, deinen Freunden, deinen Reisen und deinen Bars interessanter?«

»Du scheinst mich seit Jahren zu kennen.«

»Du bist nicht schwer zu durchschauen. Auch das ist ein Teil deines Charmes.«

»Madame Patterson hatte mich gewarnt. Misstrauen Sie den Mädchen auf der Insel, sie sind Hexen.«

»Gladys hat manchmal einen Hang zur Übertreibung.«

»Reden Sie oft miteinander?«

»Wenn sie Papa besucht.«

»Ich glaubte, er will sie nicht sehen.«

»Meistens bleibt sie in der Küche. Manchmal überrede ich

Papa, sie zu empfangen, und ich geh mit ihr ins Atelier hinauf.«

»Sie ist verrückt.«

»Ich kenne sie nicht anders. Hier gibt es jede Menge Verrückte. Wir brauchen eure Konventionen nicht.«

Was würde Charlene denken, wenn er ihr verriete, dass er nur fünf Stunden zuvor mit der Krankenschwester geschlafen hatte? Es fröstelte ihn. Die Szene würde ihren Platz in seinem persönlichen Gruselkabinett bekommen, zwischen dem einen Mal, als er bei Denis Goyette ins Bett gemacht hatte, und dem anderen, als Gigi Bengale ihn mit einer Blondine erwischt hatte.

Der Wind wurde stärker. Das Haus fing wieder an zu ächzen.

»Eine seltsame Nacht.«

»Es ist Halloween, Doktor.«

»Du bist vermutlich die Art Mädchen, in die ich mich verlieben könnte.«

»Du kannst dich nicht verlieben, weder in mich noch in eine andere. Du hast Angst. Du küsst zaghaft und du liebst heftig, um dir den Eindruck zu vermitteln, dass du liebst. Du lauerst wie ein Wilderer.«

»Du bist sehr streng. Hast du dich wohl gefühlt?«

»Es ist angenehm, mit dir zu schlafen. Ich mag dich sehr.«

»Ich dich auch.«

»Schweig. Bald wird es Tag. Ich geh heim zu meinem Vater. Du nimmst die Fähre, und ich rufe dich zweimal pro Woche an, um mit dir über seine Wehwehchen zu sprechen.«

»Und wenn ich wiederkomme?«

»Dann fährst du mit Madame Patterson auf einem dreirädrigen Motorrad, und ich schneide dir Grimassen durchs Fenster.«

Sie lächelte und musterte ihn. Er fühlte sich beklommen bei der Vorstellung, sie nicht wiederzusehen. Sie hatte bestimmt jemanden in ihrem Leben. Es war undenkbar, dass dieses Mädchen frei war. Sie hatte einen charmanten Halloween-Schürzenjäger empfangen. Es schlug Mitternacht, und Aschenputtel verschwand mit ihrem Kürbis.

Sie las seine Gedanken.

»Doktor Robidoux, du hast kein Vertrauen zu mir.«

Es klopfte an die Tür. Die Welt wurde sogleich enger. François schlüpfte in seinen Bademantel und ging hinunter. Es klopfte jetzt kräftiger.

15
Die Wege des Königreichs

Ich möchte betonen: Auch wenn man nicht mehr an Gott glaubt, ist das kein Grund, nicht mehr an die Frauen zu glauben.

Jacques Godbout

Ein kleiner verfrorener Mensch mit einer Mütze mit Ohrenschützern drückte die Nase gegen die Scheibe. François Robidoux holte einen Mann mittleren Alters in einem viel zu weiten Mantel herein. Der Mann wirkte völlig niedergeschlagen. Er roch nach Alkohol und ging sehr aufrecht. Mit seinen dunklen Pupillen und seinen hohlen Wangen erinnerte er an einen Guerillero aus Hollywood, der sich im Drehort geirrt hatte.

»Es fängt an zu regnen«, murmelte er.

Der Arzt musterte ihn missbilligend.

»Ich bin froh, dass ich Sie hier finde, Herr Doktor. Sie kennen mich sicher nicht. Ich bin Jeffrey Ballantyne. Sie haben bestimmt schon von mir gehört.« Nach jedem Satz lächelte er, um ein mögliches Missverständnis zu zerstreuen.

»Madame Patterson hat mir von Ihnen erzählt.«
»Die gute Gladys. Hat sie Ihnen erzählt, dass ich mich in den Leuchtturm eingeschlossen habe, um mich dem Suff hinzugeben?«
»So ungefähr.«
»Sie hat, wie immer, recht. Haben Sie schon bemerkt, dass Madame Patterson immer recht hat? Was Madame Patterson will, ist Gottes Wille. Hi, hi.«
Plötzlich hörte er auf zu lachen. Sein Gesicht wirkte wieder tragisch.
»Vater Jeffrey, was kann ich für Sie tun?«
»Es tut mir hier weh.«
Er deutete auf den Körperteil zwischen Taille und Kinn.
»Da mein Vater plötzlich mit 53 gestorben ist, zwei Jahre, nachdem meine Mutter …«
François bugsierte ihn behutsam ins Untersuchungszimmer. Der Mann nahm auf der Stuhlkante Platz, schwitzte und grinste von einem Ohr zum anderen. Mit seiner dünnen Stimme beschrieb er unklare Symptome, die er mit Bemerkungen über das Wetter würzte. François untersuchte ihn flüchtig und versicherte ihm, dass es sich um eine harmlose Unpässlichkeit handelte.
»Sie entschuldigen, Vater Jeffrey. Ich habe morgen einen langen Tag vor mir.«
»Ich fürchte, Sie werden nicht nach Cap-aux-Meules übersetzen können. Hören Sie nur, draußen …«
Der Wind wurde immer stärker und ließ den Regen auf das Dach prasseln.
»Kann ich mit Ihrer Diskretion rechnen?«, erkundigte sich Jeffrey.

»Keine Frage.«
Charlene wurde bestimmt schon ungeduldig, denn sie konnte nicht gehen, da die Treppe direkt vor dem Untersuchungszimmer endete.
»Wissen Sie«, begann der Pastor mit hochrotem Gesicht. »Sie werden bestimmt begreifen, dass wir Kirchenmänner trotzdem … Männer bleiben.«
François Robidoux nickte.
»Es gibt mehrere Gründe, weshalb ich annehme, dass ich krank bin. Seit zwei Monaten bin ich völlig impotent.«
Er hob den Blick und beobachtete den Arzt, ob er einen Anflug von Amüsement zeigte.
»Vielleicht glauben Sie, dass dies in meinem Beruf eher ein Segen als ein Problem ist?«
»Ich habe mir noch nie Gedanken darüber gemacht.«
François ließen die Ausführungen des Priesters kalt. Er stellte die üblichen Fragen und untersuchte sein Geschlechtsteil. Auch wenn dieses recht bescheiden war, schien es zu funktionieren. Er versuchte, seinen Patienten loszuwerden, indem er ihm empfahl, das Trinken einzustellen und sich zu erholen.
Vater Jeffrey blieb niedergeschlagen.
»Dieses Problem ist für mich von überragender Bedeutung.«
»Entschuldigen Sie mich bitte, ich muss jetzt schlafen.«
François Robidoux erhob sich. Verzweifelt rutschte der Priester auf seinem Stuhl hin und her. Er wollte gerade etwas erwidern, als von der Treppe her ein Knarren zu hören war. Dann wurde die Eingangstür zugeschlagen.
»Haben Sie das gehört, Herr Doktor?«

»Es ist der Wind. Die Tür ist ins Schloss gefallen.«
»Sind Sie sicher? Was haben Sie? Fühlen Sie sich nicht wohl?«
»Das geht vorüber. Ich habe eine Grippe.«
»Verzeihen Sie, dass ich Sie mitten in der Nacht belästigt habe«, fuhr der Priester zerknirscht fort. »Ich werde Sie jetzt allein lassen.«
»Sie können fortfahren. Es ist nicht mehr wichtig.«
Wütend nahm François wieder Platz.
»Haben Sie sich schon mal gefragt, was einen jungen Mann bewegt, Priester zu werden?«
»Nein.«
»1968 war ich ein Hippie. Ich hatte meine Eltern verlassen, mein Studium aufgegeben und mich in die kleine Untergrundwelt von Halifax gestürzt. Ich hatte das Gefühl, ein originelles Leben zu führen. Ich habe – bitte lächeln Sie nicht – in einer Kommune auf einem Bauernhof vor der Stadt gelebt. Und dort habe ich Margie kennengelernt.«
»Die Frau, die heute Morgen auf dem Schiff war?«
»Ja«, seufzte Vater Jeffrey. »Eines Morgens kam sie an, aus Cap-Breton. Sie war ein schönes gesundes blondes Mädchen. Zwischen uns entstand eine gewisse Freundschaft. Damals besaß ich einen gewissen Charme. Alles ging kaputt, als wir miteinander geschlafen haben. Ich taugte zu nichts mehr. Wir haben zuerst darüber gelacht, aber das hat nichts daran geändert. Das hat sich dann auch bei anderen Mädchen so abgespielt. Margie hat mich verlassen. Ich bin abgedriftet, habe mich mit allen möglichen Bereichen der Esoterik beschäftigt und Drogen genommen. Ich glaubte, ich sei für immer impotent. Nach ein

paar problematischen Jahren habe ich meine Berufung entdeckt. Die Pfarrhäuser waren leer, die nahmen jeden. Das regelte mein Problem und sicherte meine Existenz. Ein paar Jahre später habe ich in Halifax eine alte Hure kennengelernt. Sie hat mich zu sich eingeladen. Ich folgte ihr, getrieben von einer Ahnung. An jenem Abend konnte ich nach fünfzehnjähriger Impotenz mühelos mit ihr schlafen. Ein paar Tage später habe ich es mit einer anderen Frau überprüft: Ich war geheilt. Mehr als geheilt, ich hatte mich zum Hengst entwickelt, als ob die Jahre der Abstinenz meinen sexuellen Appetit angestachelt hätten. Seit jener Zeit besuche ich die Hure von Halifax jeden Monat. Sie bringt mir Glück. Heute ist sie alt. Sie tut mir damit einen persönlichen Gefallen. Nach meiner Heilung war ich nur noch von einem Gedanken besessen: Margie wiederzufinden. Ich machte mich auf die Suche, durchwühlte die Telefonbücher. Ich habe sie gefunden, indem ich eine Angestellte des Finanzministeriums bestochen habe. Sie lebte in Sydney, war mit einem Lehrer verheiratet und hatte drei erwachsene Kinder. Ich ließ mich in eine Gemeinde in ihrer Nähe versetzen.

Ich wollte unser Wiedersehen zufällig aussehen lassen. Ich spionierte ihr nach. Ihre Vormittage waren mit Hausarbeit in ihrem Bungalow ausgefüllt. Sie können sich vorstellen, was ich empfunden habe, als ich feststellte, dass sich meine Jugendliebe in eine Hausfrau verwandelt hatte. Doch die gelangweilte Miene, mit der sie ihre Tulpen goss, machte mir Hoffnung. Nachmittags besuchte sie entweder einen Tai-Chi-Kurs oder eine ökologische Gruppe. Ich kannte ihre Achillesferse.

Ein Drama musste heraufbeschworen werden. Nichts wirkt aphrodisierender als ein Drama. Zu der Zeit begann sich die Elite von Neuschottland für den Regenpfeifer zu interessieren. Der Vogel war bedroht durch das Verschwinden der Sandstrände, an denen er seine Eier legt, und insbesondere durch die Dreiräder.

An einem Samstagmorgen stellte ich mich vor das Nest eines Regenpfeifers und beschimpfte die Dreiradfahrer, die vorbeikamen. Damit es auch wirkte, holte ich die vier französischen Vokabeln, an die ich mich erinnerte, aus meinem Gedächtnis. Die Reaktion der Dreiradfahrer übertraf bei weitem meine Erwartungen: ein gebrochener Vorderarm, Verletzungen der Augenhöhle, drei verdrehte Finger und eine Meldung auf der Titelseite der *Halifax Tribune*.

So lag ich also mit meinen Schienen im Krankenhausbett. Am Abend vor meiner Entlassung, als ich verzweifelte, hörte ich auf dem Korridor eine vertraue Stimme: Margie besuchte endlich den ökologischen Helden, um ihn zu trösten.

Unser Wiedersehen verlief banal, wir erzählten uns mehr oder weniger, was in den letzten Jahren in unserem Leben passiert war. Sie war mehr von meiner Heldentat als von meiner Person beeindruckt. Ich entdeckte die Schwachstelle in der Rüstung der tugendhaften Gattin, die meine einstige Hasch-Partnerin war.

Die Schwachstelle war ihre Tugend. Margie hat ein überwältigendes Bedürfnis, an ihren Mann und an ihre Kinder zu glauben, an ihnen zu hängen, an das Positive, an Gott, an den Regenpfeifer, an alles Mögliche. Um sie zu

erobern, musste ich zum Verwahrer ihres Glaubens werden. Kurzum: Ich musste ein Heiliger sein, hi, hi.
Beim Abschied lud mich Margie ein, mich ihrer Öko-Gruppe anzuschließen. Ich war im siebten Himmel. Was für ein traumhafter Ort, um meine Heiligkeit auszuleben. In knapp drei Monaten wurde ich der Vater Teresa des Regenpfeifers. Ich nahm an allen Versammlungen teil, an allen Veranstaltungen und an allen Unterredungen. Mein geistliches Gewand, die Schlinge, in der ich meinen Arm auch Wochen nach seiner Heilung trug, mein Eifer, alles zu verteidigen, was einem Nest gleichsah, ließen mich zu einer Berühmtheit werden. Margie wurde meine rechte Hand, meine Leibwache. Sie verwandelte sich: Sie fand zum Glauben.
Als der Regenpfeifer unter den Schutz der Regierung gestellt wurde, zog ich mich aus der Öko-Gruppe zurück. Nachdem ich einen Schlussstrich gezogen hatte, verkündete ich, nach einer internen Debatte, meine Absicht, meine politischen Aktivitäten aufzugeben, um mich meiner Berufung zu widmen.
Das war die entscheidende Etappe. Der Angelhaken war ausgelegt. Ich entfernte mich von Margie und gab vor, ich sei durch ihre Anwesenheit verwirrt. Ich unterzog mich einer Diät und verlor ein paar Pfunde. Gekränkt von meinem Rückzug fand sie ihren Glauben wieder und besuchte mich zweimal wöchentlich im Pfarrhaus. Ich war heiliger und düsterer denn je.
Eines Tages flehte ich sie zum Wohle meiner Seele an, ihre Besuche einzustellen. Ich spürte, dass sie glühte: Sie empfand eine unersättliche Leidenschaft für ihren Beichtvater.

Als sie tränenüberströmt hinausging, rannte ich ihr hinterher. Sie leistete nur symbolischen Widerstand und war entzückt von meiner neuen Manneskraft.
Das Pfarrhaus wurde gefährlich. Wir trafen uns zweimal pro Woche in einem Motel in der Umgebung. Unsere Beziehung war von Gefahr, Nostalgie und Mystizismus überschattet. Nach zwei Monaten lebte Margie nur noch für unsere Treffen. Sie vernachlässigte ihren Mann, ihre Kinder und magerte sichtlich ab.
Anfangs war ich geschmeichelt, aber bald überkam mich die Angst des Zauberlehrlings: Ich hatte jegliche Kontrolle über mein Geschöpf verloren. Ich war entsetzt, was Sex und Religion bei einer Frau ausrichten, deren Kopf nicht gefordert war.
Margie wollte ihren Mann verlassen. Ich traf mich seltener mit ihr und wurde schließlich richtig gehässig zu ihr. Es nutzte alles nichts. Je weiter ich vor ihr zu fliehen versuchte, desto mehr liebte sie mich. Meine Falle war zu vollkommen: Wenn ich versuchte, unser Band zu lockern, zog es sich nur noch enger zusammen.
Voller Panik verließ ich Sydney ohne eine Erklärung. Ich bekam eine Pfarrstelle in Grosse-Isle. Das war vor zwei Jahren. Ich fühlte mich in Sicherheit. Das Bistum und meine Familie wahrten das Geheimnis um meine neue Versetzung. Ich fing wieder an, meine alte Freundin in Halifax zu besuchen. Mein Abenteuer in Sydney schien mir bald wie ein Albtraum.
Im Sommer stieß ich am Flughafen von Halifax auf Margie. Sie arbeitete in einer Reiseagentur und hatte mich im Internet gefunden. Sie stand in der Nähe der Gepäck-

abfertigung, Blumen in der Hand, davon überzeugt, jeglichen Widerstand meinerseits zu überwinden…
Ich war niedergeschmettert. Ich folgte ihr ins Hotel. Und dort … war nichts.«
»Was heißt das?«
»Er war so schlaff wie eine Qualle. Ich hatte erneut meine Potenz verloren. Margie wollte zu mir auf die Inseln kommen.«
»War sie geschieden?«
»Sie war im Begriff, sich scheiden zu lassen. Wie kann man eine Frau wie Margie heiraten? Was würden die Leute sagen? Ganz zu schweigen von Ihm …«
»Sie meinen, ihren Mann?«
»Nein.«
Der kleine Mann deutete mit zitterndem Finger zur Decke. François studierte nachdenklich die Bretter, die das Bett trugen, in dem sich Charlene versteckt hatte. Verrückt. Dieser Mann war verrückt.
»Sind Sie einfach aus Bequemlichkeit Priester geworden? Glauben Sie denn überhaupt?«
»Ich fand Spaß daran. Als Margie mit mir zusammenleben wollte, hatte ich zum ersten Mal Schuldgefühle. Zweifel hatten mich gepackt: Und wenn das, was ich erzählte, stimmte? Jetzt weiß ich es: Er beobachtet mich, Er bestraft mich. Margie ist nur deswegen in mein Leben getreten, um mich zum letzten Mal der Versuchung auszusetzen. Ich habe sie in Halifax verlassen und ihr alles Böse gewünscht, wenn sie mich verfolgte. Und jetzt ist sie hier.«
Jeffrey Ballantyne fiel auf seinem Stuhl noch weiter in

sich zusammen. Robidoux unterdrückte das Verlangen zu lachen.
»Sie sollten den Orden verlassen und wieder ein ganz normaler Mann werden«, wagte er einen Vorstoß.
»Herr Doktor, wissen Sie, was Sünde ist?«
»Ich glaube schon.«
»Wissen Sie auch, wie es ist, mit dem Gefühl zu leben, sein Leben verpfuscht zu haben, weder Mann noch Priester zu sein, sondern nur eine unbedeutende Laus, ein Alkoholiker, über den man insgeheim lacht? Und trotz allem weiterhin zu glauben und die Bestrafung erwarten?«
Der kleine Mann holte einen Flachmann mit Gin aus der Manteltasche.
»Was soll ich tun?«
François nahm einen großen Schluck.
»Ignorieren Sie sie. Sagen Sie, sie sei verrückt.«
»Sie wird allen ihre Geschichte erzählen.«
»Sie sind nicht der erste Kirchenmann, der Opfer solcher Gerüchte ist.«
»Und wie steht's mit meiner … Krankheit?«
François Robidoux umfasste seine Schulter und geleitete ihn zum Ausgang.
»Schauen Sie, wie Sie Margie loswerden, und alles wird sich arrangieren.«
»Herr Doktor, Sie sind ein schlauer Mann.«
Jeffrey Ballantyne verabschiedete sich. François fragte sich, ob seine Geschichte der Fantasie eines Betrunkenen entstammte. Auf der Île d'Entrée feierten vielleicht sogar die Priester Halloween.
Schwerfällig ging er die Treppe hinauf. Er hatte nicht ge-

träumt: Das Zimmer war leer. Er setzte sich aufs Bett und suchte nach einer Nachricht von Charlene. Er fand lediglich seine Brieftasche auf einem Stuhl. Die junge Frau hatte seine Hose mitgenommen. Er bekam die blanke Wut, regte sich auf, versetzte allen möglichen Dingen Fußtritte. Dann setzte er sich wieder, er war am Boden zerstört. Sie konnte es nicht lassen, ihm Streiche zu spielen. Er versuchte zu lachen, gab aber nur dissonante Laute von sich. Am Horizont zeigte sich ein gräuliches Licht. Er umklammerte das Kopfkissen, auf das sie ihren Kopf gebettet hatte. Es roch nach Zimt und Schweiß. Er schloss die Augen. Eine Stunde lang tobten die Bilder in seinem Kopf. Dann, als der Tag durchs Fenster lugte, fiel er in einen traumlosen Schlaf.

16
Mond

Ich sehe bereits, wie sich hinter den Bäumen der enge Weg öffnet, der uns zum Fuß dieser Klippe führen wird, auf der wir hinter der Baumgruppe im hinteren Teil des verwaisten Gartens das Haus der Kindheit entdecken werden.

Jacques Poulin

Keuchend und von einem Lachen geschüttelt, das die Herbstnacht erfüllt, rennt sie durch das kleine Tal zum Haus ihres Vaters. Wie eine Kostbarkeit drückt sie eine Hose an sich. Der Wind aus Südost, der den Regen bringt, kräuselt ihre Haare, in denen sich die silberne Gischt verfängt. Zwischen den Schenkeln spürt sie immer noch sein kaltes Sperma.

Sie schließt die Augen und rennt schneller. Der Fichtenwald. Die Bäume sind verkümmert, ausgelaugt vom salzigen Wind, zerkratzt von den durchbohrten Herzen vieler Generationen von Teenagern. Sie springt über die Wurzel, die sie in einer Senke des Weges errät. Sie fliegt, sie ist wieder das kleine Mädchen auf der Insel, der Wind

trägt sie, alle Segel sind gehisst, frei von allen Zwängen. Dann bleibt sie stehen. Unter einem Zweig öffnet sich eine Schneise nach links. In den drei Weiden findet sie das Baumhaus wieder, das sie einst mit ihren Brüdern gebaut hatte. Sie streckt die Hand aus, streichelt die Stämme. Die Kinder haben die Leiter verrückt und aus Teilen einer alten Schiffskabine ein Dach gebaut. Sie klettert hoch und sieht zwischen den Zweigen das Meer und Cap d'Enfer. Sie setzt sich in einen feuchten Sessel, dessen Sprungfedern ihr Hinterteil malträtieren. Sie lacht und drückt die Hose an sich. Sie lauscht den Wellen, die an die Klippe schlagen. Sie berührt einen Baum: Das Loch ist immer noch da. Sorgfältig rollt sie die Hose zusammen und steckt sie in das Versteck ihrer Kindheit.
Frösteln erfasst sie. Sie springt von ihrem Hochsitz herunter und rennt eilig zum Haus. Als sie den Wald verlässt, schließt sich eine Hand um ihr Handgelenk.

17
Ein paar Brocken rosa Sandstein

Sie sind überhaupt nicht verliebt; ich entdecke an Ihnen eine entmutigende Gelassenheit und gesunden Menschenverstand.

Stendhal

Herr Doktor! Herr Doktor!«

Madame Patterson stand unten an der Treppe, verstört und in einer tragischen Pose erstarrt.

»Man hat Charlene Collins unter der Klippe gefunden.«

»Was hat sie dort gemacht?«

»Sie ist TOT! Verstehen Sie, tot. Folgen Sie mir.«

François Robidoux wurde brutal der Nacht entrissen. Charlene war tot. Großer Schmerz erfasste ihn.

»Was ist passiert? Ein Unfall?«

»Ich weiß es nicht.«

Er kehrte in sein Zimmer zurück und spürte, wie es ihm kalt den Rücken hinunterlief.

Die Hose! Was sollte er tun? Charlene tot am Fuße des Kaps. Was hatte sie mit seiner Hose angestellt?

Er zog den Bademantel aus und wieder an.
»Es gibt ein Problem, Madame Patterson.«
»Was für ein Problem um Gottes willen?«, rief die Krankenschwester und rannte die Treppe hinauf.
»Ich habe keine Hose.«
Sie musterte ihn wütend.
»Ich habe sie zerrissen.«
Als Frau, die nichts mehr überrascht, begnügte sich Gladys Patterson mit einem Brummen.
»Ich komm gleich wieder.«
Fünf Minuten später trug François wieder die Hose von Bill Pattersons Hochzeitsanzug und kletterte auf das Dreirad seiner Witwe. Er sah ein Bild vor sich: Charlene, der eine Haarsträhne über die Wange gefallen war, lächelte ihn an, als er aus dem Zimmer ging, um Vater Jeffrey die Tür zu öffnen. Regen peitschte ihnen ins Gesicht. Aus der Richtung des Leuchtturms erklang das Nebelhorn.
Der Sandweg verwandelte sich in einen Pfad, der sich zwischen den Anhöhen dahinschlängelte. Ungefähr zehn Gaffer drängten sich an der Klippe. Die Männer waren damit beschäftigt, Seile zu spannen. Zwei oder drei abseitsstehende Frauen unterhielten sich leise. François Robidoux versuchte nachzudenken. Wenn man seine Hose bei Charlene gefunden hatte, würde er einiges erklären müssen.
»Wer hat sie gefunden?«, fragte François, während sie auf die Gruppe zugingen.
»Borden Welsh. Er behauptet, sie heute Morgen gefunden zu haben, als er Trappen jagen wollte.«

Borden Welsh. Sein Lastwagen war in der Nähe des Hafens geparkt, als er sich mit Charlene treffen wollte. Hatte er ihn bemerkt?

»Keinerlei Indizien?«

»Ich weiß nicht. Er war viel zu aufgeregt, um etwas zu sagen.«

Das Cap d'Enfer war ein Felsvorsprung, der die Ostküste der Insel beherrschte. Man sah von dort aus nichts als das Meer. Die Stelle war öde und lag abseits des Weges, den Charlene hätte nehmen müssen, um nach Hause zu kommen. Was wollte sie hier um vier Uhr morgens?

Sie lag auf dem Rücken, den Hals seltsam verrenkt. François Robidoux wusste, dass sie tot war. Die Menschen betrachteten ihn ziemlich verwundert.

Er ging auf die Männer zu. Einer von ihnen schickte sich gerade an hinunterzusteigen. Mit weit aufgerissenen Augen erzählte Borden seine Geschichte.

»Ich steige als Erster hinunter«, beschloss François. »Wenn sie noch lebt, kann ich vielleicht was für sie tun.«

François konnte auf keine Leiter klettern, weil ihm sofort schwindelig wurde. Doch er ließ sich die dreißig Meter lange steile Felswand, die ihn von der jungen Frau trennte, hinuntergleiten. Er erreichte die Felsen, die von den Wellen umspült wurden. Hier lag Charlene. Sie war eine Leiche wie jede andere, kalt und bedauernswert. Sie hatte nichts mehr mit der fröhlichen Frau gemeinsam, mit der er geschlafen hatte. Er untersuchte das Umfeld, drehte die Leiche um: keine Spur von seiner Hose.

Er musterte die Leiche. Die gebrochenen Augen verursachten ihm Übelkeit. Er schloss ihre Augen und ver-

spürte plötzlich den Drang zu weinen. Charlenes Tod war bestimmt kein Unfall. Wer hatte sie getötet? Ein Mädchen wie sie beging keinen Selbstmord. Am diesem schmutzigen Morgen erwachte er aus einem Traum, in dem sie ihm ein Paradies gezeigt hatte. Obwohl sie sich nicht lange gekannt hatten und trotz des Streichs mit der Hose, hatte er das Gefühl, den liebsten Menschen auf der Welt verloren zu haben. Er beherrschte sich: Wenn er weinte, würde er sich verdächtig machen. Neben ihm beugte sich ein Engländer über den zerschmetterten Körper. Sie schwiegen. François wusste, dass sie beide an den alten Mann dachten, der in seinem Rollstuhl darauf wartete, dass man ihm in eine Decke gehüllt die Leiche seiner Tochter brachte.
Bald standen sechs Männer um die Tote. Während man eine Bahre herunterließ, trugen sie die Leiche näher zur Klippe, damit sie nicht von der Flut erfasst wurde. Dann luden sie ihre Last auf die Bahre und gelangten mit ihr zu einem Steilpfad, über den sie mit großer Mühe zum Plateau hochsteigen konnten.
Die Insulaner bildeten einen Kreis um die Tote. Man hatte vergeblich nach Vater Jeffrey gesucht. Die Menge fing an zu murren. Dieser Priester war nie da, wenn man ihn brauchte.
»Warrens Schiff ist vor dem Morgengrauen losgefahren«, brummte ein Mann. »Vielleicht ist er zur Grosse-Isle zurückgekehrt.«
Totenbleich beugte sich Randy Aitkens über die Leiche und berührte sie, um sich von ihrer Echtheit zu überzeugen. Dann riss er sich zusammen und befahl, Vater Jef-

frey zu suchen. Er setzte sich an die Spitze des Trauerzugs, der sich zu Collins' Haus begab. François Robidoux ging benommen und zitternd inmitten der Insulaner. Alle schwiegen. Alle unterwarfen sich ohne weiteres dem Ritual, wie Schauspieler bei der hundertsten Vorstellung. Es hatte bereits andere Tote gegeben. An anderen Vormittagen hatten sich Trauerzüge auf andere Häuser zubewegt. Und das wussten sogar die Kinder, die ihre Comics im Stich ließen, um sich dem Zug anzuschließen.

Schluchzend ging Margie Stone auf den Arzt zu.

»Was ist mit diesem armen Mädchen geschehen?«

»Keine Ahnung.«

»Wo ist Jeffrey? Wissen Sie was Neues?«

François Robidoux zuckte die Schultern. Der Don Juan in der Soutane ließ ihn kalt. Was sollte er nur der Polizei erzählen?

Das Haus der Collins wirkte an der Seite des *Big Hill* winzig. Die Fenster im Atelier erhellten die Öde. Randy Aitkens trat ein, die Träger folgten ihm. Sie gingen dann sofort wieder hinaus, damit die Familie unter sich bleiben konnte. Die Menschen versammelten sich schweigend draußen. Schließlich erhob sich ein Gemurmel, und die Menge zerstreute sich. Randy und eine Gruppe Männer zogen Borden Welsh mit in ein Nachbarhaus.

François Robidoux und Margie Stone blieben vor dem Haus stehen. Sie waren Fremde. Niemand beachtete sie. Madame Patterson tauchte auf und gab dem Arzt ein Zeichen, ihr zu folgen.

»Ich gehe mit Ihnen«, sagte Margie Stone.

»Sie nicht«, donnerte Madame Patterson. »Packen Sie

Ihren Kram ein und kehren Sie dorthin zurück, wo Sie hergekommen sind. Das wäre besser für alle.«
Sie steuerte auf das Haus zu, das der Bürgermeister und Borden betreten hatten. Erst in diesem Augenblick achtete François Robidoux auf das Gesicht seiner Begleiterin. Sie hatte Wimperntusche aufgetragen, ihre Haare waren zerzaust und ihre Hände zitterten.
Madame Patterson bemerkte, wie er sie musterte.
»Sind Sie mir noch böse wegen gestern? Ich war betrunken.«
François Robidoux wollte gerade antworten, dass er die Geschichte bereits vergessen hatte, als ihm bewusst wurde, wie kränkend das klingen könnte.
»Denken Sie nicht mehr daran.«
»Ich würde gern wissen, was Borden Welsh um acht Uhr morgens auf der Klippe getan hat?«
»Sie haben mir doch erzählt, dass er Trappen jagt.«
»Ohne Gewehr?«
Madame Patterson kam auf ihn zu. Sie marschierte wie ein General im Feldzug.
»Hat ein Arzt in einer solchen Situation eine gesetzliche Befugnis?«
»Ich muss den Untersuchungsrichter verständigen. Für derartige … Unfälle muss er einen Bericht erstellen und eine Autopsie durchführen lassen …«
»Achten Sie auf Ihre Worte«, riet sie ihm.
Sie betraten das Haus. Zehn rothaarige Köpfe wandten sich ihnen zu. Der Bürgermeister bedachte die Krankenschwester mit einem missbilligenden Blick und setzte sein Verhör fort.

»Du hast also die ganze Nacht getrunken und trotz des Sturms um acht Uhr morgens den Trappen aufgelauert? Ist es so gewesen?«

»Ich kann nichts anderes sagen.«

Borden Welsh war um die fünfzig und hatte eine Leidensmiene aufgesetzt. Man traute ihm allerhand zu, schätzte aber auch seine geistvollen Worte. Er war arbeitslos, Junggeselle und trieb sich auf der Insel herum, immer auf der Suche nach einer Flasche oder irgendeinem Spaß. Jetzt saß er in panischer Angst auf einem Küchenstuhl und wand sich unter den Blicken der Männer.

»Wo hast du die Nacht verbracht? George schwört, dass du nicht zu Hause warst.«

»Ich bin in meinem Lastwagen in der Nähe des Hafens eingeschlafen.«

»Ich war gegen halb zwei am Hafen«, ließ sich eine Stimme vernehmen. »Dein Lastwagen war da. Ich habe geschrien, um dir einen Streich zu spielen, aber *du* warst überhaupt nicht da.«

»Wo warst du dann, wenn du weder bei dir zu Hause noch in deinem Lastwagen warst?«, fragte ihn Randy Aitkens.

Borden schwitzte Blut und Wasser.

»Wo warst du, Borden? Zum letzten Mal.«

»Ich war bei einer Frau …«

Borden bei einer Frau. Er suchte sich gewöhnlich seine Frauen in Grosse-Isle. Seit zehn Jahren hatte man ihn nicht mehr mit einer Frau der Insel gesehen.

»Bei wem?«

»Er war bei mir!«

Die Stimme kam aus dem Wohnzimmer, aus dem die

Schwägerin des Bürgermeisters auftauchte. Vermutlich war sie durch die Hintertür ins Haus gelangt. Sie war eine korpulente Frau mit rotem Gesicht, deren Mann in Terre-Neuve als Fischer arbeitete. Als junges Mädchen war sie ein paar Monate mit Borden befreundet gewesen. Gelassen ertrug sie Randy Aitkens wütenden Blick.

»Borden hat Charlene nicht getötet. Er war bis zum Morgengrauen bei mir. Und dann ging er zu den Klippen, um frische Luft zu schnappen. Das ist sein Lieblingsplatz. Dort haben wir auch als Kinder gespielt.«

Totenstille machte sich breit.

»Um Gottes willen, macht sie zu«, brummte sie und wandte sich zur Tür. »Wenn Bruce heimkommt, spreche ich mit ihm.«

Sie ging hinaus. Borden Welsh saß zusammengekauert auf seinem Stuhl und starrte auf seine Stiefelspitzen hinunter. François Robidoux war erleichtert: Der Mann war bei seiner Dulcinea gewesen, während er an Bord der *Melinda D.* wartete. Randy Aitkens verlangte ein Glas Schnaps.

»Wie hast du die Leiche gefunden? Du musstest bis an den Rand der Klippe gehen, um sie zu sehen.«

»Fußspuren führten an den Rand der Klippe. Ich hatte so eine Vorahnung. Trat also an die Klippe und entdeckte sie. Ich rannte zu Gladys. Sie schickte mich los, dass ich Hilfe hole. Das ist alles.«

»Vielleicht hat sie Selbstmord begangen«, äußerte einer der Anwesenden. »Sie war ja nicht ganz dicht.«

»Vielleicht ist sie hinuntergefallen«, meinte der Bürgermeister. »Manchmal spazierte sie nachts über die Klippen.«

»Woher weißt du das?«
Randy Aitkens senkte den Blick.
Man diskutierte. Sie gelangten allgemein zu der Auffassung, dass es sich um einen Unfall handelte. Randy hatte seine Beherrschung wiedergefunden.
»Ich werde die Polizei benachrichtigen.«
Unter den Männern entstand allgemeines Murren. Sie wurden sich der Anwesenheit von François Robidoux bewusst. Missstimmung machte sich breit. Randy Aitkens bat ihn, Bordens Geschichte diskret zu behandeln.
»Sie können sich auf mich verlassen.«
François Robidoux ging in Begleitung von Madame Patterson wieder den Weg zum Cap d'Enfer entlang. Sie waren in Gedanken versunken, kämpften gegen den Ostwind, der ihnen eisige Tropfen ins Gesicht peitschte. Am Rand der Klippe untersuchte er die Fußspuren. Da Neugierige darübergetrampelt waren, wurde eine Spurensicherung unmöglich. Er ging dreihundert Meter entlang der Küste, auf der Suche nach einem Indiz. Doch weit und breit waren nur das Meer und der Wind, die Woge um Woge, Windstoß um Windstoß, geduldig der Klippe ein paar Brocken rosa Gesteins entrissen. Die Flut hatte die Stelle, an der Charlenes Leiche gelegen hatte, schon bedeckt.
Madame Patterson stand unbeweglich im Regen und ließ den jungen Arzt suchen. Nach fünf Minuten rief sie seinen Namen, sehr laut, um den Wind zu übertönen. François schüttelte sich. Auf dem Dreirad fuhren sie zur Ambulanz.

18
Mund halten, nichts verraten!

– Motus et bouche cousue!
– Je dirais même plus.
Botus et mouche cousue!

Hergé

Bereits am Eingang empfing sie eine wohlige Wärme. Jemand hatte sich um den Haushalt gekümmert, die Heizung angestellt und Pasteten in der Küche hinterlassen.
»Phyllis war hier«, bemerkte Madame Patterson.
François Robidoux stieg in den ersten Stock hinauf. Das Tagebuch der Krankenschwester, das er hinter das Kopfende des Betts geklemmt hatte, war Phyllis Dicksons Aufmerksamkeit entgangen. Er versteckte es in einem Kleiderschrank, betätigte die Klospülung und kam wieder hinunter.
Madame Patterson bereitete Tee zu. François Robidoux ging schweigend von einem Fenster zum nächsten.
»Geben Sie mir Ihre Hose? Ich werde sie flicken.«
»Ich habe sie verbrannt.«

Er wurde knallrot. Madame Patterson schwieg. Sie servierte den Tee, ging ins Sprechzimmer und kehrte mit einem vergilbten, an den Ecken zerknitterten Totenscheinformular zurück.

»Sie müssen ihn ausfüllen. Die Polizei wird bald auftauchen.«

»Offensichtlich werden solche Bescheinigungen hier selten benötigt.«

»Ich habe immer ein oder zwei hier. Als Anna McLean vor drei Jahren im Dezember gestorben ist, musste man ein Schiff nach Cap-aux-Meules schicken, und das mitten im Eis, um den Totenschein zu beschaffen. Ohne Schein hätten wir sie nicht beerdigen können. Ich hatte größte Mühe, Doktor Bailley zu überreden, das Formular auszufüllen, ohne dass er sie gesehen hat.«

Die Küche war nicht gerade der geeignete Ort, um ein solches Formular auszufüllen. Der junge Arzt trug Name und Daten an den entsprechenden Stellen ein. Madame Patterson las von der anderen Seite des Tisches mit. Er markierte »gewaltsamer Tod« und bat den Untersuchungsrichter zu benachrichtigen. Sein Tee war lauwarm. Er wich dem Blick der Krankenschwester aus.

»Haben Sie mein Tagebuch gelesen?«

»Teilweise. Sie schreiben sehr gut.«

»Geben Sie es mir zurück.«

»Sie haben es mir geliehen. Ich dachte, wir stünden uns nahe. Ihre Geschichte ist faszinierend. Ein echter Roman.«

Sie war schön in ihrer Verzweiflung. Es machte ihm Spaß, sie zappeln zu lassen.

»Ich hielt Sie für feinfühliger. Würden Sie Ihr Leben vor einem Fremden ausbreiten?«
»Ich bin kein Fremder.«
»Ich bin eine Fremde. Geben Sie mir das Tagebuch zurück oder ich erzähle der Polizei von Ihrer Hose.«
»Das beweist gar nichts.«
»Wenn sie aber erfährt, dass Charlene hier geschlafen hat …«
Plötzlich bekam er einen Brechreiz.
»Sie spionieren mir nach?«
»Von meinem Badezimmer aus kann ich die Ambulanz sehen. Charlene ist gegen vier hier weggegangen. Ich weiß nicht, was Sie ihr angetan haben. Sie hatte es sehr eilig.«
»Sie hat mir meine Hose stibitzt. Das war wegen Halloween.«
»Vater Jeffrey ist fünfzehn Minuten später aus dem Haus gegangen, voll wie eine Haubitze. Was für ein charmantes Trio!«
François Robidoux stand auf und versuchte, seine Gedanken zu ordnen. Madame Patterson blieb wie versteinert am Tisch sitzen. Ihre Hände zitterten leicht. Vermutlich hatte sie Entzugserscheinungen.
»Was hat sie dann getan?«, erkundigte er sich.
»Sie ist auf den Wald zugerannt.«
»Und Jeffrey?«
»Er ist zum Leuchtturm zurückgekehrt. Haben Sie mit ihr geschlafen?«
François Robidoux holte die Brandyflasche heraus.
»Weshalb legen Sie so viel Wert auf das Tagebuch?«

»Das hat nichts mit Charlene zu tun, das ist ganz persönlich.«
»Eva hat mir erzählt, dass Sie Ihren Mann vergiftet haben.«
Er reichte ihr ein Glas. Sie fing an zu weinen.
»Bill ist an einer Gehirnblutung gestorben. Seit fünfzehn Jahren erzählt Eva jedem, dass ich ihn getötet habe. Sie hat mein Leben zerstört.«
»Hätten Sie Gründe gehabt, ihn zu töten?«
»Bill töten? Sie sind genauso ein Scheißkerl wie alle anderen.«
François Robidoux setzte sich der Krankenschwester gegenüber. Sie hörte nicht auf zu heulen und trank dabei ihren Brandy.
»Das arme Mädchen auf den Felsen.«
Er überlegte. War es gefährlicher, der Diskretion von Madame Patterson zu vertrauen oder alles der Polizei zu berichten? Plötzlich hatte er eine Vision, wie seine Mutter sein Foto auf der Titelseite des *Journal de Montréal* entdeckte.
Er ging hinauf, um das Tagebuch zu holen und legte es vor ihr auf den Tisch. Madame Pattersons Hände zitterten nicht mehr.
»Halten Sie die Verhöre durch?«
»Ich werde sagen, dass ich nichts gesehen habe.«
»Verdächtigen Sie mich nicht? Ich hätte durch meine Hintertür schlüpfen, Charlene einholen und töten können.«
»Töten? Halten Sie es nicht für einen Unfall?«
»Diese Art von Frage stellt man sich eben, wenn ein junges Mädchen mitten in der Nacht von einer Klippe fällt.«

»Vater Jeffrey war ja bei Ihnen. So haben Sie ein Alibi. Was wollte er denn?«
»Er hat mir seine Liebesgeschichte mit der Frau von der Fähre erzählt.«
»Ich hätte es ahnen müssen. Sie sind zu liebenswürdig, um eine Frau von einer Klippe zu stoßen.«
»Danke. Haben Sie eine Idee, wer es hätte sein können?«
»Es kann Randy Aitkens oder irgendeiner der Männer gewesen sein, die seit drei Monaten von ihr träumen. Vielleicht hat sie auch Selbstmord begangen.«
»Warum würden Sie für mich lügen?«
»Ich liebe Sie. Wissen Sie das nicht?«
»Ich liebe Sie aber nicht.«
»Das ist nicht nötig. Ich bin eine alte Irre.«
François Robidoux spürte, dass sie ihn nicht verraten würde. Er atmete tief durch und schob ihr so langsam, wie man einer Verlobten den Ring überstreift, das Heft zu. Sie nahm seine Hand und zog ihn zum Sofa. Er wagte es nicht, Widerstand zu leisten.
»Setzen Sie sich. So.«
Sie legte den Kopf an seine Schulter und schmiegte sich an ihn. Sie ähnelte einem Kind, das Kummer erlebt hat. Er strich ihr zerstreut übers Haar. Wie war er nur in diese Situation geraten? Sein Name würde mit dieser Geschichte verquickt werden, seine Karriere überschattet. Es wurde Zeit, wieder auf den Teppich zurückzukehren und der Polizei die Wahrheit zu enthüllen. Er hatte mit diesem Mädchen geschlafen, und sie hatte sich dann mit seiner Hose aus dem Staub gemacht, um ihm einen Streich zu spielen. Eine solche Geschichte würde ihn bestimmt

nicht reinwaschen, auf jeden Fall aber lächerlich machen. Vater Jeffrey konnte ihm nicht als Zeuge dienen. Er hatte lediglich gehört, wie die Haustür ins Schloss fiel. Es blieb nur Madame Patterson übrig. Sie hatte sich zusammengekauert und sich an seinem Hemd festgekrallt. Sie war die personifizierte Erschöpfung. Sie würde nie durchhalten.

»Wir sollten der Polizei alles sagen«, schlug er vor.

»Dann gelten Sie als verdächtig und werden vielleicht angeklagt.«

»Ich habe Ihre Zeugenaussage und die von Vater Jeffrey.«

»Zwei Alkoholiker. Die Polizei darf nicht wissen, dass Sie mit Charlene geschlafen haben, denn dann kommen Sie vor Gericht. Wer weiß, was in einem Prozess alles geschieht.«

»Wenn sie die Wahrheit herausfinden, werde ich doppelt verdächtigt.«

»Die Leute werden den Mund halten. Auf der Île d'Entrée hat die Polizei noch nie einen Fall gelöst.«

François blickte zum Fenster hinaus. Er hätte es nie für möglich gehalten, dass es, außer in tropischen Ländern, so lange regnen konnte.

»Sie sollten abreisen. Die Polizei kann jeden Augenblick vor der Tür stehen.«

»Ich werde kein Wort über Charlene sagen.«

»Das ist auch besser so. Besorgen Sie mir bitte eine weniger auffallende Hose.«

Sie ordnete ihr Haar. Bevor sie ging, verstaute sie das Tagebuch in ihrem Anorak und küsste den Arzt sanft auf den Mund. Fröstelnd schloss er hinter ihr die Tür.

19
Sergeant Krabbe

»Sie kennen meine Methoden, lieber Freund.«
»Sie haben es herausgefunden?«
»Genau.«
»Und wie?«
»Mit Hilfe Ihrer Pantoffeln.«

Arthur Conan Doyle

Der Regen hatte aufgehört. Doch der Wind peitschte weiterhin Gischt an den steinigen Strand. Das Schnellboot der Küstenwache umfuhr die Boje und näherte sich dem Hafen. Ungefähr zwölf Männer beobachteten es. Wie bei der Ausfahrt aus der Berg-und-Tal-Bahn wollte man zuerst den Kopf der Besatzung sehen.
Stampfend und das Wasser aufwühlend fuhr das Schiff in den Hafen ein, während sein Heck einen scharfen Geruch nach Treibstoff ausstieß. Doktor Pépin tauchte auf. Er war korpulent, trug einen Koffer in der Hand und sah aus wie ein Tourist, der eine Charterreise auf den Mount Everest macht. Hinter ihm kam ein junger Kriminalbeamter, der in seiner Uniform und mit seinem blonden Schnurrbart sehr fesch aussah. Er unterhielt sich mit einem Püppchen

von 35, die unter ihrem Make-up ganz grün geworden war. Sie trug ein Tonbandgerät über der Schulter, hielt mit der rechten Hand eine Mütze über ihrer Dauerwelle fest und kämpfte mit dem Wind um ihre Kontaktlinsen.
»Wer ist denn das?«, fragte Phyllis Dickson.
»Radio-Canada«, brummte Randy Aitkens.
Schließlich tauchte Sergeant Moreau auf. Er schien am deutlichsten angeschlagen zu sein. Den Hals in einen altmodischen Paletot gezwängt, umklammerte er die Reling. Mit seinen hervorstehenden Augen, seinen Wangen, die unter den Vibrationen des Motors zitterten, und seinem Amphibiengesicht verdiente er mehr denn je den Spitznamen Krabbe.
Ängstlich wartete er auf das Anlegen des Schiffes. Er griff nach einer ausgestreckten Hand und hievte sich an Land, ohne die Reporterin von Radio-Canada zu beachten, die ihm auf den Fersen blieb. Sie verdrückte eine Träne und stellte ihren hochhackigen Stiefel entschlossen auf den Reifen des Schleppers an der Hafenmole.
Randy Aitkens ging auf die Neuankömmlinge zu, um sie zu begrüßen.
»Guten Tag, Sergeant …«
Verwirrt stellte der Bürgermeister fest, dass er den Sergeant nur beim Vornamen kannte.
»Moreau, Randy. Moreau. Kennen Sie den Doktor? Und das ist der Polizeibeamte Matte.«
Matte lächelte spöttisch. Doktor Pépin genoss das Abenteuer.
»Diese Dame ist Journalistin«, erklärte der Sergeant.
»Ich weiß«, erwiderte Randy.

Er machte Winston ein Zeichen. Über das ganze Gesicht strahlend nahm der Taubstumme das Tonbandgerät der jungen Frau und zog sie mit sich zu einem Lastwagen. Sie protestierte wütend, weil sie von der Gruppe getrennt wurde. Der Sergeant wandte den Kopf ab.

»Ein trauriger Unfall«, bemerkte Randy.

»Wo hat man die Leiche gefunden?«

Der Sergeant war nicht als Tourist hier. Die vier Männer quetschten sich in den Jeep des Bürgermeisters.

»Und jetzt liefern Sie mir bitte Ihre Version der Geschichte.«

Sergeant Cyril Moreau war für die Leitung der Sicherheitspolizei in Quebec ein Rätsel. Nach einem glänzenden Karriereauftakt war er als junger Sergeant auf die Madeleine-Inseln versetzt worden. Nach drei Jahren beantragte er, von weiteren Versetzungen ausgenommen zu werden. Man hatte gezögert. Es war nicht üblich, Kriminalbeamten zu erlauben, sich in weit entlegenen Gegenden niederzulassen, weil sie sich dann mit der Bevölkerung verbrüdern und ineffizient werden könnten. Doch die Statistik von Sergeant Krabbe bewies das Gegenteil. Man gewährte ihm eine erste Befreiung, dann eine zweite. Später verzichtete er auf Beförderungen, um auf den Madeleine-Inseln bleiben zu können.

Der Junggeselle kannte nur eine Leidenschaft: Karten. Jeder, außer seinen Untergebenen, wusste, dass er sein Gehalt beim Poker verspielte, am häufigsten mit den Betrügern, die er zu schnappen versuchte. Auch wenn er seiner Monte-Carlo 76 treu blieb und sich wie ein armer Mann kleidete, gab sein Bankkonto Anlass zu den gewagtesten

Vermutungen. Man hielt ihn erst für einen Föderalisten, später für einen Homosexuellen. Doch weibliche Eroberungen, selbst wenn sie selten waren, dementierten diese Gerüchte.

Er war ein guter Kerl. Er hatte Väter angerufen, um sie über den Umgang ihrer Söhne zu informieren, er hatte Wilddiebe diskret gewarnt, dass die Fischerei-Kontrolleure sie verdächtigten. Im Gegenzug erfuhr er, dass man nicht nach geweihtem Brot trachtete. In anderen Bereichen wie Drogen oder Sicherheit im Straßenverkehr zeigte er sich unerbittlich. Diese Mischung aus Milde und Strenge gefiel der Bevölkerung. Anfangs nannte man ihn Sergeant Kabeljau, aber schließlich wurde er als Krabbe akzeptiert.

Randy Aitkens fasste die Ereignisse zusammen. Borden Welsh hatte um acht die Leiche von Charlene Collins unterhalb des Cap d'Enfer entdeckt. Sie war um Mitternacht bei ihrem Vater zu Bett gegangen. Danach hatte niemand sie mehr gesehen.

»Aber es war Freitagabend.«

»Der alte Collins hat nicht gehört, wie sie weggegangen ist. Sie ist vermutlich gefallen, als sie die Klippe entlangging.«

»Gab es Gründe für Selbstmord?«

»Vielleicht. Sie ist im Sommer aus Toronto zurückgekehrt. Es heißt, sie soll dort einen Freund gehabt haben. Sie war ein seltsames Mädchen.«

»Aber anscheinend schön.«

»Das ist richtig.«

»Und hier hatte sie keinen Liebhaber?«

»Sie wahrte Distanz.«
»Niemand hat die Insel verlassen?«
»Vater Jeffrey ist unauffindbar. Er ist heute Morgen auf Warrens Schiff weggefahren.«
Matte lachte insgeheim.
»Das gäbe eine gute Schlagzeile: *Pastor ermordet junge Frau am Halloweenabend.*«
»Sie hat Selbstmord begangen«, mischte sich Doktor Pépin ein. »Die Collins sind schon immer labil gewesen. Haben Sie je ein Bild von Timothy Collins gesehen?«
Der Sergeant, der sich an den Überrollbügel klammerte und grünlich im Gesicht war, warf einen Blick auf die Landschaft. Mit großem Getöse verließ der Jeep die Straße, um zum Cap d'Enfer zu fahren.
Ein Stück Holz markierte die Stelle, an der die junge Frau hinuntergefallen war. Der Wind und der Regen und die Gaffer hatten die Spuren verwischt. Um ihr Gewissen zu beruhigen, gingen sie fünfzehn Minuten an der Klippe entlang. Die Wellen bedeckten die Stelle, an der man die Leiche gefunden hatte. Mit nassen Füßen kletterten sie wieder in den Lastwagen.
»Schauen wir uns die Leiche an«, brummte der Sergeant.
»Es wird uns ein Vergnügen sein, das aufzuklären«, sagte Matte. »Die Engländer sind ja dermaßen schwatzhaft.«
»Mach dir lieber Notizen, statt rumzusabbeln«, erwiderte der Sergeant. »Randy spricht Französisch.«
»Ein wenig«, bestätigte Randy.
»Glauben Sie, dass es sich um einen Selbstmord handelt?«, fragte Pépin.
»Man kann nichts vor Ihnen verbergen.«

»Warum?«
Krabbe schwieg. Matte ergriff Pépins Ärmel und zeigte auf den Bürgermeister.
Der Arzt schüttelte den Kopf.
»Ein Selbstmord! Die Leute werden klatschen. Aber ich überlege: François Robidoux hat die Nacht hier verbracht. Randy, halten Sie an der Ambulanz.«

20
Samenzellen

Lediglich anständige Leute und Gauner können einen Ausweg für jede Situation finden, aber wer gleichzeitig anständig und durchtrieben sein möchte, der findet keinen Ausweg.

Puschkin

François Robidoux sah Madame Patterson hinterher. Mit gesenktem Kopf, nachdenklich und gegen den Wind gestemmt, der die Regentropfen mit dumpfem Laut auf ihren Anorak klatschte, ließ sie ihr Dreirad an. Sie würde niemals durchhalten.

Es war zu spät zum Umkehren. Im Sprechzimmer holte er Charlenes Akte aus dem Schrank. Ihr Name stand oben rechts, unter dem Vornamen ihres Vaters und ihrem Geburtsdatum. 6. Juli 1958. Sie war 28.

Er entdeckte Madame Pattersons erste Notiz, eine Lungenentzündung im Juni 1959. *Ein kleines Mädchen von elf Monaten. Hustet und hat seit zwei Tagen 40 Grad Fieber, Penicillin intramuskulär. Eltern unbekümmert.*

Drei Ohrenentzündungen, dann 1967: *Wegen Schlaf-*

losigkeit von der Mutter hergebracht. Das Kind ist niedergeschlagen und sensibel. Familienprobleme. Ziehen bald nach Toronto. Ich schlage ihnen vor, dort einen Psychologen aufzusuchen.

Diese knappen Notizen widersprachen dem sonstigen Stil Madame Pattersons. François Robidoux entdeckte in Charlenes jungen Jahren lediglich Rezepte für die Pille. Keinen anderen Hinweis darauf, wer Charlene Collins wirklich war.

Er las die Notiz von 1967 noch einmal. Vielleicht hatte sie doch Selbstmord begangen. Die Idee, in das Bett des Arztes ihres Vaters zu schlüpfen, war wirklich bizarr. Ganz zu schweigen von ihrer Flucht mit der Hose. Er sah die Szenen aus der Nacht wieder vor sich, die Silberkette unter dem Mond, Charlenes wogende Hüften, ihr Stöhnen und ihre Schreie. Es blieben ihm nur Bruchstücke, die ihm die Zeit nach und nach auch noch rauben würde. Er hatte bereits Schwierigkeiten, sich ihr Gesicht vorzustellen. Er sah ihr Gesicht am Cap d'Enfer, ihren zurückgeworfenen Kopf und ihre starren Augen. Er hatte eine Tote geliebt.

Sein Magen zog sich zusammen. Der Tod trieb sich herum. Er durchstreifte das Haus, Tränen in den Augen. Er bekam Angst. Charlene hatte sich nicht umgebracht. Ein Mörder war auf der Insel. Seine Hose hatte sich nicht in Luft aufgelöst, sondern war zwischen der Ambulanz und der Klippe verschwunden. Er versuchte, gleichmäßig zu atmen.

»Man muss einen kühlen Kopf bewahren.«

Der Klang seiner Stimme beruhigte ihn.

»Zuerst musste jede Spur für ihre Anwesenheit beseitigt werden.«
Er ging in sein Zimmer hinauf. Die Kopfkissen rochen immer noch nach Zimt. Er atmete den Geruch ein und versprühte ein Deodorant, das er aus dem Bad holte. Sorgfältig sammelte er alle langen Haare ein, ließ die kurzen unbeachtet, wühlte unter dem Bett, in der Garderobe, auf der Treppe und am Eingang. Dann stellte er sich unter die Dusche.
Blieb noch die Hose von Bill Patterson. Er schlüpfte hinein, ohne sich über die komische Situation zu amüsieren. An diesem Morgen des 1. November fehlte ihm jeder Funken Humor. Hoffentlich dachte Madame Patterson daran, ihm eine neue Hose zu bringen.
Er zwang sich zu essen. Er musste den Kriminalbeamten die Stirn bieten, sie waren schlauer, als man dachte. Seine Hände würden ihn verraten.
Gigi Bengale hatte ihm wiederholt erklärt, er sei ein Hasenfuß. »Wenn du ein großer Arzt werden willst, warum gehst du dann nicht in die Vereinigten Staaten, nach Frankreich, an die großen Unis?« Und Charlene: »Du hast Angst. Du lauerst wie ein Wilderer.«
Freud langweilte sich vermutlich zu Hause. Er rief seinen Freund Jolicœur an.
»Was soll diese Selbstmordgeschichte?«, kicherte der Koordinator. »Ist es die blonde Engländerin?«
»Lass die Faxen. Warst du mit Freud draußen?«
»Er ist gut drauf und hat sich kaum nach dir erkundigt. Timmy Collins' Tochter hat sich also von der Klippe gestürzt?«

»Ich erzähl's dir heute Abend.«

Es tat ihm gut, französisch zu sprechen. Draußen brummte ein Motor. André Pépin klopfte an die Tür der Ambulanz.

»Wie siehst du denn aus? Hast du die Nacht auf der Wäscheleine verbracht?«

»Ich freue mich auch, Sie zu sehen.«

»Was hast du denn an? Du siehst aus wie ein Bestattungsunternehmer.«

»Heute Morgen unter der Klippe habe ich mir meine Hose nass gemacht. Madame Patterson hat mir die hier geliehen.«

»Komm mit, die Leiche wird gerade untersucht.«

Bill Pattersons Hose war entschieden zu auffällig. Mehr tot als lebendig rannte François Robidoux mit seinem Kollegen zum Jeep. Krabbe drückte ihm die Hand und vergrub sich in seine Gedanken. Neben ihm kritzelte ein Polizeibeamter auf eine Metallunterlage.

Auf der Île d'Entrée gab es genügend Mitglieder der Familie Collins, um das Erdgeschoss des kleinen Hauses zu füllen. Die Frauen waren in der Küche, die Männer im Wohnzimmer. Als die Polizeibeamten und die Ärzte eintrafen, schwiegen alle.

In Ermangelung einer besseren Möglichkeit hatte man Charlene im Schlafzimmer ihrer Eltern ins Bett gelegt. Der Sergeant untersuchte die Leiche. Pépin holte ein Mikroskop, dünne Klingen und Flaschen aus seiner Tasche, das ganze Zubehör des Pathologen, das den Polizeibeamten Matte im höchsten Maße interessierte.

Der Untersuchungsrichter näherte sich der Leiche.

»Schade. Sie war ein hübsches Mädchen. Sieht so aus, als ob sie sich den Schädel an einem Felsen aufgeschlagen hätte.«
»Oder man hat sie betäubt«, murmelte der Sergeant.
François Robidoux hielt sich diskret abseits. Der Arzt und der Sergeant entkleideten die Leiche und stopften die Kleidungsstücke in einen Plastiksack. Der nackte Körper leuchtete weiß wie Schnee in dem holzgetäfelten Raum. Das Meer hatte die Haut ausgewaschen, Tang in die Haare geschmiert und Sand in die Augenwinkel geweht. Der rechte Wangenknochen und die Schläfe waren angeschwollen. Auf der Höhe der Schenkel erweiterten sich die Beckenknochen unnatürlich. An den Fingern trug sie keinen Ring. François stellte erstaunt fest, dass an den Zehen noch Reste von malvenfarbenem Lack zu erkennen waren.
Man hörte nichts außer dem Geräusch des Bleistifts von Matte.
»Schauen Sie, Sergeant. Ein Mal am Hals …«
Unterhalb des rechten Schlüsselbeins entdeckte François Robidoux einen fadenförmigen Abdruck von drei Zentimetern Länge. Die Kette war verschwunden.
»Erdrosselt?«, fragte Matt.
»Ich glaube nicht«, erwiderte Pépin. »Es ist nur auf einer Seite.«
Sergeant Krabbe brummte.
»Der Gerichtsmediziner wird sich darum kümmern. Gehen wir zu Timmy Collins. Wir sind nicht gerade höflich.«
François Robidoux blieb allein mit Pépin, der zwei Pipet-

ten zutage beförderte und sein Mikroskop auspackte.
»Hast du eine Idee?«, fragte Pépin.
»Nicht die geringste. Wir haben gestern Timmy Collins besucht. Charlene schien niedergeschlagen zu sein. Aber ich hätte nie gedacht, dass sie so etwas tun würde.«
»Glaubst du, dass sie sich selbst umgebracht hat?«
»Ich habe nie begriffen, was sie auf der Île d'Entrée macht. Sie hat alles hinter sich gelassen und sich hier vergraben.«
»Sie war nicht die Erste. Sie bewahren die Sehnsucht nach ihrer Insel.«
»Vielleicht war sie deprimiert.«
»Aber nicht wegen mangelnder Gesellschaft. Schau mal hier.«
François Robidoux beugte sich über das Mikroskop. Seine Spermafäden schwammen vor seinen Augen hektisch hin und her.
»Sie sind noch gut erhalten«, bemerkte Pépin. »Das ist nur wenige Stunden her.«
»Vielleicht wurde sie vergewaltigt.«
Pépin injizierte einen Teil dieser Probe in ein versiegeltes Glasgefäß. Seit Beginn der Untersuchung war er ungeheuer ernst. François Robidoux trat ans Fenster und malte seine Initialen in den feuchten Beschlag.
»Hundewetter.«
»Das wird der Ermittlung eine Richtung geben«, sagte Pépin.
»Das schränkt die Möglichkeiten ein.«

21
Nägel und rote Farbe

Rot: Adj. Die Farbe des Bluts, des Klatschmohns, des Rubins etc.

Le Petit Robert

Sergeant Krabbe und der Polizeibeamte Matte verließen das Zimmer. Die Familie Collins hatte sich zurückgezogen, Randy Aitkens auch. Eine Dame mittleren Alters legte Patiencen auf dem Küchentisch.
»Ist Monsieur Collins da?«
Mit dem Kopf machte sie eine Bewegung in Richtung Treppe.
»Findet Vater Jeffrey«, befahl Krabbe dem Polizeibeamten. »Ruf den Flughafen an, das Fährschiff, in Grosse-Isle, überall.«
»Wenn man einen Deutschen Schäferhund hätte, bräuchte man ihn nur an einer Flasche schnuppern zu lassen.«
Der Sergeant ging hinauf. Timothy Collins saß in seinem Rollstuhl und bemalte eine noch leere Leinwand mit Rot. Sanfte Klaviermusik erfüllte das Atelier.

Der Polizeibeamte räusperte sich.
»Setzen Sie sich, Sergeant.«
Collins atmete schwer. Allein die Bewegungen seiner linken Hand schienen ihn zu erschöpfen. Er malte mit der Fieberhaftigkeit eines Mannes, der in einem unordentlichen Zimmer seinen Ausweis sucht.
Er legte seinen Pinsel zur Seite.
»Das geht nicht.«
Ohne den Polizeibeamten zu beachten, musterte er seine Leinwand.
»Scheiße.«
»Verzeihen Sie, dass ich Sie heute störe …«
»Stellen Sie Ihre Fragen.«
Charlene und er hatten gegen neunzehn Uhr zu Abend gegessen, nachdem Madame Patterson und Doktor Robidoux gegangen waren. Sie war zu Hause geblieben, um die Halloween-Nachtschwärmer zu empfangen. Gegen zweiundzwanzig Uhr war sie zu ihm hochgekommen, und sie hatten zusammen Musik gehört. Sie wollte eventuell in die Community Hall gehen, hatte es sich dann aber anders überlegt und war gegen Mitternacht schlafen gegangen.
»Haben Sie nicht gehört, wie sie das Haus verließ?«
»Nein.«
»Kein Geräusch?«
»Nein.«
»Nehmen Sie Schlafmittel?«
»Ich nehme keine Medikamente.«
»Um wie viel Uhr sind Sie eingeschlafen?«
»Gegen ein Uhr.«

»Charlene ist also in der Nacht heimlich aus dem Haus gegangen.«
»Sie sind der Detektiv.«
»Was treibt eine Frau, heimlich nachts aus dem Haus zu gehen?«
»Ein Mann. Zumindest meistens.«
»Doktor Robidoux?«
Der Maler begann zu lachen.
»Sie fand ihn eingebildet.«
»Wer dann?«
»Keine Ahnung. Charlene ist vielleicht hinausgegangen, um von den Klippen aus das Meer zu beobachten. Sie liebte diese Art von Romantik.«
»War sie ein bisschen eigenwillig?«
»Nennen Sie es, wie Sie wollen.«
»Hätte sie Selbstmord begehen können?«
»Nie und nimmer. Seit ihrer Rückkehr war sie sehr glücklich. Irgendjemand hat sie getötet. Suchen Sie den Mörder auf der Insel, Sie werden ihn finden.«
»Hatte sie Feinde?«
»Sie war schön und glücklich. Das genügt.«
Sergeant Krabbe trat ans Fenster. Die Sonne drang durch die Wolken und zauberte ein gelbes Strahlenbündel über das Meer. Die Schaumkronen schimmerten durch den feuchten Nebel, der die Insel gefangen hielt. Der Wind hatte sich gelegt und frischte nun wieder auf.
»Trug sie Schmuck?«
»Selten.«
»Am Hals sind Abdrücke einer Kette. Der Mörder hat versucht, sie zu erwürgen oder ihr die Kette abzureißen.«

Der Maler wurde blass und schwieg. Seine Gedanken kreisten um eine Erinnerung oder den Satz einer Sinfonie. Krabbe machte eine gereizte Geste.

»Gestatten Sie uns, das Haus zu durchsuchen und eine Autopsie vorzunehmen?«

»Tun Sie mit Ihrer Leiche, was Sie wollen, und überhaupt: Ich will sie hier nicht tot sehen. Ich habe Ihnen gesagt, was ich weiß. Was außerhalb dieses Ateliers passiert, interessiert mich immer weniger.«

»Auch Charlenes Tod?«

»Sergeant, was ich darüber denke, geht Sie gar nichts an. Kümmern Sie sich um die Tatsachen.«

Krabbe betrachtete das Bild, auf dem das Rot beim Trocknen langsam blasser wurde.

»Ist das für sie?«

»Das ist für niemanden. Ich glaube, ich male nicht mehr.«

»Sie können nichts anderes tun als weitermachen. So ist das Leben.«

»Was wissen Sie schon darüber?«

Krabbe erhob sich und genoss es, eine Frage unbeantwortet zu lassen. Er verabschiedete sich von Collins und ging hinaus.

Unten versuchte Matte, am Telefon in seinem gebrochenen Englisch Auskünfte von einem begriffsstutzigen Gesprächspartner am anderen Ende der Leitung zu erhalten. Krabbe seufzte und blickte durchs Küchenfenster hinaus. Das Loch in den Wolken hatte sich wieder geschlossen.

»Madame, könnten wir bitte einen Kaffee bekommen?«

Die Kartenspielerin deutete auf den Herd und legte einen Pikbuben auf eine Herzdame. Krabbe entdeckte einen eisernen Topf, in dem vier Teebeutel brodelten.
»Kaffee?«
Die Frau deutete auf die Schränke. Krabbe gab es auf und lenkte seinen Schritt ins Schlafzimmer. Charlenes Leiche war zur Seite gedreht worden. Pépin untersuchte gerade den Rücken und den Nacken. Inzwischen öffnete François Robidoux, leichenblass, den Kiefernschrank, in dem ihre Kleider verstaut waren.
»Doktor Robidoux, bitte berühren Sie nichts«, befahl Krabbe. »Ich muss Ihnen ein paar Fragen stellen.«
Der junge Arzt folgte ihm verunsichert ins Wohnzimmer. François Robidoux schilderte ihm den 31., seine Visite bei Collins, das Essen bei Madame Patterson, die Begegnung mit Margie Stone und seine Rückkehr in die Ambulanz, seinen Weg zum Hafen – Charlenes Besuch ließ er aus.
»Sind Sie früh zu Bett gegangen? Sie wirken müde.«
»Vater Jeffrey kam um vier Uhr morgens in die Ambulanz. Er hatte Magenbeschwerden.«
»Er ist mitten in der Nacht mit Magenschmerzen in die Ambulanz gekommen? Da muss er ja sehr leidend gewesen sein.«
»Er war betrunken. Er hat mir unter dem Siegel der Verschwiegenheit ein paar Dinge anvertraut.«
»Ich verstehe. Wären diese Vertraulichkeiten für die Ermittlung von Nutzen?«
»Ich kann Ihnen nichts sagen. Das fällt unter die ärztliche Schweigepflicht.«
Robidoux überlegte eilends. Der Besuch und das Ver-

schwinden des Pastors waren eine glückliche Fügung. Sie lenkten den Verdacht von ihm ab und untermauerten seine Glaubwürdigkeit, da er sich hinter der ärztlichen Schweigepflicht verschanzen konnte. Margie Stone würde sich über alle Maßen freuen, von ihrer Liaison mit Vater Jeffrey berichten zu dürfen. Er musste es nicht tun.

»Hat Vater Jeffrey Sie lange aufgehalten?«

»Ungefähr dreißig Minuten.«

»Es war also halb fünf, als er die Ambulanz verließ?«

»Ich habe nicht auf die Uhr geschaut.«

»Und dann?«

»Ich legte mich zu Bett, konnte aber nicht schlafen. Um acht Uhr hat mir Madame Patterson Charlenes Tod mitgeteilt. Den Rest kennen Sie ja.«

»Haben Sie Charlene Collins gut gekannt?«

»Sie rief mich häufig wegen ihres Vaters an.«

»Hat sie Ihnen gefallen?«

»Ich habe es nicht gewagt, es ihr zu sagen. Sie schüchterte mich ein.«

»Warum?«

»Sie war sehr spöttisch, und sie stand ihrem Vater sehr nahe. Man fühlte sich immer mit ihm verglichen, wenn man sich ihr näherte.«

»Sie können gehen. Wenn ich Sie brauche, rufe ich Sie an. Kehren Sie heute nach Cap-aux-Meules zurück?«

»Ich hoffe.«

Vom Windfang her hörte man Stimmen. Unter der Anleitung des Bürgermeisters schleppten zwei Männer einen schmalen Sarg herein. Ein frischer Kieferngeruch verbreitete sich im Haus.

François Robidoux trat zur Seite und ging hinaus. Matte legte den Hörer auf.
»Unser Mann hat heute Morgen das Flugzeug nach Halifax genommen, er hat sein Ticket am Schalter gekauft. Das Mädchen von Air Canada berichtet, er habe ausgesehen wie ein Typ, der vom Hummerfest kommt.«
»So sieht er immer aus. Informiere die Leute in Halifax. Randy, wie viele Einwohner hat die Insel?«
»167.«
»Mach eine Liste aller Personen, die letzte Nacht auf der Insel waren, einschließlich ihres Alters.«
»Auch Frauen und Kinder?«
»Ja, alle. Ich treffe dann die Auswahl.«
Im Schlafzimmer räumte Doktor Pépin seine Instrumente ein.
»Sie hat in den letzten vierundzwanzig Stunden Sex gehabt.«
»Interessant. Irgendwelche Spuren von Schlägen?«
»Vor allem auf der linken Schädelhälfte. Die können aber auch durch den Sturz verursacht worden sein. Der Gerichtsmediziner wird das besser feststellen können als ich.«
Man wickelte Charlene Collins' Leiche in eine Decke und legte sie in den Sarg. Einer der Männer holte einen Hammer heraus. Die Schläge tönten durchs ganze Haus. Sergeant Krabbe dachte an Timmy Collins. Was auch immer man sagen mochte: Es hatte durchaus gewisse Vorteile, Junggeselle zu sein.

22
Die ramponierten Rüstungen

Wirf dein Bild in die harten Brunnen
Dein härtestes Bild ohne Schatten noch Schmerz

Anne Hébert

Madame Patterson trat aus der Dusche. Sie musterte sich im Spiegel. Auch wenn ihre Brüste nicht mehr so fest waren und sie einige unschöne Schwangerschaftsstreifen aufwies, war sie immer noch eine schöne Frau. Sie schlüpfte in ihren Morgenmantel und setzte sich vor den Spiegel.

Das Leben hatte seine Spuren in ihrem Gesicht hinterlassen. Unter den hohen Wangenknochen war die Haut etwas schlaff geworden. Aus der Nähe sah man an ihrem Kinn winzige kleine Krater. Doch ihre Augen besaßen immer noch ihren Glanz. Sie waren etwas feucht, Äderchen durchzogen die Bindehaut, doch sie versprühten immer noch Feuer, umgeben von kleinen Falten, wie zwei Kreuzritter, die mit ramponierten Rüstungen nach Hause zurückkehrten.

Sie trank einen Schluck Brandy, frischte dann die Farbe

ihrer Wangen auf, umrahmte ihre Augen mit Kajalstift und verstaute ihre Haare unter einer Mütze. Gladys Hadfield war verschwunden. Sie betrachtete Madame Patterson, die Krankenschwester auf der Île d'Entrée, der die CBC vor drei Jahren eine so eindrucksvolle Reportage gewidmet hatte.
Nein, er hatte keine Macht mehr über diese Frau.

23
Lichter

Wenn man zu sehen vermag, wird man deutlich erkennen, dass alle Beschuldigten schön sind.

Franz Kafka

Wenn Sergeant Krabbe damit gerechnet hatte, Ungereimtheiten in den Aussagen der Insulaner zu finden, hatte er sich gewaltig getäuscht. Die Indizien lösten sich in der Feuchtigkeit der Insel auf. Von Zeit zu Zeit fiel ein Regenschauer vom Himmel, als ließe ein nachlässiger Bühnenarbeiter den Vorhang zur Unzeit auf der Bühne herunter. Dem am Vortag gespielten Stück fehlte ein ganzer Akt, nämlich alles, was zwischen ein und acht Uhr morgens passiert ist. Seltsam, dass an diesem Halloween-Freitag alle Bewohner der Insel züchtig zu Bett gegangen sein sollen. Die Insulaner hatten die Nacht zu einer so glatten Kugel verschmolzen, dass es verdächtig schien.

Er durchsuchte Charlenes Zimmer. Nichts Auffälliges. Man lud den Sarg auf einen offenen Lastwagen. Doktor Pépin und die beiden Kriminalbeamten quetschten sich erneut in Randys Jeep. Der Konvoi überließ Timothy

Collins der Obhut der Kartenspielerin und fuhr zu Phyllis Dicksons Haus.
Churchill, die Schnauze auf die Pfoten gelegt, dachte ernsthaft nach. Sein Daueraufenthalt vor der Eingangstür untergrub seine Lebensfreude. Phyllis kletterte automatisch dreißig Mal pro Tag über ihn hinweg, auch wenn er gerade nicht da lag, weil er gegen die Ecke des Schuppens pinkeln musste.
Im Speisesaal empfingen Radio-Canada und Margie Stone die Neuankömmlinge mit einem Blick, in dem eine gerade erst entstandene Komplizenschaft aufblitzte. Sie hatten ein langes Gespräch hinter sich.
»Sergeant, ich dachte schon, Sie hätten mich vergessen«, sagte Radio-Canada.
»Ich gebe heute Nachmittag eine Erklärung ab. Wo Sie Ihre Informationen herbekommen, ist mir egal.«
»Genau das habe ich mir gedacht.«
Die Journalistin schlüpfte in ihren Mantel.
»Es fängt wieder an zu regnen. Soll Winston Sie begleiten?«
»Er ist nicht gerade sehr gesprächig. Ich danke Ihnen.«
Radio-Canada begab sich im strömenden Regen auf Entdeckungsreise.
»Ihr Make-up wird leiden«, sagte Matte.
»Oder sie wird sich eine Lungenentzündung holen«, fügte Pépin hinzu.
»Jemand wird sie im Pick-up mitnehmen«, meinte Krabbe. »Madame Stone? Mein Kollege hätte ein paar Fragen an Sie.«
Rot vor Freude zog Matte Margie Stone in ein Neben-

zimmer. Krabbe ging in die Küche, in der Hoffnung, einen Kaffee zu finden. Phyllis Dickson gab ihm ein Zeichen, näher zu kommen. Wenn der Sergeant auf die Insel kam, pflegte er stets bei der Witwe vorbeizuschauen. Abgesehen von Kaffee mit Zucker und Milch versorgte sie ihn mit wertvollen Informationen und stellte dabei immer eine Unschuldsmiene zur Schau, die ihn amüsierte.

Diesmal war sie aufgeregter als sonst.

»Wussten Sie, dass Randy in Charlene verliebt war?«, flüsterte sie. »Schon seit ihrer Kindheit. Seit sie zurückgekehrt ist, ist er nicht mehr derselbe.«

»Glauben Sie, er hat sie getötet?«

Sie zuckte die Achseln. Der Sergeant trank wortlos seinen Kaffee. Die Dicksons und die Aitkens liebten sich nicht gerade überschwänglich. Das war allgemein bekannt. Randy gehörte zu den Ersten, die Phyllis' Ehemann ablehnten, als er damals Bürgermeister war.

Angelockt vom Kaffeeduft, betraten Randy und Doktor Pépin die Küche. Krabbe bat den jungen Bürgermeister, Borden Welsh und Madame Patterson herzurufen.

Kurz darauf hielt der 69er Ford der Krankenschwester im Hof.

»Die alte Königin hat ihren Lastwagen rausgeholt«, bemerkte Randy.

»Die alte Königin?«, erkundigte sich Krabbe.

»In ihrer Jugend war Gladys die schönste Frau der Insel«, sagte Phyllis.

Madame Patterson erschien auf sechsunddreißig geschminkt, mit ihrem geknoteten Haar und ihren rot ge-

puderten Wangen wie eine Siegerin. Der Sergeant geleitete sie in den Speisesaal.
Nachdem François Robidoux gegangen war, hatte sie sich schlafen gelegt, und morgens hatte Borden Welsh sie aus dem Schlaf gerissen.
»Kein Anruf vorher?«
»Nein.«
»Vater Jeffrey hat sich um vier Uhr in die Ambulanz begeben, um den Arzt aufzusuchen. Er hätte Sie vorher anrufen müssen, nicht wahr?«
»Er würde es niemals wagen, mich um diese Zeit zu wecken.«
»Sie stehen sich nicht gut mit ihm?«
»Er weiß, was ich von ihm halte.«
»Und Madame Stone? Was tut sie hier?«
»Sie behauptet, die Geliebte des Pastors zu sein.«
»Ehrlich?«
»Das ist doch nicht verwunderlich.«
»Hatte Charlene einen Geliebten?«
»Auf dieser Insel gab es keinen Mann, der nicht davon träumte, mit ihr zu schlafen.«
»Und Randy?«
Madame Patterson zögerte.
»Mit zwanzig hatte er ihretwegen eine Krise. Als sie damals am Ende des Sommers abreiste, drohte er mit Selbstmord. Aber ich weiß nicht mal, ob er seit ihrer Rückkehr jemals mit ihr gesprochen hat.«
»Ich glaube, er ist Junggeselle?«
»Sie sind auf der falschen Spur. Randy hätte so etwas nie getan.«

»Letzte Frage. Nimmt Monsieur Collins Medikamente?«
»Sehr wenige. Nur etwas gegen sein Rheuma.«
»Nichts zum Schlafen?«
»Der Arzt verschreibt ihm Schlaftabletten, aber er weigert sich, sie zu nehmen. Er hat Angst, sein Gedächtnis zu verlieren.«
Der Sergeant dankte der Krankenschwester. Im Nebenzimmer schrieb der Polizeibeamte Matte mit Schweißperlen auf der Stirn bereits die vierte Seite der Zeugenaussage von Margie Stone.
»Schreibst du einen Roman?«, amüsierte sich Krabbe. »Irgendwas Interessantes?«
»Madame behauptet, zu wissen, wo sich Vater Jeffrey versteckt.«
»In Halifax. Grafton Street 227. Bei seiner Lieblingsnutte.«
»Vater Jeffrey scheint ja ein richtiger Schwerenöter zu sein, Sergeant.«
»Ruf dort an. Wenn sie ihn auftreiben, sollen sie ihn noch heute herschicken.«
»Das Flugzeug nach Halifax ist bereits in der Luft.«
»Sie sollen die königliche Gendarmerie anrufen, dann haben die was zu tun.«
Margie Stone verfolgte dieses Gespräch in Französisch mit der Naivität einer Aborigine in Wimbledon. Sie freute sich, dass man ihrem Jeffrey so viel Aufmerksamkeit schenkte.
»Sie sollten sich eher Sorgen machen«, sagte Krabbe, »denn das Verhalten des Pastors ist schon seltsam.«
»Ich bin der lebende Beweis dafür, dass er niemandem

etwas zuleide tun kann. Er hat Angst vor mir, weil er mich zu sehr liebt. Verstehen Sie?«

»Nein.«

Die beiden Polizeibeamten kehren in den Speisesaal zurück. Der Sergeant fragte Matte und Randy nach der Liste der Einwohner.

Borden Welsh platzte plötzlich herein, linkisch, aber gut rasiert. Die Aura von Verwahrlosung, die ihn morgens noch umgeben hatte, war verschwunden. Krabbe verhörte ihn fast eine Stunde lang. Er hatte die Nacht beim Kartenspiel mit Freunden verbracht. Der Polizeibeamte bräuchte sie nur zu fragen, sie würden das bestätigen.

»Was haben Sie heute Morgen auf der Klippe gemacht?«

»Ich habe den Trappen aufgelauert.«

»Ich danke Ihnen.«

Der Mann zog sich zurück.

»Randy, seit wann interessiert sich Borden Welsh für Trappenjagd? Kann er überhaupt ein Gewehr halten?«

»Er hat diese Vögel schon immer gemocht.«

Es war fast dreizehn Uhr. Krabbe bat Randy Aitkens, eine Stunde später mit dem Jeep zurückzukehren. Margie Stone saß im Nebenzimmer. Krabbe aß in Gesellschaft von Doktor Pépin und Matte. Durch das Fenster konnten sie den Lastwagen sehen, der den Sarg abtransportierte.

»Sie wurde also vergewaltigt und anschließend getötet«, fasste der Arzt zusammen.

»Klassisch«, erklärte Matte.

»Ich wette, es war der Pastor.«

»Ganz bestimmt nicht. Madame Stone behauptet, er habe Probleme, einen hochzukriegen.«

»Genau. Was halten Sie davon, Sergeant?«
Den Kopf über seinen Teller gebeugt, aß Krabbe langsam, ohne auf seine Gesellschaft zu achten.
»Doktor, Sie sind sehr schnell mit Ihren Schlussfolgerungen. Charlene Collins ist mitten in der Nacht aus dem Haus gegangen. Die Frage ist, mit wem sie sich getroffen hat.«
»Glauben Sie, dass sie nicht vergewaltigt wurde?«
»Dazu habe ich meine eigenen Ideen.«
Phyllis Dickson hantierte mit ihrem neuen schnurlosen Telefon, das sie im Versandhaus gekauft hatte.
»Halifax.«
Der Sergeant ließ seinen Untergebenen den Anruf entgegennehmen. Matte brachte ein paar *Yes-Sir* hervor, lauschte gebannt in den Hörer und legte triumphierend auf.
»Sie haben ihn gefasst.«
Krabbe verdrehte die Augen zum Himmel.
»Er war bei der Frau in der Grafton Street. Sie schicken ihn zu uns mit dem Hubschrauber. Was für ein Durcheinander! Aber das Beste wissen Sie noch gar nicht …«
Der Arzt wandte seine Aufmerksamkeit von seinem Dessert ab.
»1974 ist er wegen Verführung Minderjähriger belangt worden. Die Angelegenheit wurde außergerichtlich geregelt. Er ist als kämpferischer Ökologe bekannt. Ich habe Ihnen ja gesagt, er ist ein ganz besonderes Kaliber.«
»Priester sind auch nicht mehr das, was sie mal waren«, stöhnte der Arzt.
»Wann kommt er?«, fragte Krabbe.

»Gegen fünfzehn Uhr.«
»Phyllis! Rufen Sie Randy an. Wir fahren zum Leuchtturm.«

24
Deus ex machina

Das Unglück ist, dass man keine Lust hat, jemanden zu sehen, wenn man nüchtern ist, und wenn man betrunken ist, hat keiner Lust, einen zu sehen.

Francis Scott Fitzgerald

Die Tür des Leuchtturms war nicht verriegelt. Als Krabbe das Haus betrat, fielen ihm sogleich die Fußspuren auf. Im Wohnzimmer vernahm man ein Blätterrascheln und Radio-Canada tauchte auf. Sie trug eine dunkle Hornbrille.

»Ich habe eine meiner Kontaktlinsen verloren. Ich musste ins Haus gehen, um die andere rausnehmen zu können.«

»Mit den Kontaktlinsen ist es wie mit dem Trinken«, scherzte Matte. »Nicht alle vertragen es.«

Sergeant Krabbe durchbohrte seinen Untergebenen mit Blicken und betrat das Wohnzimmer. Auf dem Sofa lag ein aufgeschlagenes Heft, daneben Zeitungssausschnitte.

»Madame, Sie wissen sicher, dass es illegal ist, was Sie hier tun! Auch auf einer verlassenen Insel dürfen Sie nach einem Mord nicht überall herumschnüffeln.«

»Gab es einen Mord?«

Der Sergeant stöhnte und studierte die Zeitungsausschnitte. Man sah Vater Jeffrey, den Arm in einer Schlinge. Er stand vor einem Ministerium in Halifax.

»Unser Held kultiviert seine Legende. Haben Sie sonst noch was gefunden?«

»Das hier.«

Die junge Frau schob den Berg Enzyklopädien zur Seite und förderte pornografische Zeitschriften zutage. Doktor Pépin kam näher.

»Das sind alte Ausgaben. Der ehemalige Wärter war scharf auf solche Literatur.«

»Und dann wäre noch das da«, beeilte sich Radio-Canada zu erklären.

Sie entnahm dem Küchenschrank ein Paket. Der Sergeant zog einen Vibrator in Originalverpackung hervor.

Die Wangen der Journalistin röteten sich leicht.

»Der Kassenbon ist noch drin. Er wurde letzten Monat in Halifax gekauft.«

»Ich hatte Ihnen ja gesagt, dass dieser Priester ein Schwerenöter ist.«

Sergeant Krabbe studierte den Vibrator voller Neugier und reichte ihn dann an seinen Untergebenen weiter.

»Pack das ein. Madame, ich muss Sie bitten, das Haus zu verlassen und sich auf Ihre Arbeit als Journalistin zu beschränken.«

Verlegen verschwand Radio-Canada. Die Polizeibeamten durchsuchten das Haus. In einem Mülleimer entdeckte Krabbe die verbrannten Reste einer Bibel. Auf dem Nachttisch stand eine Flasche Gin. Im Garderobenschrank hingen zwei Priestergewänder mit Mottenkugeln zum Überwintern. In einer Schublade zeugte ein Kassenbericht vom besorgniserregenden Zustand der Finanzen der Gemeinde von Grosse-Isle. Der Priester schien sich eiligst aus dem Staub gemacht zu haben.

Im ganzen Haus hörte man das Brummen eines Hubschraubers. Die drei Männer eilten zu Randys Jeep und fuhren zur Landebahn. Von allen Seiten der Insel kamen die Pick-ups. Der Hubschrauber zögerte, ließ die Wasserpfützen und das rostrote Gras aufwirbeln und landete schließlich gegenüber dem Hangar.

Vater Jeffrey tauchte auf, bleich und zitternd, eingekeilt zwischen zwei Kolossen mit dunklen Brillengläsern. Im Schutz ihrer Pick-ups wandten ihm ungefähr zwanzig Insulaner ihre ausdruckslosen Gesichter zu. Der Sergeant wechselte ein paar Worte mit den Neu-Schottländern. Die beiden Polizeibeamten reichten ihm einen Umschlag und stiegen wieder in den Hubschrauber, der sich sofort in die Luft erhob und in Richtung Süden davonflog.

Der Pastor musterte Krabbe und Matte.

»Sie sind von der Polizei? Warum haben Sie mich wie einen Verbrecher herbringen lassen?«

»Sie können sich nicht vorstellen, warum?«, fragte der Agent.

»Ist es ein Verbrechen, sich vor einer Verrückten in Sicherheit zu bringen?«

»Heute Morgen wurde Charlene Collins tot aufgefunden«, informierte ihn Krabbe.

Das Gesicht des Priesters verriet Überraschung, dann

Verständnislosigkeit. Er erhob lautstarken Protest und drohte, die Polizei wegen Verleumdung zu belangen.
Sie verhörten ihn bei Phyllis. Nach Margie Stones Besuch war er an den Klippen entlanggegangen, um seine Gedanken zu ordnen. Dann war er nach Hause zurückgekehrt. Gegen vier Uhr, als er es nicht mehr aushielt, hatte er sich zur Ambulanz begeben, um Doktor Robidoux aufzusuchen.
»Wie hat er Sie empfangen?«
»Er wirkte zerstreut. Anfangs wollte er mir nicht zuhören.«
»Worüber haben Sie gesprochen?«
»Über meine Beziehung zu Madame Stone. Sie sind sicher auf dem Laufenden. Irgendwann habe ich ein Geräusch gehört, so was wie eine zufallende Tür. Der Arzt wurde blass.«
»Ist jemand ins Haus gekommen?«
»Ich weiß nicht. Ich habe nicht darauf geachtet.«
»Was haben Sie gemacht, nachdem Sie die Ambulanz verließen?«
»Ich kehrte zum Leuchtturm zurück.«
»Haben Sie niemanden gesehen?«
»Nur einen Jeep, der Richtung Hügel fuhr.«
»Würden Sie ihn wiedererkennen?«
»Es war Randy.«
»Sind Sie sicher?«
»Ja.«
»Und dann?«
»Ich beschloss, die Insel zu verlassen.«
»Wegen Madame Stone?«

»Als Priester kann ich sie unmöglich an meiner Seite dulden.«
»Was hatten Sie vor?«
»Ich wollte alles meinen Vorgesetzten beichten.«
Der Sergeant bat den Pastor, bei Phyllis zu bleiben und sich zur Verfügung zu halten.
»Wenn es Ihnen nichts ausmacht, würde ich lieber zum Leuchtturm zurückkehren. Verstehen Sie mich?«, bat Vater Jeffrey und verdrehte die Augen zur Decke.
Krabbe erlaubte dem Priester zu gehen und holte Matte herein.
»Geh zur Ambulanz. Durchsuch das Haus und die Umgebung. Vielleicht ist Charlene in der Nacht dort vorbeigekommen.«
Der Agent ging hinaus. Doktor Pépin untersuchte Winstons Zahnfleisch.
»Winston, das muss unbedingt weggemacht werden, es könnte sich übel entwickeln. Matte, warten Sie auf mich, ich begleite Sie.«
Krabbe ließ Randy Aitkens eintreten. Der junge Bürgermeister reichte ihm die Liste der Inselbewohner. Der Polizeibeamte fragte ihn nach seinem nächtlichen Ausflug. Randys Lippen begannen zu zittern.
»Ich konnte nicht schlafen. Ich hab eine Runde um Charlenes Haus gemacht.«
»Was haben Sie sich dabei gedacht, mir das zu verschweigen?«
»Ich wusste, dass Sie erfahren würden, dass ich sie liebte. Ich hatte Angst, als verdächtig zu gelten, wenn ich Ihnen von meiner nächtlichen Tour erzähle.«

»Haben Sie bei den Collins etwas gesehen?«
»In Timmys Atelier brannte Licht. Er steht häufig sehr früh auf.«
»Wie spät war es?«
»Ungefähr fünf.«
»Und Charlene?«
»Ich habe sie nicht gesehen. Ich habe mich nicht lange dort rumgetrieben, ich bin gleich wieder nach Hause gefahren.«
»Randy, Sie spielen ein gefährliches Spiel.«
»Kein Mensch hätte gedacht, dass Sie eine ernsthafte Ermittlung anstellen.«
»Haben Sie mir sonst noch etwas zu sagen? Haben Sie Charlene letzte Nacht gesehen?«
»Nein. Ich wusste nicht einmal, dass sie nicht zu Hause war. Sergeant, ich habe sie nicht getötet. Ich habe sie sehr geliebt. Wie hätte ich so etwas Abscheuliches tun können?«
Randy brach in Tränen aus. Margie Stone, die soeben die Treppe herunterkam, näherte sich verstohlen. Gereizt ging der Sergeant in die Küche, um sich einen Kaffee zu holen. Phyllis war verschwunden. Als er in den Salon zurückkehrte, tröstete Margie Stone den jungen Mann. Winston verbrannte Holzscheite im Kamin und warf ihnen flüchtige Blicke zu.
Krabbe schloss sich im Speisesaal ein. Die Woge des Vergessens rollte zurück. Die Ereignisse der Nacht traten wieder an die Oberfläche. Er las den Bericht der Polizei aus Halifax. Man hatte den Pastor um Mitternacht in der Grafton Street 227 aufgefunden. Er hatte keinerlei Wider-

stand geleistet. Sein Vater war Schotte und seine Mutter stammte aus Akadien. Er selbst wurde in Dartmouth geboren. 67 nahm er an einer Studentendemonstration teil. 69 verdächtigte man ihn des Handels mit Cannabis. Und 74, als er das Priesterseminar besuchte, bekam er eine Klage wegen Verführung Minderjähriger an den Hals, doch die Klage wurde zurückgezogen. Nach einer Kampagne zur Rettung des Regenpfeifers hatte er bei den letzten Kommunalwahlen in Sydney eine Rolle gespielt.

Auf dem Tisch zeichnete sich ein Rechteck aus Licht ab. Im Westen bahnte sich die Sonne einen Weg durch die Wolken. Seit einer Stunde hatte es nicht mehr geregnet. Der Wind ließ nach. Einige Details blieben noch zu klären.

25
Requiem aeternam

»Den Krug«, rief der Sterbende.
Der Geistliche hält inne. Man bringt das Gefäß,
aber der gute Mann stößt es zurück:
»Es ist zu spät, ich gehe ans andere Ufer.«

Jacques Ferron

François Robidoux lag in seinem knarrenden Bett und versenkte sich in die üppige Melancholie des *Requiems* seines Freundes Amadeus. Die Bässe schwankten zwischen dem Grundton und den Quinten hin und her, was das Geräusch von Schritten hinter einem Sarg – oder das Schlurfen von Pantoffeln? – heraufbeschwor. Ein B ist vorgezeichnet, ein d-Moll, vier Takte, eins und zwei und drei und vier. Bereits mit neun Jahren hatte er in seinen ersten Musikstunden den Lehrer gebeten, ihm ein Buch über Harmonielehre zu leihen. Eine Woche später konnte er die Tonarten, die Tempi und die Metrik erklären. Leider spielte er sehr schlecht. Unter seinen Fingern geriet das einfachste Menuett zu einem unerträglichen Marsch. Hör zu, François! Eins und zwei und drei und vier und …

Seine innere Uhr war gestört. Zwischen der Musik und ihm schwebte ein Schleier. Und je mehr er sich bemühte, ihn zu vertreiben, umso dichter wurde er. Später versuchte er es mit Eishockey.

Requiem aeternam …

November 1791. Mozart geht durch Wien. Der erste Schnee fällt auf das Spielzeug, das er nach Hause trägt. Er begegnet einem jungen Mädchen, fest eingehüllt in einen Umhang. Er erstarrt, er rennt ihr hinterher. Charlene nimmt die Beine in die Hand. Mozart geht nach Hause und widmet sich fröstelnd wieder seinen Partituren. Es klopft dreimal an die Tür.

Et lux perpetua …

Matte klopfte an den Türrahmen. François Robidoux nahm seinen Kopfhörer ab.

»Erlauben Sie, dass wir uns umsehen?«, fragte der Polizeibeamte.

Hinter ihm tauchte Doktor Pépin auf.

»Du bist nicht zum Essen zu Phyllis gekommen. Du wirst noch die ganze Ermittlung verpassen.«

»Wir sind doch nicht in einem Roman von Agatha Christie«, warf Matte ein. »Monsieur Robidoux bleiben Sie bitte unten im Wartezimmer, solange ich das Haus durchsuche.«

»Sie werden doch nicht Doktor Robidoux verdächtigen?«

»Ich führe nur meine Befehle aus.«

Die beiden Ärzte gingen ins Erdgeschoss hinunter.

»Diese jungen Polizeibeamten sind wie die Ärzte, die gerade von der Universität kommen«, brummte Pépin. »Sie

kommen auf die Inseln, um praktische Erfahrungen zu sammeln.«
François versuchte so unbefangen wie möglich zu lachen.
»Einen Brandy?«
»Ausgezeichnete Idee. Du hast nicht zufällig etwas mit dieser Geschichte zu tun?«
»Sie durchsuchen das Haus doch wegen Vater Jeffrey. Ist er mit dem Hubschrauber gekommen?«
François Robidoux informierte sich diskret über die Fortschritte der Ermittlung. Das Brennen des Brandys in seiner Kehle erinnerte ihn an seine Verbindung zu Madame Patterson und tröstete ihn. Über den beiden Kollegen brachten Mattes Schritte den hundertjährigen Bretterboden zum Knarren. Er verweilte im Badezimmer. François Robidoux wurde blass, als er glaubte, zweimal das zischende Geräusch des Deodorants zu hören.
Der Polizeibeamte ging hinunter und setzte seine Durchsuchung fort.
»Nichts Interessantes?«, erkundigte sich Robidoux.
Der Beamte schwieg. Pépin fing an zu lachen.
»Matte, haben Sie die Tatwaffe entdeckt? Das Wetter bessert sich. Können wir zusammen hinausgehen?«
Mit einem zufriedenen Lächeln um die Mundwinkel ging Matte in Begleitung der beiden Ärzte hinaus. Ein schwacher Südwestwind brachte den Tanggeruch von der Küste mit sich. Eine feine Salzschicht bedeckte die Fenster der Ambulanz. Das trockene Gras leuchtete im Sonnenuntergang. Sie gingen etwa zweihundert Meter in Richtung Klippe. Links von ihnen erhob sich Cap d'Enfer, einsam im Geschrei der Möwen. Die Neugierigen hatten

sich längst zerstreut, die Klippe ragte wieder in stoischer Ruhe über dem Meer. Das Bild der toten Charlene ließ Robidoux frösteln.

Matte untersuchte die Umgebung der Ambulanz. Er prüfte die Hintertür, sah sich im Hof um und wandte sich dem kleinen Wäldchen zu, das die Ambulanz vom Hügel und dem Haus der Collins trennte. Ein Weg deutete eine Abkürzung an. Der Agent widmete sich intensiv den Fußspuren.

»Man erkennt nichts, hier liegen überall Fichtennadeln rum.«

François Robidoux betrachtete die Bäume. Charlene musste hier vorbeigekommen sein, als sie die Ambulanz verließ. Er stellte sich vor, wie sie davonrannte und lachend seine Hose umklammert hielt.

Zu ihrer Linken entdeckten sie drei imposante Weiden, in denen sich ein Baumhaus für Kinder verbarg. Sie gelangten zu einer Wiese, die den Weg zu Collins' Haus säumte. Vor dem Haus des Malers standen fünf Lastwagen.

Sie machten kehrt. Der ehrwürdige Pick-up von Madame Patterson parkte auf einer Böschung in der Nähe der Ambulanz.

Sie betraten das Gebäude. Die Krankenschwester saß im Sprechzimmer und studierte eine Krankenakte.

»Meine Schwägerin hat angerufen«, sagte sie. »Eva liegt im Sterben.«

Den ganzen Tag über hatte sich François Robidoux Gedanken über das Schweigen seiner Komplizin gemacht. Weshalb gab sie ihm kein Lebenszeichen? Warum brachte sie ihm keine neue Hose? Stundenlang hatte er sich die schlimmsten Szenen ausgemalt. Ihm war klar, dass seine Zurückhaltung Erstaunen auslösen könnte, aber er sah sich einfach nicht imstande, dem Sergeant gegenüberzutreten.

»Wir fahren zu Phyllis zurück«, sagte Matte. »Wenn wir noch bei Tageslicht rüber wollen, müssen wir uns bald auf den Weg machen.«

»Kommst du mit?«, wollte Pépin wissen.

»Ich komme nach, wenn ich meine Visite gemacht habe.«

Die beiden Männer gingen hinaus.

»Sie ahnen etwas, nicht wahr?«, seufzte Madame Patterson.

»Ich wusste, dass es nicht klappen würde. Sie werden erfahren, dass Charlene hier war. Ich hätte es ihnen gleich sagen müssen.«

Madame Patterson schwieg. Sie hielt Charlenes offene Akte in den Händen und lauschte. François Robidoux spitzte die Ohren. Er hörte nur den Lärm des Jeeps, der zum Hafen hinunterfuhr.

»Was gibt's?«, fragte sie.

»Nichts.«

Seit dem Vortag war sie um zehn Jahre gealtert.

»Haben Sie an mich gedacht?… Schauen Sie mal. Das ist eine alte Hose von Thomas. Sie müsste Ihnen passen. Hören Sie auf, sich zu sorgen, das macht Sie nur verdächtig.«

Sie fuhren zu Eva Patton. Die Sitze des Pick-ups waren bequem. François kurbelte die Scheibe herunter und atmete die kühle Luft ein. Madame Patterson hatte recht. Die Polizei besaß keinen triftigen Grund, ihn zu verdächtigen. Die Insel war klein. Der Mörder lief hier irgendwo herum.

Am Ende würde die Wahrheit ans Licht kommen.
Sie trafen Radio-Canada, die völlig durchfroren bei Phyllis ankam. François begrüßte Winston. Churchill bellte. In zwei Stunden würde er Freud und sein Haus auf Martinique wiederhaben. Der böse Traum würde sich in nichts auflösen.
Bei den Pattersons polierte die Schwiegertochter den Herd. Sie legte Wert darauf, dass beim Tod ihrer Schwiegermutter alles blitzte. Eva Patton ruhte in ihren Spitzenkissen. Ihre Lippen waren blau, ein Zeichen für ihr Lungenödem. Das Bettzeug war gewechselt worden, ihr Morgenmantel saß tadellos, ihre Schläfen waren mit Zitronenwasser erfrischt. Dennoch roch sie nach Urin und Schweiß.
Sie waren allein.
»Madame Patton?«
Ein Funken Bewusstsein blitzte in den Augen der alten Frau auf. Ihre Nervenzellen litten unter Sauerstoffmangel und zerrten wie ein Tier an ihren wassergefüllten Lungen. In ihr gab es nur noch Platz für diesen Kampf, den sie auf Leben und Tod ausfocht.
»Verdammtes Leben. Schlimmer als ein Hundeleben. Es gibt keine Möglichkeit zu entkommen …«
François Robidoux fühlte einen Aufruhr in seinem Inneren. Er fühlte sich wie ein schamloser Zuschauer.
»Haben Sie Schmerzen?«
»Was ist gestern Abend passiert? Ich höre sie in der Küche flüstern.«
»Charlene Collins ist tot. Sie hat sich von der Klippe gestürzt.«

Diese Enthüllung erschütterte Eva Patton zutiefst. Länger als eine Minute rang sie nach Luft. Sie riss die Augen auf, doch sie schwieg, in eine ferne Erinnerung versunken.
»Soll ich Ihnen etwas verschreiben?«
»Nein. Ich will diesen Augenblick nicht versäumen.«
»Wollen Sie den Priester sehen?«
Die alte Dame lächelte. François wischte ihr den Speichel aus den Mundwinkeln.
»Die Leute werden sich freuen. Herr Doktor?«
Sie nahm seine Hand. Ihre Finger waren eiskalt. François Robidoux spürte, wie Panik in ihm aufstieg. Er glaubte ersticken zu müssen.
»Gladys … sie hat Bill getötet und …«
François Robidoux hielt es nicht mehr aus. Er löste sich gewaltsam aus dem Griff der Sterbenden und eilte in die Küche. Drei Patterson-Söhne, die im selben Moment hereinkamen, musterten ihn erstaunt. Er erstarrte. Gladys saß allein im Wohnzimmer.
»Rufen Sie Vater Jeffrey!«, rief er in einem Ton, als handele sich um die Feuerwehr.
Ted Patterson, ein riesiger Fischer mit dunkelroten Wangen, sah seine Brüder bestürzt an.
»Sind Sie sicher? Hat sie nicht mehr lange zu leben?«
»Wenn Sie wollen, dass sie die Letzte Ölung erhält, dann lassen Sie ihn kommen, bevor die Fähre ablegt. Die Polizeibeamten bringen ihn vielleicht nach Cap-aux-Meules.«
Die Pattersons warfen sich fragende Blicke zu. Verdienten die Sünden ihrer Mutter die Absolution eines mordverdächtigen Alkoholikers?
»Sie hat die Letzte Ölung bereits dreimal bekommen«,

murrte einer der Brüder.
»Ein Mal mehr oder weniger …«
Ted Patterson machte sich auf den Weg zum Priester. François Robidoux zog sich ins Wohnzimmer zurück. Madame Patterson wiegte sich, die Augen geschlossen, in einem Sessel. Er setzte sich in ihre Nähe und schickte sich an, einen langen Bericht zu verfassen. Langsam wurde er wieder Herr seiner selbst. Er vermisste die Wärme der Ambulanz.
Er legte seinen Bleistift nieder, als Vater Jeffrey eintrat. Er legte seine kleine Hand in die Pranken der Fischer und drückte stumm sein Beileid aus. Die Stille war quälend. Niemand erwähnte seine Flucht nach Halifax oder Charlene Collins' Tod. Die Familie geleitete den Priester zu Eva Patton. François Robidoux schloss sich an. Der Pastor tat, als bemerke er ihn nicht, als seien sie es gewohnt, sich unter diesen Umständen zu begegnen. Die alte Dame öffnete ein Auge und ließ sich willig die Letzte Ölung verabreichen. Sie vertrieb ein Bild der Vergangenheit aus ihren Gedanken. Ein Geruch nach Gin machte sich im Zimmer breit.
Als Jeffrey die Zeremonie beendet hatte, hob Eva Patton die Hand, verfiel jedoch gleich darauf wieder in ihre Lethargie. Die Männer zogen sich zurück und ließen die Mutter in der Obhut ihrer Schwiegertochter. François Robidoux zögerte, dann folgte er ihnen.
Sergeant Krabbe saß bei Madame Patterson im Wohnzimmer.

26
Virgils Beute

Here's the World War I flying ace receiving
His orders ... The Red Baron has been sighted over
Cambrai ... I must bring him down.

Charles M. Schulz

Mit geübter Hand entsichert Virgil Aitkens seinen Revolver. Er liegt auf den rauen Brettern und späht in den Wald. Unter diesen Fichten hört man kaum einen Schritt. Ein Knacken der Zweige, ein Ast, der sich bewegt, er gibt zwei Schüsse ab. Die leisen Geräusche wiederholen sich zehn Sekunden später, immer deutlicher. Wie viele verfolgen ihn?

Fliehen. Zuerst die Waffe in Sicherheit bringen. Virgil Aitkens stellt sich vorsichtig auf die Zehenspitzen, steckt die Hand in den Baumstamm und zieht sie entsetzt wieder zurück. Da liegt etwas Kaltes drin. Er streckt die Hand noch mal aus. Stoff. Er holt eine sorgfältig zusammengefaltete Cordsamthose aus dem Baumstamm.

»He, Jungs, schaut mal!«

Seine beiden Feinde stürzen aus dem Unterholz und lau-

fen zum Baumhaus. Mit der Waffe in der Hand klettern sie auf die Leiter und nehmen die Festung ein.
»Ergib dich, Hauptmann.«
Virgil Aitkens zeigt seinen beiden Cousins den Fund.
»Das ist eine Hose«, stellt der jüngere fest.
»Vielleicht steckt Geld in der Tasche«, bemerkte der ältere. »Gib sie mir.«
Virgil Aitkens gibt seine Beute nicht aus der Hand. In der linken Hosentasche entdeckt er ein wenig Kleingeld, mit dem man zwei Tafeln Schokolade kaufen kann. In der Gesäßtasche steckt ein kariertes Stück Papier, auf dem drei Zeilen geschrieben, aber durch die Feuchtigkeit verwischt sind.
»Das ist Französisch ...«

MOZART
BRENDA: Blutzucker prüfen
TONOMETER

»Wer ist Mozart?«, fragte der jüngste Cousin.
»Eine neue Gruppe«, versichert ihm der andere.
»Wir werden's Mama zeigen«, beschließt Virgil. »Vielleicht hat es mit Charlene Collins zu tun.«
Die Kinder laufen durch den Wald auf den Krämerladen zu. Der Regen tropft von den Nadelbäumen. Ihre Gummistiefel quietschen auf den aufgeweichten Feldern.
Vor dem Schaufenster überlegen sie, welche Süßigkeiten sie kaufen werden. Als sie den Laden betreten wollen, stoßen sie auf Phyllis Dickson. Die korpulente Frau lächelt ihnen zu und starrt dann auf ihre Kriegsbeute.

»Virgil, was hast du denn da?«
»Eine Hose«, erwidert der jüngste der Cousins.
»Wo hast du sie her? Gib sie mir, um Gottes willen.«
Phyllis Dickson reißt ihrem Neffen die Hose aus der Hand, steckt sie in ihren Mantel und geht brabbelnd davon. Virgil ist davon überzeugt: Die Hose steht in Zusammenhang mit Charlene Collins' Tod. Er erwägt kurz, es der Polizei zu berichten, gibt den Gedanken aber aus Angst vor Repressalien wieder auf.
Nachdenklich betritt er mit seinen beiden Feinden den Krämerladen. Für alle Fälle bewahrt er das karierte Papier in einer Schublade seines Schreibtisches auf, wie den unentzifferbaren Plan einer Schatzsuche. Und als er erfährt, dass Mozart ein österreichischer Komponist aus dem 18. Jahrhundert ist, versteht er den Zusammenhang mit dem Blutzucker seiner Nachbarin Brenda nicht.

27
Laufen ist gut für die Gesundheit

Abends rollte der Puck
nicht für uns.

Claude Ruel

Die frische Luft hatte die Wangen von Sergeant Krabbe gerötet. Er fühlte sich nicht wohl in seiner Haut, weil er die Pattersons unter solchen Umständen aufsuchen musste. Er befahl Vater Jeffrey, seine Sachen aus dem Leuchtturm zu holen.

»Nehmen Sie mich fest?«

»Wir müssen Ihnen noch ein paar Fragen stellen. Matte wartet draußen auf Sie.«

Der Pastor stammelte etwas und ging mit gesenktem Kopf hinaus.

»Doktor Robidoux, begleiten Sie mich zum Hafen?«, erkundigte sich Krabbe. »Das Schiff liegt vor Anker.«

Der Wind hatte sich gelegt, wie ein Partygast, der auf einem Sofa einschläft. Unten an der Mole sahen sie das Schnellboot der Küstenwache. Sein Schornstein rauchte.

»Mein Arzt hat mir empfohlen, täglich einen Fußmarsch zu machen«, sagte Krabbe. »Mit den Cholesterinwerten ist es wie mit den Western: Es gibt gute und schlechte.«
»Studien haben gezeigt, dass die Lebenserwartung der Polizeibeamten um zwei Jahre kürzer ist als bei normalen Menschen.«
»Weshalb haben Sie mir verschwiegen, dass Sie mit Charlene geschlafen hatten?«
François Robidoux blieb abrupt stehen, spielte den Entrüsteten und verlor vollständig die Beherrschung. Seine Lippen fingen an zu zittern.
»Woher wissen Sie das?«
»Intuition, die Sie gerade bestätigt haben.«
François fluchte und kickte mit dem Fuß einen Stein in Richtung eines Labradors.
»Pech gehabt«, bemerkte Krabbe. »Sie sitzen ganz schön in der Klemme. Sagen Sie mir die Wahrheit.«
Geschockt und den Tränen nah erzählte der junge Arzt ausführlich die Einzelheiten jener Nacht.
»Das ist Ihre Geschichte?«
»Das ist die Wahrheit. Ich habe Charlene Collins nicht getötet. Das wissen Sie genau. Warum hätte ich es tun sollen?«
Robidoux versuchte mit allen Mitteln, hinter die Gelassenheit des Polizeibeamten zu schauen. Die Hände in den Taschen seines Paletots vergraben, lief Krabbe mit dem vorsichtigen Schritt eines Sohlengängers und hielt den Blick gesenkt, um den Dreckpfützen aus dem Weg zu gehen.
»Ich habe genügend Indizien, um Sie als wichtigen Zeu-

gen mitzunehmen. Wusste Charlenes Vater, dass sie Sie treffen wollte?«

»Vermutlich. Die beiden standen sich sehr nahe.«

»Madame Patterson ebenfalls?«

»Ja. Die ganze Insel scheint auf dem Laufenden zu sein.«

»Hat sie Ihnen die Hose gebracht?«

»Ja.«

»Sie steht Ihnen wesentlich besser als die von heute Morgen. Finden Sie es nicht seltsam, dass alle Leute lügen, wenn ein Mord untersucht wird?«

»Wir befinden uns auf der Île d'Entrée.«

»Eine wahrlich ganz besondere Gesellschaft. Wie viel Zeit lag zwischen Charlenes und Vater Jeffreys Weggang?«

»Fünfzehn oder zwanzig Minuten.«

»Hat sie Ihnen von Randy erzählt? Er ist in sie verliebt gewesen.«

»Das wusste ich nicht. Ich bin davon überzeugt, dass Charlene ihn nicht liebte.«

»Eindeutig nicht. Sie liebte Sie, nicht wahr?«

Der Sergeant blieb mitten auf dem Weg stehen. Ein Mann bot ihnen an, sie in seinem Lastwagen mitzunehmen, doch er reagierte nicht darauf.

»Ich glaube, dass sie mich liebte.«

»Aha!«

Sie waren am Hafen angelangt. Randy Aitkens stand am Kai, in der üblichen Menge. Margie Stones Öljacke brachte eine bunte Note in die graue Szene. Robidoux warf dem Polizeibeamten einen Blick zu. Spielte er nur den Trottel? Trotz seines nichtssagenden Aussehens verstand er es wohl sehr gut, eine Ermittlung zu führen.

»Die alte Eva liegt im Sterben«, sagte François Robidoux.
»Auch Timmy Collins geht es nicht besonders.«
»Madame Patterson wird sich um sie kümmern.«
»Auch sie macht mir Sorgen. Haben Sie sie heute schon gesehen? Sie ist in einer seltsamen Verfassung.«
»Sie trinkt.«
»Eva Patton hat mir erzählt, Madame Patterson habe ihren Sohn umgebracht.«
»Sie liegt im Sterben. Sie ist nicht mehr ganz richtig im Kopf.«
»Die Familie behandelt Madame Patterson höchst merkwürdig.«
»Sie ist eine Fremde. Wann hat Eva Ihnen das erzählt?«
»Gestern. Sie liegt im Sterben, aber sie ist nicht verrückt.«
»Wir reden in Cap-aux-Meules darüber.«
Man hatte Charlene Collins' Sarg auf dem Hinterdeck des Schiffes festgezurrt. Der Matrose band ihn mit einem Haltetau fest. Auf der Brücke entdeckte François Robidoux Radio-Canada, den Pastor und Doktor Pépin.
»Sergeant, ich möchte auf der Insel bleiben.«
Krabbe sah den jungen Arzt an.
»Eva Patton wird sterben. Mir wäre nicht wohl in der Haut, wenn ich sie im Stich lassen würde.«
»Seit zweihundert Jahren sterben Menschen auf der Insel in ihren Familien. Die alte Dame in ihrem Schaukelstuhl wird Sie vermutlich nicht mal mehr erkennen.«
»Da ist auch noch Timmy Collins. Er hat mich zum Essen eingeladen.«
»Sie haben ein großes Herz und Sie bringen mich in eine heikle Lage.«

»Kennen Sie ein besseres Gefängnis als diese Insel?«
Der Sergeant zögerte, erlaubte Robidoux dann aber zu bleiben.
»Sie halten sich zu meiner Verfügung. Ich rufe Sie morgen früh an.«
»Ich werde hier sein.«
Sie gaben sich die Hand. Krabbe stieg vorsichtig an Bord. Man warf das letzte Haltetau auf den Kai. Margie Stone versuchte, Vater Jeffrey zu entdecken, doch der verschanzte sich in der Kabine. Das Schiff teilte mit seinem Vordersteven die Wellen, die gegen die Hafeneinfahrt brandeten. Gischt schwappte über den Kiefernsarg. Während die Strahlenbündel der Lichter zu zittern anfingen, hielt das Schiff Kurs auf Cap-aux-Meules.
Sergeant Krabbe blickte auf den Kai. Übelkeit überkam ihn. Er verfluchte die Seekrankheit, bis er inmitten der Insulaner das verängstigte Gesicht von François Robidoux erblickte.
»Was haben Sie?«, fragte Pépin. »Haben Sie Ihr Gravol vergessen?«
Der gewöhnlich so liebenswürdige Sergeant befahl dem Arzt zu schweigen. Sein Ton ließ Radio-Canada entsetzt die Mandelaugen aufreißen.

28
Die Hasenpfote

Erinnerungen haben einen seifigen Nachgeschmack.

Jacques Boulerice

Randy Aitkens bot François Robidoux an, ihn zur Ambulanz zu fahren. Doch der Arzt zog es vor, zu Fuß zu gehen. Randy schien mit ihm reden zu wollen, doch er schwieg.

»Erlaubst du, dass ich dich begleite?«, fragte Margie Stone.

»Wie Sie wollen.«

Sie ließen den Hafen hinter sich. Am Horizont sank die Sonne.

»Morgen werden sie Jeffrey freilassen.«

»Sind Sie da sicher?«

»Ich kenne ihn. Warum bist du auf der Insel geblieben?«

»Eine meiner Patientinnen liegt im Sterben.«

»Dass ich nicht lache! Diese Geschichte schafft dich.«

»Ich habe nichts mit Charlene Collins' Tod zu tun.«

»Phyllis' Haus ist nicht schalldicht. Mein Zimmer liegt direkt über dem Speisesaal. Sergeant Moreau ist einfach ein Trottel. Ist schon komisch, er nimmt den armen Jeffrey mit und lässt dich hier. Ich bin überzeugt davon, dass er es bereits bereut.«

»Glauben Sie etwa, dass ich Charlene umgebracht habe?«

»Du bist viel zu zartfühlend. Aber jemand hat es getan. Wir sind die einzigen Fremden hier. Die Menschen zeigen uns nicht, was sie bewegt. Jeffrey hat gesehen, wie Randy in jener Nacht mit seinem Jeep zum Haus der Collins fuhr. Es würde mich nicht wundern, wenn er es gewesen ist.«

»Warum erzählen Sie mir das alles?«

»Damit du anfängst nachzudenken. Wenn die Polizeibeamten mit Jeffrey fertig sind, bis du der nächste Verdächtige.«

Sie waren inzwischen bei Phyllis angelangt. Wortlos stieg Margie Stone über Churchill hinüber und verschwand.

François Robidoux ließ die Häuser hinter sich, um über die Felder zum Fuß des *Big Hill* zu gelangen. Im abnehmenden Tageslicht stieg er auf den Hügel. Die Entfernung dämpfte das Brummen der Lastwagen. Ein frischer Wind erhob sich.

Auf dem Gipfel drehte er sich einmal um sich selbst. Im Osten spielten die Inseln Bockspringen in der Abenddämmerung. Die Scheinwerfer eines Autos erhellten den Weg von la Grave. Er sah den ganzen Schauplatz der Tragödie vor sich. Zu seiner Rechten die Spitzen der Wellenbrecher und den blauen Fleck der *Melinda D.* inmitten der Hummerfischer. Am Fuß des Hügels das Haus, in dem Timmy Collins mit dem Auge am Fernrohr beobachtete, wie sich das Schiff der Küstenwache entfernte. Etwas weiter weg die Ambulanz, das Haus von Madame Patterson und der Leuchtturm. Schließlich zu seiner Linken Cap d'Enfer. Rötliche Glut bedeckte den westlichen Himmel. Seine Gespräche mit Krabbe und Margie Stone erfüllten ihn mit Besorgnis. Er hielt es für unwahrscheinlich, dass Randy der Mörder war. Doch irgendjemand musste es gewesen sein.

Die Nacht brach herein. Er setzte sich auf das kühle Gras und versuchte, die Tatsachen zu rekapitulieren, doch die Dunkelheit, der Wind und die Allgegenwart des Meeres verursachten ihm Schwindel. Eine Sekunde lang sah er sich auf dem Gipfel eines riesigen Berges stehen, die Sterne in Reichweite.

Er schloss die Augen. Der Tod, die Nacht, die Höhe – er fürchtete sich vor allem. Gigi Bengale, die wunderbare Tigerin, tauchte mit ihrer Maske als Tragödin auf. Hatte sie seine Ängste gesehen, als sie ihm seine Arztwelt vorwarf? All dieser Schutz, seine Arbeit, sein Status als angesehener Bürger auf dem Land, die aktuelle Mode, die er Zeitschriften entnahm, seine bürgerlichen Reisen mit dem Rucksack? Er hatte bei ihr die Leidenschaftlichkeit gesucht, die ihm fehlte. Als sie ihm auf die Inseln folgte, machte ihre tägliche Anwesenheit seine Verführungskünste weniger erforderlich. Er wollte seine Leidenschaft auf Glücksmomente lenken, die immer vorhersehbarer wurden. Das Prinzip blieb das gleiche: Abstand schaffen. Sein Bedürfnis nach ihrem Lächeln, ihrem Körper, nach diesem Wahnsinn, war gefährlich. Schließlich war es beunruhigend, überhaupt etwas zu brauchen, was immer es sei.

Bisher hatte er nur Mädchen geliebt, die er flüchtig kannte, Mädchen, die ihm am Flughafen oder auf der Straße ins Auge gefallen waren, Mädchen, die von Geheimnissen umgeben waren. Jahrelang bewahrte er die Adresse einer Amerikanerin auf, die er in einem Lokal in Amsterdam getroffen hatte. Sie hatten sich zehn Minuten lang in einer Cafeteria unterhalten, zwischen zwei Zügen.

Charlenes Tod ging ihm nahe, quälte ihn aber auf andere Weise. Sie war in dem magischen Moment verschwunden, in dem sich ihr Bild bei ihm eingeprägt hatte. Ihm blieb nur die Erinnerung an zwei vollkommene Stunden in einem dunklen Zimmer, um das der Wind fegte. Sie war dieses offene Geschöpf ohne Erwartungen geblieben. Da sie so jung gestorben war, blieb ihr das Verblühen im Alter erspart. Sie bedrohte ihn nicht. Er konnte diese abgerundete, schwarze Erinnerung an sie behalten, unspektakulär wie eine Hasenpfote in der Gesäßtasche seines Lebens. Ihr Bündnis war geheiligt und unkompliziert. Es gab nichts Einfacheres, als einer Toten treu zu sein.

»Charlene. Charlene Collins.«

Er ließ die Worte in der Nacht verhallen. Der Wind zerstreute die Asche. Die Erinnerung wurde wach, wirkte beruhigend. Er war nicht mehr allein. Margie Stone hatte recht. Es wurde Zeit nachzudenken. Er erhob sich, ging den Hügel hinunter zu Timmy Collins' Haus.

29
Die Dame in der Sozialwohnung

Eleanor Rigby picks up the rice
In the church where a wedding has been

Beatles

Erst als das Schnellboot in den Hafen von Cap-aux-Meules einfuhr, erkannte Krabbe, dass Charlene Collins' Tod alle Zutaten anbot, um die Fantasie der Massen zu mobilisieren. Trotz der Dunkelheit hatten sich etwa fünfzig Neugierige am Kai eingefunden, abgesehen von denen, die im Halteverbot vor Madelipêche Radio hörten. Ein Polizeiauto und ein Rettungswagen sandten das grelle Licht ihrer blendenden Scheinwerfer aus. Ein Kameramann filmte die Ankunft des Bootes. Der *Fanal*, die lokale Wochenzeitung, war in Gestalt ihres Präsidenten-Gründers-Herausgebers-Schatzmeisters-Journalisten anwesend.

»Sie müssen eine Pressekonferenz geben, Sergeant«, murmelte Matte und zwirbelte seinen Schnurrbart vor einem Bullauge.

»Sie hatten mir eine Erklärung versprochen«, bemerkte Radio-Canada vorwurfsvoll. »Jetzt habe ich meinen Knüller verloren.«
»Sie werden mich doch nicht bei laufenden Fernsehkameras in einen Polizeiwagen stecken?«, jammerte der Priester, der einem schwarz bemalten Albino glich.
»Doktor Pépin wird Sie in seinem Wagen mitnehmen«, sagte Krabbe. »Mario, bestell die Journalisten auf achtzehn Uhr. Und kein Wort mehr.«
Während Matte höchst erfreut vor die Fernsehkameras trat, stieg Krabbe in einen Streifenwagen. Der Pastor entfernte sich unerkannt in Begleitung des Arztes. Radio-Canada, erneut im Stich gelassen, schloss sich ihren Kollegen an.
Man hievte den Sarg aus dem Schiff. Die Menge beobachtete schweigend die mit Meerwasser bedeckte Kiefernkiste.
»In so einer Salzlake bleibt sie unversehrt«, bemerkte ein Scherzbold.
Man ermahnte ihn zu schweigen. Matte riss sich von den Mikros los und nahm neben seinem Vorgesetzten Platz. Man schloss die Hintertür des Krankenwagens. Die beiden Fahrzeuge fuhren gleichzeitig los und überließen den Kai den Journalisten, die sich in Ermangelung eines Besseren auf den Kapitän des Schiffes stürzten.
Auf der Polizeiwache befragte Krabbe erneut Vater Jeffrey. Die Übelkeit, die ihn quälte, seit er die Insel verlassen hatte, ließ ihn nicht mehr los. Trotz der Geständnisse von François Robidoux, Jeffreys Gefangennahme und der Entdeckung des nächtlichen Ausgangs von Randy

Aitkens hatte er den Eindruck, dass ihm etwas Wichtiges entgangen ist. Er hielt Fäden in der Hand, an deren Enden die Verdächtigen um sich schlugen. Er war sich nicht sicher, ob es die richtigen waren.

Er entließ den Pastor. Um ihn herum kommentierten die Polizisten den Fall und bildeten Clans entsprechend ihrem Lieblingsschuldigen. Er ließ die anderen allein und diktierte ein langes Protokoll, in dem er versuchte, die Tatsachen chronologisch zu ordnen. Diese Arbeit ermüdete ihn. Er fühlte sich alt. Er war solche Fälle nicht gewöhnt. Am nächsten Tag würde er vorschlagen, dass man einen Ermittlungsbeamten aus Quebec herbeiorderte.

Vor den Journalisten sagte er so wenig wie möglich. Die Gerüchte würden dafür sorgen, dieses Grundgerüst zu einer Tragödie aufzubauschen. Man hatte morgens eine achtundzwanzigjährige, allein lebende Frau am Fuß einer Klippe auf der Île d'Entrée gefunden. Die Umstände ihres Todes blieben unerklärlich. Es war zu früh, um die Hypothese für einen Selbstmord oder Mord aufzustellen. Die Polizei hatte noch überhaupt keinen Verdächtigen. Die Leiche sollte übermorgen in Montreal einer Autopsie unterzogen werden.

Die Journalisten zogen sich zurück. Krabbe setzte sich in seinen Monte-Carlo und fuhr nach Hause. Er ließ sich eine Pizza kommen und streckte sich vor dem Fernseher aus. Der Samstagabend gehörte eigentlich dem Tarot. Aber da er die neugierigen Fragen seiner Freunde nicht ertragen würde, sagte er ab. Er trank zwei Bier und schlief ein.

Das synchrone Gebrüll von Richard Garneau und achtzehntausend Zuschauern im Stadion von Montreal weck-

te ihn auf. Er schaltete den Fernseher aus. Die Insulaner bildeten eine zu dichte Mauer, er benötigte den Blick eines Fremden, beschloss er.
Im Telefonbuch gab es nur eine Marie-Anna Boudreau in Havre-Aubert. Mit noch jugendlicher Stimme versicherte sie ihm, dass sie erst um 23 Uhr aus dem Haus gehen und ihn vorher gern empfangen würde.
Als Krabbe durch Havre-aux-Basques fuhr, konnte er zu seiner Linken die Lichter des Kais sehen. Für die Jahreszeit war die Nacht zu milde. Von Zeit zu Zeit drang der Mond durch die Wolken und warf eine Paillettenbrücke über die Bucht. Die Insel erinnerte an ein chinesisches Schattenspiel. Die von der Flut gebildeten Pfützen leuchteten am Strand. Der Sturm hatte die Dünen aufgeweicht und hinterließ als Visitenkarte lediglich die Messer und die Holzplanken der von den Dieben aufgebrochenen Käfige.
Der Block mit den betreuten Wohnungen glich auf seltsame Weise jenem, in dem die Mutter des Polizeibeamten melancholisch vor sich hindämmerte. Ein Geruch nach Plastik und Holzschutzmitteln, bunte Türen, die zu den mit Teppichböden ausgelegten Korridoren führten, schmucke und saubere Räumlichkeiten, in denen alte Menschen wie empfindliche Pflanzen gepflegt wurden. Für jene, die ihr Leben in mit Seegras bedeckten Holzhäusern verbracht hatten, bedeuteten diese modernen, luftdichten Gebäude eine Gefahr. Die Luft drang nur durch Türen und Fenster, die man dafür halb offen lassen musste. Einige meinten, ohne die salzhaltige Luft, die sie ihr Leben lang eingeatmet hatten, würden sie wie Kabel-

jaus in der Sonne vertrocknen. Die meisten gewöhnten sich an ihre neue Wohnung. Ohne sich um ihr Eigentum und ihre Nachkommen sorgen zu müssen, trafen sie ihre ehemaligen Nachbarn wieder und fühlten sich wie Gäste in einer großen staatlichen Pension. Die Betreuung wurde ziemlich locker gehandhabt. Sofern sie nicht krank waren, durften sie Samstags zum Tanz, während der Woche Karten spielen und, wenn sie beim Verkauf ihres Hauses ein gutes Geschäft gemacht hatten, im Februar nach Florida fahren.

Krabbe stieß auf eine Dame Mitte sechzig. Sie sah aus wie ein Bücherwurm und besaß die Adlernase der Boudreaus aus Le Havre. Dicke Gläser vergrößerten ihre Regenbogenhaut, die infolge des grauen Stars durchbrochen war. Sie glich einem kleinen Mädchen, das die Dame des Hauses spielt.

»Sergeant, kommen Sie bitte ins Wohnzimmer.«

Schwester Boudreau sprach das Französische falsch aus und rollte die Rs. Trotz der späten Stunde war sie schick angezogen, geschminkt und so aufgeregt wie ein junges Mädchen vor dem ersten Rendezvous.

»Sie wollten wohl gerade ausgehen, ich wollte nicht …«

»Im L'Age d'or passiert vor elf Uhr gar nichts.«

Die Wohnung quoll über von Nippsachen und Fotografien, von denen sich die alte Dame nicht hatte trennen können, als sie ihr Haus zurückließ. Ein Geruch nach Kampfer und Zitrone erfüllte das Zimmer. Die Frau holte eine Flasche Gordon und zwei winzige Gläser heraus.

»Sie ahnen sicher, weshalb ich hier bin. Sie haben in der Ambulanz auf der Île d'Entrée gearbeitet, nicht wahr?«

»Das ist so lange her … Ich habe heute Morgen davon erfahren. Ich habe an Sie gedacht. Die Insulaner sind nicht geschwätzig.«

»Mir fehlen noch ein paar Puzzlesteine. Sie haben dort gelebt. Erzählen Sie mir von den Collins, vom Vater und der Tochter.«

Schwester Boudreau führte das Glas Gin an ihre bläulichen Lippen.

»Als Timmy aus dem Krieg heimkehrte, war er bereits ein Maler. Er hatte keine Scheu, es alle wissen zu lassen. Während des Sommers lebte er auf der Insel, aber er blieb ein Zuschauer. Er malte von früh bis spät. Seine Kunst war das Einzige, was für ihn zählte.«

»Mehr als seine Familie?«

»Offensichtlich. Für ihn waren seine Kinder bewegte Bilder. Sie interessierten ihn wegen ihrer Geheimnisse.«

»Und seine Frau?«

»Ihr Bild bewegte sich nicht mehr. Er hatte es schon an die Wand gehängt.«

»Es war nicht die große Liebe?«

»Anfangs hat er sie vielleicht geliebt. Sie war schön, aber zu unterwürfig. Sie hatte Geld, und das ermöglichte es ihm zu malen.«

»Ich denke, sie hatten vier Kinder?«

»Zwei Jungen und zwei Mädchen. Charlene war die Jüngste. Collins liebte sie besonders. Sie war die Rebellische, die Sensible. Wenn ich Gladys in der Ambulanz vertrat, kam sie oft zu mir. Sie verbrachte ganze Nachmittage damit, mir Löcher in den Bauch zu fragen.«

»Ihre Eltern machten sich keine Sorgen?«

»Ihr Familienleben gestaltete sich ziemlich locker. Die Mutter las den ganzen Tag in ihrem Zimmer. Sie wusste, dass Charlene bei mir gut aufgehoben war.«

»Sie kannten sie gut?«

»Wir waren Nachbarn. Timmy Collins besuchte mich oft. Wissen Sie, was?«

Schwester Boudreau griff nach dem Arm des Sergeant und beugte sich zu ihm hinüber.

»Er wollte sogar mit mir schlafen.«

Der Sergeant löste sich aus ihrem Griff. Die Frau trank einen Schluck.

»Ich weigerte mich … Ich war damals eine hübsche Mollige!«

»Liebte er Frauen?«, erkundigte sich Krabbe.

»Er musste unbedingt seine Show abziehen. Im Grunde genommen war er ein unmoralischer Spitzbube. Er glaubte, sein Status als Künstler verleihe ihm Narrenfreiheit.«

»Damals war er noch nicht so bekannt.«

»Er tat aber schon so. Er war davon überzeugt, dass er es schaffen würde. Das machte ihn anziehend.«

Die Krankenschwester wurde ernst.

»Als ich heute Morgen davon erfuhr, fiel mir das alles wieder ein.«

»Können Sie sich jemanden vorstellen, der schuldig wäre?«

»Keine Ahnung. Für mich ist Charlene das kleine Mädchen geblieben, das mir Fragen stellte. Ich habe den Kontakt zu den Insulanern verloren.«

»Haben Sie Randy Aitkens gekannt?«

»Sehr gut. Sein Vater besaß einen Krämerladen.«
»Verkehrte er mit den Collins?«
»Im Sommer spielten die Kinder im Wald hinter der Ambulanz. Sie bauten ein Baumhaus und spielten Krieg. Randy gehörte auch zu der Gruppe. Er war ein schüchternes Kind. Ich war überrascht, dass er Bürgermeister geworden ist.«
»Wussten Sie, dass er in Charlene verliebt war?«
»Das wundert mich nicht. Charlene war eine kleine Königin. Sie besaß einen ganzen Hofstaat von Verehrern. Sie beeindruckte die anderen, wenn sie von Toronto erzählte. Mehr weiß ich nicht. Seit Anfang der siebziger Jahre bin ich nicht mehr dort gewesen.«
»Sie hatten eine Arbeit in Havre-Aubert angenommen?«
»Ja. Gladys Patterson ging wegen ihres Sohnes immer seltener aus. Das wissen Sie gar nicht? Robert, ihr zweiter Sohn, ist schizophren. Er war auch ein Verehrer von Charlene. Mit vierzehn begann er, verrückt zu werden. Ein sehr seltener Fall. Er litt sehr unter dem Tod seines Vaters. Gladys musste ihn in eine geschlossene Anstalt einweisen. Sie hat sich nie davon erholt.«
»Sie ist an Ihre Stelle getreten, nicht wahr?«
Schwester Boudreau nickte und lächelte.
»Die Engländer waren noch nie so glücklich, eine neue Krankenschwester begrüßen zu dürfen. Eine solche Schönheit! Sechs Monate lang war die Hölle los.«
»Sie haben davon erfahren?«
»Damals war Havre-Aubert der wichtigste Hafen der Inseln. Es gab einen ständigen Verkehr mit den Engländern auf der Grave. Meine ehemaligen Patienten kamen mich

besuchen, wenn sie hier waren.«
»Und Madame Patterson?«
»Die Aufregung legte sich mit der Zeit.«
»Nach ihrer Heirat?«
Die Krankenschwester fing an zu lachen. Sie musste ihre Brille putzen.
»Verzeihen Sie, aber Bill Patterson war so lustig! Das war sein einziger Vorzug. Ich habe nie begriffen, wie er Gladys verführen konnte. Vielleicht litt sie unter der Einsamkeit.«
»Sie scheint immer noch sehr einsam zu sein. Wussten Sie, dass die alte Eva sie beschuldigt, ihren Sohn getötet zu haben?«
»Eva Patton hat Gladys von jeher gehasst. Sie hatte versucht, ihrem Sohn auszureden, sie zu heiraten.
»Warum?«
»Gladys war eine Schönheit. Sie hatte einen englischen Akzent. Sie hatte Europa bereist, und ihr Vater war Musiker. Eva fand es verdächtig, dass sie so schnell bereit war, einen Hummerfischer zu heiraten.«
»Madame Patterson ist in letzter Zeit sehr gealtert.«
»Ich weiß nicht, was sie hier noch hält.«
Schwester Boudreau zielte mit der Ginflasche auf den Fingerhut des Sergeant.
»Danke«, sagte er und erhob sich. »Es ist seltsam, dass diese Frau England verlassen hat, um sich auf einer einsamen Insel zu vergraben.«
»Die Kontinente sind Inseln. Wir leben alle auf einer Insel. Nur hier können wir es ohne Illusion tun.«
Schwester Boudreau deutete mit der Hand einen Kreis an

und blieb mit dem Zeigefinger bei einer Blume auf der Plastiktischdecke stehen. Sie blickte ihn über den Rand ihrer Brille an und lächelte.

Sergeant Krabbe hätte sie gern gefragt, warum sie nicht geheiratet hatte. Doch stattdessen schlüpfte er in seinen Mantel und verabschiedete sich.

30
Die Liebenden und das Himmelshaus

Tot sein ist auch gar nicht so schlecht.

Einstein

Vor Timmy Collins' Haus hatten die Lastwagen der Besucher tiefe Wagenspuren in der roten Erde hinterlassen. Der Einbruch der Nacht und der Schutz des Hügels hüllten das Haus in eine merkwürdige Ruhe. Aus dem Atelier hörte man leise Musik. Die Zerberus-Tante beschäftigte sich im Licht eines kleinen Fernsehers auf dem Tisch mit Kartenlegen. Aus einem Kessel roch es nach Essen.

François trat ein. Die Tante hob die bleischweren Lider.

»Ist Eva tot?«, erkundigte sie sich.

»Noch nicht.«

»Irgendwas stimmt hier nicht. Charlene stirbt in der Blüte ihrer Jugend, und Eva liegt ein Jahrhundert lang im Todeskampf … Das ist wie bei mir, ich tauge nur noch zum Patiencelegen. Sie sollten diesen Beruf als Arzt nicht ausüben, Sie werden sich noch eine Krankheit holen.«

Verdutzt blieb Robidoux in der Küche stehen. Die Tante legte eine Acht auf eine Neun und deutete auf die Treppe.

»Er erwartet Sie.«

Vertieft in seine Musik saß Collins so versunken in seinem Ledersessel, dass nur die Spitze seiner weißen Haare über der Lehne zu sehen war. Eine Stehlampe beleuchtete sein Gesicht, während das Atelier im Halbdunkel lag. François Robidoux erkannte *Der Tod und das Mädchen* von Schubert.

»Kennen Sie es?«, fragte Collins.

»Das ist die passende Musik.«

François hatte damit gerechnet, den Maler gealtert und am Boden zerstört vorzufinden. Aber er hatte lediglich härtere Gesichtszüge bekommen.

»Ich freue mich, dass Sie gekommen sind. Sie essen doch mit mir? Schauen Sie mal.«

Collins deutete auf ein Tarotspiel auf einem Beistelltisch.

»Die Liebenden und das Himmelshaus. Aufgedeckt. Das sind die Karten, die Charlene gezogen hat, bevor sie sich mit Ihnen traf.«

»Mit mir traf?«

»Hören Sie auf, den Unschuldigen zu spielen. Ich bin zwar gelähmt, aber weder taub noch blind. Charlene hat um ein Uhr fünfzehn das Haus verlassen, um sich mit Ihnen zu treffen. Sie liebte Ihre Art, sie rief Sie an, wenn ich auch nur einen Pups von mir gab.«

»Sie haben es der Polizei gesagt?«

»Dieser Sergeant ist schlau genug, um von allein draufzukommen.«

Collins fuhr mit dem Rollstuhl bis zur Treppe und rief hinunter, die Tante solle das Essen bringen.
»Ich verstehe nicht, dass Sie so ruhig sind.«
»Doktor, wissen Sie, wie viele Kinder Mozart hatte? Sechs, aber nur zwei haben länger als ein Jahr gelebt.«
Er legte das Quintett auf, das Robidoux ihm am Vortag gebracht hatte. Musik erfüllte den Raum, leicht und doch von einer inneren Angst durchzogen.
»Wenn man Kinder hat, ist das Schlimmste, akzeptieren zu müssen, dass sie grundlos leiden und sterben können. Seit mehr als fünfundzwanzig Jahren, seit Charlene gerade mal laufen konnte, habe ich mich auf diesen Augenblick vorbereitet. Genauso wie bei meinen anderen Kindern. Wie Sie sehen, hatte ich allen Grund dazu. Ich bekam immer mehr Probleme mit meiner rechten Hand. Zum Glück bleibt mir wenigstens die linke.«
»Warum ist Charlene auf die Insel zurückgekehrt?«, fragte Robidoux nach langem Schweigen.
»Ich weiß nicht. Sie sagte, es sei ihre Rückkehr vom Saturn. Ha, ha! Sie glaubte an die Sterne und an das Tarot. Sie hatte in Toronto eine gute Stelle bei einer Plattenfirma, sogar einen Freund, eine Art Schriftsteller. Der Narr hat sich umgebracht, als sie ihn verlassen hat.«
»Sie hat mir nie davon erzählt.«
»Überrascht Sie das? Sie hatte ihre Geheimnisse.«
»Sie ist Ihretwegen zurückgekommen.«
»Das ist möglich. Sie hatte vielleicht das Bedürfnis, sich mit ihrer Kindheit auszusöhnen. Ich hätte nicht gedacht, dass sie länger bleibt. Ihr Tod löst dieses Problem für mich. Früher oder später hätte sie mich verlassen müssen.«

»Waren Sie glücklich?«
»Mehr als mit jeder anderen Frau. Das ist lächerlich, nicht wahr?«
Collins richtete den Blick auf den Arzt. Seine Augen verrieten unter dem stolzen Scharfblick auch eine gewisse Verwirrung.
Die Tante kam die Treppe hoch. Collins verlangte eine Flasche Wein, die er für besondere Gelegenheiten aufgehoben hatte.
Robidoux sah sich im Atelier um. Die Staffelei stand zusammengeklappt in einer Ecke.
»Was haben Sie mit Ihren Bildern gemacht?«
»Sie sind in der Abstellkammer. Ich male nicht mehr. *Finita la commedia*, wie Beethoven sagte.«
»Was wollen Sie tun?«
»Ich kaufe mir einen Fernseher und eine Satellitenschüssel wie alle anderen. Ich habe meinen Teil getan. Schon lange habe ich die Lust am Malen verloren. Ich hab mich auf Charlene konzentriert.«
»Sie sind noch jung. Ihr Werk wird doch gerade erst im Ausland anerkannt.«
»Im Ausland anerkannt werden! Der Nachwelt erhalten bleiben, was für ein Witz! Damit man meinen Namen in irgendwelchen Schmökern verewigt? Damit Japaner meine Bilder kaufen? Als ich anfing zu malen, hatte ich noch Ehrgeiz. Timmy Collins aus Entry Island würde ein großer Maler werden. Als ich bekannt wurde, war ich auch nicht glücklicher. Mein Ruhm beruht auf einem Missverständnis. Ich wurde von den Snobs bewundert, die sich mehr mit meiner Person als mit meiner Malerei beschäftigten.

Um ihnen zu gefallen, musste ich mich plagiieren, ich bin meine eigene Karikatur geworden. Ich habe mein Leben gegen einen Hauch von Ewigkeit getauscht. Als ich sie in Händen hielt, begriff ich, dass es nur Talmi war. *Made in Taiwan*, die Ewigkeit. Die Kunst ist auch nicht besser als die Religion: Sie dient nur dazu zu vergessen, dass wir wie die Ratten sterben. Wissen Sie, woran ich gedacht habe, als ich eines meiner Bilder in der *National Gallery* gesehen habe?«

»Nein.«

»Ich erinnerte mich, dass Charlene lesen lernte, während ich sie malte. Da machte es klick. Innerhalb von zwei Wochen hat sie ihre kleinen Bücher verschlungen. Als das Bild fertig war, bot ich ihr an, ihr vor dem Schlafengehen eine Geschichte vorzulesen. Sie hat mir erwidert: *Danke, ich kann jetzt selbst lesen*. Wenn ich heute das Bild betrachte, erzählt es mir all das.«

Die Tante hatte dem Gespräch gelauscht, stellte nun die Flasche lautstark auf den Tisch und zog sich wieder zurück. Der Anblick der Weinflasche vertrieb Collins' Entrüstung. Er studierte das Etikett, drückte die Flasche an sich und versuchte, sie mit der linken Hand zu entkorken.

»Das Schlimmste an einer Behinderung ist, dass man bei den geringsten banalen Handgriffen wie ein Idiot aussieht.«

»Erlauben Sie?«

»Lassen Sie nur. Ich habe meine eigene … erstaunliche Technik entwickelt.«

Der Korken sprang heraus. Collins schien sich auf den Wein zu freuen.

»Sie wundern sich, Doktor? Sollte ich traurig sein? Man darf den Tod nicht ernst nehmen. In Ihrem Beruf sollten Sie das wissen. Charlene geht es vermutlich gut an dem Ort, an dem sie sich jetzt befindet. Diese Trauergeschichten sind reine Heuchelei. Die Leute weinen mehr über sich selbst als über die Verstorbenen. Wenn sie ihr eignes Leben richtig leben würden, brauchten sie sich um den Tod der anderen weniger kümmern. Haben Sie schon mal bemerkt, dass eher die passiven, unbedeutendsten Menschen dem Tod die größte Bedeutung beimessen?«

François Robidoux spürte, wie sich seine Kehle zuschnürte. Er trank einen Schluck Wein.

»Wenn die Kunst nur eine Möglichkeit ist, den Tod zu vergessen, warum malen Sie dann überhaupt? Warum hören Sie den lieben langen Tag Mozart?«

»Weil ich ein bisschen verrückt bin. Wie alle. Widersprüche, Paradoxe, niemand kann sich dem entziehen, nicht wahr?«

Sie verzehrten schweigend ihr Mahl. Der Arzt trank gerade mal ein Glas Wein. Der Maler jedoch leerte die ganze Flasche. Zeitweise war er wie geistesabwesend.

»Wissen Ihre Kinder Bescheid?«

»Sie kommen morgen. Alle, auch meine Frau.«

»Charlene war Ihr Lieblingskind, stimmt's?«

»Sie war diese Art von Kind, an dessen klugen Sprüche man sich ein Leben lang erinnert. Niemals tat sie das, was man von ihr erwartete. Sagen Sie mal, François … Was für eine Frau war sie?«

»Wie meinen Sie das?«

»Wie war sie im Bett?«

Völlig verdutzt umklammerte Robidoux sein Glas.
»Das geht Sie nichts an.«
Collins lächelte weinselig.
»Ich war immer der Meinung, sie wäre die beste meiner Töchter.«
Die Tante brachte den Tee. Die Musik lullte die beiden Männer ein und verlieh ihren Worten Zweideutigkeit. Die letzten dunklen Töne verklangen. Collins lauschte.
»Doktor, Sie sind viel zu ernst für Ihr Alter. Quält die Ermittlung Sie? Machen Sie sich keine Sorgen. Bald werden Sie über jeden Verdacht erhaben sein.«
»Glauben Sie, dass Charlene Selbstmord begangen hat?«
»*Goddam!* Glauben Sie, ein Mädchen würde sich umbringen, nachdem es aus Ihrem Bett gestiegen ist?«
»Wer hat sie dann getötet?«
»Das ist meine geringste Sorge. Vielleicht Borden. Oder Vater Jeffrey oder Randy oder irgendein anderer dieser Besessenen, die sich auf der Insel herumtreiben. Vielleicht auch Sie, warum nicht?«
»Würden Sie mit dem Mörder Ihrer Tochter zu Abend essen?«
»Wir sind alle Mörder. Wir alle haben irgendwann durch eine unbewusste oder absichtliche Geste jemanden an den Abgrund gedrängt. Ihr Tod nimmt manchmal das Aussehen einer Krankheit an, aber wir töten alle, um zu leben. Ich weiß, dass ich morgen Charlenes Lachen nicht hören werde. Sie wird mir nicht mehr den Inseltratsch berichten, sie wird nicht mehr ihre Tarotkarten umdrehen, sie wird sich nicht mehr auf den Stuhl setzen, auf dem Sie heute Abend sitzen. Diese wirklichen Dinge hergeben zu

müssen, von denen ich mich nacheinander lösen muss, das quält mich viel mehr als der Name ihres Mörders.«

Collins verharrte unbeweglich, zusammengekauert in seinem Sessel, ungerührt vom fröhlichen überschwänglichen Ende des Quintetts. François Robidoux erhob sich. Benommen und deprimiert trat er ans Fenster. Der Wind wehte nur noch schwach. Die Insel, auf der alle Lichter brannten, lag unter träge dahinziehenden Wolken.

»Inzwischen sitze ich ganz schön in der Klemme«, seufzte Robidoux.

»Machen Sie sich keine Sorgen. Bis morgen wird der Schuldige entlarvt sein.«

»Sie kennen ihn?«

Der Maler nickte mit halb geschlossenen Augen.

»Ich wundere mich, dass Sie es noch nicht erraten haben. Von Bildern verstehen Sie mehr.«

»Warum haben Sie es nicht der Polizei gesagt?«

»Ich überlasse es dem Mörder, sich zu stellen.«

»Wird er es tun?«

»Davon bin ich überzeugt.«

»Nennen Sie mir seinen Namen«, flehte Robidoux.

»Das würde die Dinge überstürzen. Hören Sie auf zu zittern. Sie haben nichts zu befürchten. Sie haben alles vor der Nase, Sie brauchen nur Ihr Gehirn ein bisschen anzustrengen.«

François Robidoux spürte, wie sich der Maler in sich selbst zurückzog. Er hätte gern weiter geredet, dieser selbstgefälligen Sphinx das Geheimnis entlockt, aber er wusste, er würde keinen Erfolg haben. Er verharrte schweigend am Fenster. Der Mond verschwand hinter einer Wolke. Sein Spiegelbild in der Fensterscheibe wurde deutlicher.

»Warten Sie die Nacht ab«, empfahl Collins. »Steht nicht in der Bibel, dass die Dunkelheit das Licht hervorbringt?«

Er lachte, doch es klang falsch. Es wurde Zeit zu gehen. Collins war durchaus in der Lage, sich seine Vertraulichkeit teuer bezahlen zu lassen. Auch wenn er im Augenblick unbeweglich in seinem Rollstuhl saß.

»Monsieur Collins, ich verlasse Sie jetzt.«

»François, machen Sie sich keine Sorgen. Ich bin all right. Oder vielmehr all left … Gehen Sie schlafen. Madame Patterson macht sich bestimmt schon Sorgen, wo Sie sich rumtreiben.«

»Ich liebte Charlene sehr. Ich will sagen … ich liebte sie wirklich, auch wenn ich sie nicht kannte.«

Der alte Mann warf ihm einen scharfen, undefinierbaren Blick zu. Er hob die linke Hand und ließ sie dann resigniert sinken. Seine Lippen zitterten. François Robidoux eilte die Treppe hinunter und stürmte hinaus, ohne die Kartenspielerin zu grüßen.

31
Krabbe zeigt Eifer

Es gibt gewisse Vorhaben, bei denen
eine sorgfältige Unordnung
die richtige Methode ist.

Herman Melville

Nachdem Sergeant Krabbe sich von Marie-Anna Boudreau verabschiedet hatte, fuhr er den Weg von la Grave bis zum Ende des Kais. Ein Schild verkündete, dass die Straße hier endete. Er stieg aus. Ein verrosteter Trawler zerrte an seinen Haltetauen. Die roten und grünen Punkte der Bojen, die die Fahrrinne kennzeichneten, wiegten sich sanft vor dem fernen Schatten der Île d'Entrée.

Die Insel wirkte rund und wuchtig. Von Cap-aux-Meules aus gesehen lag sie wie ein riesiger Rochen an der Wasseroberfläche. Die Insel veränderte sich wie Charlenes Tod – entsprechend der jeweiligen Perspektive.

Krabbe ging den Kai entlang. Seine Übelkeit hielt sich hartnäckig. Warum hatte er Robidoux erlaubt, auf der Insel zu bleiben? Hatte er sich fahrlässig verhalten, indem

er die Insulaner sich selbst überließ? Lief nicht schließlich der Mörder immer noch frei herum?
Ein großer Plymouth kam den Kai entlang auf ihn zu. Auf der Vorderbank saßen eng zusammengedrängt drei Jungs, die sich lautstark Mut zutranken, bevor sie die Bars von Cap-aux-Meules heimsuchten. Als sie den Inspektor erkannten, versteckten sie ihre Bierflaschen zwischen den Beinen und wendeten eiligst.
Krabbe sah dem Wagen nach. Er stellte sich Charlene vor, wie sie als junges Mädchen Tränen lachte und sich auf der Rückbank zurücklehnte. Je weiter er mit seinen Ermittlungen vorankam, desto überzeugter war er, dass die Wurzeln dieser Tragödie in der Vergangenheit lagen.
Er fuhr zum Hospital von Cap-aux-Meules. In der Notaufnahme ging es ruhig zu. Sein Auftauchen weckte die Neugier der Krankenschwestern. Zögernd führte ihn die Oberschwester in einen Raum im Untergeschoss, in dem er die schmale Krankenakte von Bill Patterson fand. Sie bestand aus einer ärztlichen Notiz und einem Autopsiebericht.

12/4/70

38-jähriger Patient stirbt überraschend letzte Nacht auf der Île d'Entrée. Keine bekannte Krankheit. Laut seiner Frau, einer Krankenschwester, stand er auf und klagte über heftige Kopfschmerzen. Er bekam Zuckungen und fiel danach ins Koma. Fünfzehn Minuten später ist er gestorben, ohne das Bewusstsein wiedererlangt zu haben, vermutlich an einer Gehirnblutung.

Auch wenn mir die Todesursache klar zu sein scheint, besteht Madame Patterson auf einer Autopsie.

Die Autopsie bestätigte die Gehirnblutung. Selbst mit dem Autopsiebericht war es Madame Patterson nicht gelungen, ihre Schwiegermutter mit ihren Vermutungen zum Schweigen zu bringen.
Krabbe verließ das Hospital und betrat die Bar des Hotel des Îles. Ein paar Freunde forderten ihn vergeblich zu einer Pokerpartie auf. Er trank einen Kaffee an der Theke und studierte die Liste, die Randy Aitkens ihm gegeben hatte. Im roten Neonlicht kritzelte er Anfangsbuchstaben, Pfeile und Daten auf das Blatt.
Eine Stunde später erklärte er der Kellnerin, dass er telefonieren müsse.

32
Charlenes Kette

Ich weiß, dass die Nacht nicht dem Tag gleicht, dass die Dinge bei Tag anders sind, dass die Dinge der Nacht sich bei Tageslicht nicht erklären lassen, weil sie dann bereits nicht mehr existieren.

Ernest Hemingway

Die salzhaltige Luft beruhigte François Robidoux. Nachdem er aus dem Haus der Collins gestürmt war, lief er zur Ambulanz. Der Fichtenwald bildete eine dunkle Narbe auf der Oberfläche der Insel. François schlängelte sich durch die Bäume. Sein Herz klopfte zum Zerspringen. Um ihn herum war der Wald mit Leben erfüllt. Die Wipfel wiegten sich im Wind. Die Baumstämme schwankten, verzaubert von einem Gesang, der von den Sternen zur Erde herunterkam. Er vernahm ein Knacken auf dem Waldboden, er spürte, wie Nattern und Waldmäuse vorbeihuschten, und hörte das Murmeln kleiner Rinnsale, die durch die Wurzeln liefen.

Seine Augen gewöhnten sich an die Dunkelheit. Er schritt zügig voran. Die regennassen Fichtennadeln dufteten nach Weihnachten. Er erinnerte sich an seine Kindheit, als ein Mann mit merkwürdigem Akzent in die Küche kam, seine Mutter schnell mit dem Besen die Nadeln auf den Boden aus Eichenbrettern zusammenkehrte, während er im Wohnzimmer saß, stumm und verträumt, wie betäubt von dem Duft des Baumes. Zu seiner Rechten erkannte er das Baumhaus, das sie nachmittags entdeckt hatten. Er ging zu den drei Weiden und kletterte auf die Plattform. Ein alter Sessel schien darum zu bitten, man möge ihn von der Tyrannei seiner Besitzer befreien. François Robidoux setzte sich. Das Meer glitzerte zwischen den hängenden Zweigen.

Timmy Collins wusste, wer seine Tochter getötet hatte. Den ganzen Tag hatte er den Polizeibeamten etwas vorgespielt, weil er davon überzeugt war, dass der Mörder sich stellen würde. Der Fall würde sich auf der Insel regeln, ohne Wissen und Zutun der Behörden. So war es schon immer gewesen. War er so naiv, das Gegenteil anzunehmen? War er nicht auf der Insel geblieben, um die Lösung des Mordfalles zu erleben? Um den Verdacht zu zerstreuen, der sich wild um ihn rankte, musste er vor Ort bleiben. Auch wenn er vor allem daran dachte, seine Unschuld zu beweisen, glaubte er Charlene zu rächen, wenn er den Mörder entlarvte. Gab es etwas Illusorischeres als Rache? Charlene wäre als Erste in schallendes Gelächter ausgebrochen, wenn sie erlebt hätte, wie er den Sherlock Holmes spielte.

Sie brauchen nur Ihr Gehirn ein bisschen anzustrengen.

Obwohl er auf schwierige Fälle spezialisiert war, musste er zugeben, bei den Ereignissen vom Vortag im Dunkeln zu tappen. Eine Schlussfolgerung schien sehr wahrscheinlich: Es handelte sich um keinen Raubmord. Collins Verhalten und die verschwörerische Stimmung auf der Insel ließen ihn andere Motive vermuten. Doch wichtige Details blieben seinem Gedächtnis verborgen.

Er stieg hinunter, durchquerte den Wald und ging an der Klippe entlang bis zum Leuchtturm. Er war verwaist. Ein orangefarbenes Band versiegelte die Eingangstür. Vater Jeffrey war es nicht gewesen. Charlene hätte ihm das Knie zwischen die Beine gerammt.

Robidoux begriff, dass sein Trödeln lediglich dazu diente, den Augenblick hinauszuzögern, in dem er sich für die Nacht zurückziehen würde. Er begab sich zur Ambulanz. Bei Madame Patterson brannte Licht. Er widerstand der Versuchung, bei ihr reinzuschauen. Der Tschaikowsky-Abend hatte ihm einen bitteren Nachgeschmack hinterlassen. Vielleicht würde er sie im selben Zustand vorfinden wie am Vortag, betrunken und rührselig, voller verzweifelter Zärtlichkeit, die ihn so zornig machte.

In der Ambulanz standen die leeren Brandygläser noch auf dem Tisch des Wartezimmers. Das Telefon läutete. Madame Patterson fragte nach seinen Gesprächen mit Krabbe und Collins. Robidoux antwortete ausweichend.

»Wie geht es Timmy?«

»Wie üblich.«

»Was haben Sie? Trauen Sie mir nicht mehr?«

»Ich habe keine Lust zu reden. Ich bin müde.«

»Sie haben sich vergangene Nacht zu sehr verausgabt. Meine Schwägerin hat mich gerade angerufen. Eva macht es nicht mehr lange. Ich komme Sie abholen.«

François Robidoux kühlte sein Gesicht mit kaltem Wasser. Der Wind trug ihm die Motorgeräusche des alten Fords der Krankenschwester zu. Fünf Minuten später betraten sie Eva Pattons Zimmer. Die alte Frau hatte das Bewusstsein verloren. Ihre Hände waren kalt und bläulich. Von Zeit zu Zeit atmete sie tief ein und kehrte ins Leben zurück. Die Familie hatte sich um ihr Bett versammelt. François Robidoux untersuchte sie pro forma und zog sich ins Wohnzimmer zurück. Madame Patterson schwieg.

Ted Patterson holte den Arzt wieder ins Schlafzimmer. Die alte Frau hatte aufgehört zu atmen. Ihr Hals war gespannt, ihr Mund stand offen, ihre Haut hob sich gelblich gegen die weißen Laken ab. Gelassener, als er sich zugetraut hatte, stellte er ihren Tod fest und verließ diskret das Zimmer.

»Ich habe keinen Totenschein mehr«, sagte Madame Patterson.

»Ich mache es wie Doktor Bailly. Ich schicke Ihnen einen mit der Fähre. Wollen Sie sie nicht sehen?«

»Ich gehöre nicht zur Familie.«

Sie deutete ein Lächeln an. Die Ereignisse des Vortages hatten ihre legendäre Energie angegriffen. Erinnerte Evas Tod sie an den Tod ihres Mannes?

»Kehren Sie in die Ambulanz zurück?«

»Ja.«

»Ich fahre Sie hin.«

»Ich würde lieber zu Fuß gehen.«

Die Nachricht von Evas Tod verbreitete sich schnell. Nachbarn kamen und setzten sich in die Küche. Der Arzt verdrückte sich. Sein Verhalten gegenüber der Sterbenden beruhigte ihn. Er ging mit großen energischen Schritten unter dem Sternenhimmel in Richtung Ambulanz. Nervös summte er eine Melodie seines Freundes Amadeus vor sich hin.

In der Ambulanz wusch er das Geschirr ab und machte sich einen sehr starken Tee. Er trank zwei Tassen und löschte das Licht. Dann nahm er die Teekanne mit ins Schlafzimmer. Er atmete erneut den Geruch der Kopfkissen ein. Der Duft nach Zimt hielt sich hartnäckig, auch der des Deodorants. Noch angezogen legte er sich ins Bett.

Dreiundzwanzig Uhr. Acht Stunden blieben noch bis Tagesanbruch. Er ließ die Ereignisse seit seiner Ankunft auf der *Gertrude-Béatrice* noch mal mit allen Details Revue passieren.

Kurz vor Mitternacht erhielt er einen Anruf von Sergeant Krabbe.

»Robidoux, alles in Ordnung?«

»Weshalb rufen Sie mich um diese Zeit an?«

»Ich bedauere, dass ich Sie auf der Insel gelassen habe.«

»Glauben Sie, dass ich in Gefahr bin?«

»Vermutlich nicht. Aber halten Sie die Augen offen.«

Robidoux versprach, ihn am nächsten Tag anzurufen, und legte den Hörer auf. Panik erfasste ihn. Er verriegelte die beiden Türen und untersuchte die Fenster. In seinem Kopf drehte sich alles. Er lief durch die Zimmer und spähte durch die Gardinen, er nahm ein Buch in die Hand, blätterte darin und stellte es zurück. Er bekam Bauchkrämpfe und Durchfall. Er legte sich mit dem Bauch aufs Bett und vergrub den Kopf unter einem Kissen.

Fünfzehn Minuten später fand er seine Gelassenheit wieder. Er zog den Riegel an der Eingangstür zurück und arrangierte sein Kopfkissen unter der Bettdecke, um einen schlafenden Körper vorzutäuschen. Dann nahm er Charlenes Kopfkissen und versteckte sich damit in der Zimmerecke, von der aus er die Tür und das Bett beobachten konnte.

Das Zimmer lag in schwachem Licht. Die Stille wurde nur ab und zu von einem vorbeifahrenden Lastwagen oder vom Brummen des Kühlschranks gestört. Er spürte, wie ihn die Müdigkeit übermannte. Er zählte seine Reisen wie man Schafe zählt und versuchte, sich an jede Stadt und an jedes Gesicht zu erinnern.

Endlich, gegen zwei Uhr, öffnete sich behutsam die Eingangstür. Die Treppe knarrte. Jemand näherte sich mit höchster Vorsicht. François Robidoux biss sich auf die Unterlippe, um nicht in Ohnmacht zu fallen. Eine Ewigkeit später erkannte er die hochgewachsene Gestalt von Madame Patterson. Im Mondlicht glänzte Charlenes Kette an ihrem Hals.

33
Der Flug des Engels

Wenn ein Mensch, der nachdenkt, das Erwachsenenalter und die Reife des Bewusstseins erreicht, fühlt er sich unwillkürlich in einer ausweglosen Falle gefangen.

Anton Tschechow

Madame Patterson blieb reglos am Fußende des Betts stehen. Sie musterte die Gestalt unter der Bettdecke. Robidoux war wie gelähmt. Die Krankenschwester beugte sich über das Bett: Sie erkannte die Täuschung.
»François?«
Robidoux erinnerte sich an seine kurze Footballkarriere, stieß sich an der Wand ab und warf sich mit gesenktem Kopf auf die dunkle Gestalt. Madame Patterson wurde an der Seite getroffen und stöhnte. Die beiden Körper rollten auf den Boden. Er drehte der Frau den Arm auf den Rücken. Sie lag auf dem Bauch und leistete keinen Widerstand. Ihr wurde übel und sie erbrach sich.
François Robidoux starrte wie gebannt auf die Kette.

»Sie sind es?«
Madame Patterson schwieg. Die Wange auf die Dielenbretter gepresst, die Augen geschlossen, atmete sie schwer. François Robidoux ließ ihren Arm los und richtete sich auf.
»Verdammte Irre!«
Mit dem Fuß stieß er die Tür zu. Aber er widerstand der Versuchung, die am Boden liegende Frau zu schlagen.
»Warum haben Sie das getan?«
»Richten Sie mich nicht.«
»Das werden die Richter tun.«
»Ich erspare ihnen diese Mühe.«
»Was wollten Sie hier?«
»Ich wollte Sie sehen, bevor ich gehe.«
Sie setzte sich im Schneidersitz auf den Boden und hielt den Kopf gesenkt. Er holte ein Handtuch und reichte es ihr.
»Wollen Sie mit mir kommen?«, fragte sie.
»Wohin?«
»Wohin Sie wollen.«
»Ich muss Sie der Polizei ausliefern.«
»Hören Sie auf, den Sheriff zu spielen. Was denken Sie, was die mit einer Irren wie mir anstellen? Die zeigen mich im Fernsehen und stecken mich in eine Nervenheilanstalt. Sie könnten mir das ersparen.«
François Robidoux sah Madame Patterson an. Sein Zorn wich dem Mitleid.
»Warum haben Sie Charlene getötet? Was hat sie Ihnen getan?«
Madame Patterson hob den Blick und lächelte seltsam.

»Ich habe Ihnen doch gesagt, dass ich Sie liebe.«
»Sie haben sie doch nicht meinetwegen getötet. Das ist ja lächerlich.«
»Hat eine fünfzigjährige Frau nicht das Recht, einen jungen Mann zu lieben?«
»Sie sind verrückt.«
Sie zuckte die Schultern. Er glaubte, unter ihrer kranken Liebe einen Funken Verachtung zu spüren.
»Sie wissen, dass ich Sie nicht liebe«, sagte er.
»Vor zehn Jahren hätte ich noch mit Ihnen gemacht, was ich will. Man kann sich in jemanden verlieben, weil er einen aus der Gleichgültigkeit gerissen hat.«
»Danke.«
»Sie sind selbstgefällig. Sie wollen verführen, aber Sie ertragen es nicht, dass man Sie liebt. Und wenn man aufhört, Ihnen hinterherzulaufen, schreien Sie ›Verrat‹.«
Er trat ans Fenster und warf einen Blick nach draußen.
»Machen Sie sich keine Sorgen«, spottete Madame Patterson. »Niemand weiß, dass ich hier bin. Sie verachten mich, nicht wahr?«
»Ich hasse Sie.«
»Große Worte! Wäre Charlene so glücklich gewesen?«
»Sie haben das nicht zu entscheiden.«
»Ich habe Gott und dem Zufall vertraut. Sie haben mir meine Mutter, meinen Bruder und meinen Vater genommen, vom Rest ganz zu schweigen.«
»Welchem Rest?«, wollte Robidoux wissen und dachte an ihren Sohn in der geschlossenen Anstalt.
Madame Patterson schwieg und erhob sich mühsam.
»Kommen Sie?«

Robidoux spürte, wie seine Angst zurückkehrte. Er versuchte nachzudenken.
»Das ist die beste Lösung«, fuhr Madame Patterson fort. »Ich habe einen Brief im Haus hinterlassen. Damit sind Sie reingewaschen.«
»Und wenn man uns sieht?«
»Ich gehe vorn raus und Sie hinten. Wir gehen durch den Wald. Sie sollten den Anrufbeantworter einschalten, das wäre klüger.«
Er verzichtete auf sein auffälliges Ölzeug und ging zur Hintertür hinaus. Der Mond war von einer Wolke verhangen. Eine leichte Brise aus Westen strich über das dunkle Gras. In den umliegenden Häusern brannte nirgendwo Licht. Die Krankenschwester trat zur Vordertür hinaus, umging die Ambulanz und holte ihn am Beginn des Weges ein.
»Gehen Sie als Erste«, befahl er.
Sie warf ihm einen belustigten Blick zu.
Sie gingen durch den Wald und dann über die Anhöhe. Sie bahnten sich einen Weg durch hohes Gras, schlängelten sich zwischen jungen Fichten hindurch. Die Halme waren geknickt.
»Sie scheinen den Weg zu kennen«, sagte Robidoux.
»Diese Polizeibeamten sind unfähige Schwachköpfe. Sie brauchten nur die Augen aufzumachen.«
Das Tosen des Meeres wurde stärker, je näher sie der Klippe kamen. Madame Patterson blickte stier vor sich hin und stolperte auf dem unebenen Boden. Robidoux hatte keine klare Vorstellung von dem, was ihn erwartete. Seine Kehle schnürte sich immer enger zu, je näher sie den

Klippen kamen. Er spürte die salzige Meeresluft auf der Haut.

Zwanzig Schritte von der Stelle entfernt, von der aus Borden Welsh Charlenes Leiche entdeckt hatte, blieben sie stehen. Das Meer grollte dumpf. Madame Patterson zog ihren Regenmantel aus, legte ihn in das feuchte Gras und setzte sich darauf. Sie stützte sich auf die Ellbogen und legte den Kopf zurück. Sie wirkte wie eine Urlauberin. Robidoux hielt sich abseits. Er schlotterte in seinem Pullover.

»Sie haben Angst vor mir?«, spottete Madame Patterson.

»Ja.«

»Kommen Sie her. Ich tu Ihnen nichts.«

Er sah wieder Charlene vor sich, im Bett in der Ambulanz. Er bekam das Gefühl, eine von Hexen manipulierte Puppe zu sein. Er ließ sich neben der Krankenschwester nieder.

»Ist Ihr Entschluss endgültig?«

»Ich denke schon lange darüber nach.«

»Erzählen Sie mir, was gestern Nacht passiert ist.«

»Ich habe gesehen, wie Sie das Haus verließen, um zum Hafen zu gehen. Ich habe mich angezogen, um Ihnen zu folgen. In der Nähe der Kirche habe ich Charlene entdeckt, die aus der anderen Richtung kam. Ich habe mich versteckt. Sie ging durch die Hintertür in die Ambulanz. Ich wartete im Schatten des Waldes. Ich wusste, sie würde unweigerlich wieder vorbeikommen. Dann habe ich durch das Fenster des Sprechzimmers Vater Jeffrey entdeckt. Zehn Minuten später ist Charlene im Hof aufgetaucht. Sie rannte und trug ein Paket unter dem Arm. Ich ging durch den Wald, um am Ende des Wegs auf sie zu warten. Anfangs wollte ich ihr lediglich einen Streich spielen.«

»Sie haben den Scherz so weit getrieben, sie zu töten?«

»Das ist so verschwommen in meinem Gehirn … Sie hat sich lange im Wald aufgehalten. Als sie dann herauskam, habe ich sie am Arm gepackt. Sie hat mir ins Gesicht geschlagen. Ich habe mich verteidigt. Sie hat mich eine Nutte genannt, eine alte Irre. Ich habe den Kopf verloren. Ich habe sie geschlagen, immer wieder, bis sie zu Boden fiel. Sie schrie. Ich habe sie mit einem Stein zum Schweigen gebracht. Dann schlug ich weiter auf sie ein. Ich war trunken von dem Gefühl, etwas Irreparables zu tun, eine Grenze zu überschreiten, meinen Ruf als Mörderin zu rechtfertigen.«

»Warum Charlene?«

»Sie hat mit Ihnen geschlafen.«

François Robidoux studierte Madame Pattersons zerfurchtes Gesicht.

»Sie lügen.«

»Ich werde mit meinem Geheimnis verschwinden. Ich überlebe mich schon zu lange.«

Sie schwiegen. Madame Patterson drängte sich an den Arzt.

»Es ist schade, dass Sie mir keinen Platz in Ihrem Leben eingeräumt haben. Ich hätte nicht viel verlangt, nur ab und zu einen Besuch. Ich hätte Sie beraten. Sie hätten Karriere machen und eine Familie gründen können.«

»Sie hatten nach dem Tod Ihres Mannes doch bestimmt genug Verehrer?«

»Ich war Madame Patterson, die Krankenschwester der

Île d'Entrée. Als Witwe war meine Person vollkommen. Niemand wagte es mehr, sich mir zu nähern Außer Ihnen, aber Sie waren sich dessen gar nicht bewusst.«

»Warum haben Sie Charlenes Kette an sich genommen?«

»Als ich sah, dass sie tot war, habe ich mich neben sie gelegt. Ich wollte sterben, einfach erfrieren. Dann begriff ich, dass sie das nicht ins Leben zurückbringen würde. Ich habe sie mir auf die Schultern geladen und hergebracht. Bevor ich sie hinunterstieß, hab ich ihre Kette abgenommen.«

»Geben Sie sie mir.«

»Haben Sie sie so sehr geliebt?«

»Ich hätte gern eine Erinnerung an sie.«

Madame Patterson nahm die Kette ab und legte sie in ihre Handfläche. Zwei grinsende Teufel über den Spitzen eines silbernen Halbmondes.

»Das ist unmöglich.«

Sie hob den Arm, um die Kette über die Klippe zu werfen. Er hielt ihr Handgelenk fest.

»Liegt Ihnen wirklich so viel daran? Ich gebe sie Ihnen unter einer Bedingung: Sie sprechen mit niemandem darüber. Sie verstecken sie und verlieren kein Wort darüber, vor allem nicht gegenüber dem Sergeant.«

Robidoux griff nach dem Schmuckstück.

»Und jetzt küssen Sie mich.«

Er zögerte kurz. Sie hatte einen abscheulichen Atem. Er hatte den absurden Eindruck, sie zu ermorden, wenn er sie küsste,

»Angsthase.«

»Haben Sie keine Angst zu sterben?«

»Heute oder in zwanzig Jahren, was macht das für einen Unterschied?«
»Zwanzig Jahre.«
»Zwanzig Jahre wovon? Und wenn es auf der anderen Seite besser wäre?«
»Und wenn es dort nichts gäbe?«
»Das wäre perfekt. Wenn man ins Leere schaut, sieht man dann nicht die Farbe Blau?«
Sie küsste ihn. Ihre Lippen waren trocken und rissig.
Er erhob sich. Er musste sich gewaltsam zwingen, sie nicht zurückzuhalten. Sie trat an den Rand der Klippe. Sie stellte ihre Füße nebeneinander, die Zehen überragten kaum den Rand. Sie ging in die Knie und katapultierte sich geschmeidig ins Leere. Er sah, wie sie die Arme ausbreitete, den Flug eines Engels andeutete. Dann war sie verschwunden.

34
Pikdame

Nur Sie wissen, ob Sie feige und grausam oder loyal und ergeben sind; die anderen sehen Sie nicht; sie ahnen Sie anhand unsicherer Vermutungen; sie sehen eher Ihre Kunst als Ihr Wesen.

Montaigne

Das Tosen der Wellen erstickte das Geräusch von Madame Pattersons Aufprall. Die Sterne funkelten hinter den Wolken. Auf dem Rücken liegend, verlor sich François Robidoux in den Anblick dieser zweideutigen Signale. Als Kind verbrachte er jeden Juli zwei Wochen bei einem Onkel in der Nähe des Flusses Richelieu. Einmal ertrank ein Junge. Er wohnte eine halbe Meile stromabwärts in einem hinter Bäumen verborgenen Landhaus. Tagelang suchte man seine Leiche. Der Fluss wurde für seine Freunde und ihn zum Gegenstand des Grauens. Sobald sie im Wasser ein Stück Holz erblickten, sprangen sie aus dem Fluss und eilten an Land, wobei ihre nackten Füße den Steg erzittern ließen. Die Älteren erzählten sich furchterregende Geschichten. Abends, zur Stunde der Stechmücken, sprachen die Eltern im Flüsterton. Er schlief spät ein. Er sah die Leiche zwischen zwei Wellen dahintreiben. Als seine Cousins schliefen, kniete er neben sein Bett nieder. »Lieber Gott, bitte sorg dafür, dass ich nicht durch Ertrinken sterbe und dass man den kleinen Jungen findet, bevor ihm die Hechte die Augen ausgefressen haben.«

Als sie erfuhren, dass man den kleinen Jungen aus dem Wasser gezogen hatte, gingen sie mitten in der Nacht baden und stießen Siegesschreie aus. Seine Ferien gingen zu Ende.

Er wagte nicht, die Klippe hinabzuschauen. Er fürchtete, Madame Patterson zu sehen, wie sie halb tot zwischen den Felsen watete. Schließlich fand er die Kraft, sich zu erheben. Ihre Leiche trieb zwischen den Steinen dahin wie ein Pullover in einem Waschkessel. Sie würde ins offene Meer hinausgetragen werden.

Er schloss eine Faust um die Kette. Er steckte sie in seine Hemdtasche und begab sich über die Felder zu Madame Pattersons Haus. Er ging vorsichtig und fror vor Kälte, Angst und Erschöpfung. Das Neonlicht über dem Herd beleuchtete schwach das Erdgeschoss. Weit und breit niemand zu sehen. Er zog die Schuhe aus, verbarg die Hand im Ärmel seines Pullovers und griff nach der Klinke.

Madame Patterson hatte an alles gedacht: Die Tür war nicht verschlossen. Auf dem Küchentisch lag ein dreifach gefaltetes Blatt. Er widerstand der Versuchung, es zu lesen.

Er ging ins Wohnzimmer und suchte im Bücherregal, hinter den Schallplatten, unter den Kissen und achtete darauf, keine Fingerabdrücke zu hinterlassen. An den Holzwän-

den lächelte die gesamte Familie Patterson. Bill Patterson im Hochzeitsanzug strahlte neben seiner Frau. Schon etwas korpulenter stand er neben seinem Boot und zeigte einen Heilbutt, ganz begeistert von der Überraschung, die das Leben ihm in seine schwieligen Hände zauberte. Gladys Hadfield, jung und schön, lächelnd oder ernst, mit gerunzelter Stirn über feurigen Augen.
Die beiden Jungen hingen nebeneinander an der Wand. Der eine hochgewachsen und muskulös, der andere schwächlich. Man sah sie als Babys, dann mit ungefähr acht, vor einer Landschaft beim Fotografen. Der jüngere war auch noch als Jugendlicher zu sehen, bleich, mit einer Locke in der Stirn, ein Rimbaud, der langsam verging. Vom älteren gab es keine Spur mehr, außer einem schlechten Foto im Gegenlicht, als er auf einem Traktor saß.
Robidoux ging in Madame Pattersons Schlafzimmer hinauf. Er schlüpfte in die Handschuhe, die er in einer Schublade fand. Er brauchte nicht lange zu suchen. Die Krankenschwester hatte ihr Tagebuch auf dem Nachttisch liegen lassen. Es steckte in einem Kuvert, das an ihren Sohn Thomas adressiert war. Er ging hinunter. In der Küche holte er Charlenes Kette aus seiner Tasche, putzte sie sorgfältig und legte sie neben den Brief. Dann verließ er das Haus und verriegelte die Hintertür.
Eilig kehrte er in die Ambulanz zurück. Er nahm erneut den Umweg über die Anhöhe und den Wald und betrat das Haus durch die Hintertür. Es war fast vier Uhr. Er verbrannte Madame Pattersons Schal im Kamin des Wartezimmers. Dann wischte er den Fußboden im Schlafzimmer auf. Auf dem Anrufbeantworter war keine Nach-

richt. Wahrscheinlich hatte ihn niemand gesehen. Um auf jede Eventualität vorbereitet zu sein, beschloss er zu sagen, Madame Patterson sei vorbeigekommen, um ihren Schal zu holen.
Er legte sich zu Bett und vertiefte sich in das Tagebuch.

4. April 1959

Schwester Boudreau hat mir angeboten, mich einen Monat lang zu vertreten. »Sie brauchen Ferien.« Ich habe sie nicht darum gebeten. Sie hat es von allein gemerkt, dass ich Lust auf ein bisschen Luftveränderung habe.
Sie ist heute angekommen, ganz schick mit ihrer runden Brille. Sie ist ein bisschen älter als dreißig. Ich bin zwar gut einen Kopf größer als sie, dennoch fühle ich mich neben ihr klein und zerbrechlich. Sie hat immer gute Laune. Sie sorgt sich um nichts. Sie hat zwei Jahre hier gearbeitet, ein Jahr in Grande-Entrée. Sie lebt jetzt in Havre-Aubert, ohne Mann und Kinder und vielleicht ohne Illusionen. Sie schleppt nur ihren Arztkoffer und ihre Bücher mit sich rum. Wir haben zusammen gegessen. Die Worte fielen mir haltlos aus dem Mund, wie ein Aderlass.

5. April 1959

Ich bin in Havre-Aubert und wohne im Hotel der Schwestern Shea. Wenn das Wetter es erlaubt, bringt mich die North Gaspe *morgen über Montreal nach Saskatchewan. Im Haus wimmelt es von Reisenden. Handelsvertreter, Anwälte, Frauen und Kinder erwarten die erste Fähre der*

Saison. Die Männer spielen Karten und debattieren über undurchsichtige Bankgeschäfte. Sie flüstern und sehen mir nach, wenn ich durch den Salon gehe. Die alten Schwestern haben mir ein Zimmer im Erdgeschoss in der Nähe ihrer eigenen gegeben, um mich vor den Avancen der Herren zu schützen.

Es ist Sonnabend. Das Wetter ist schön. Zwischen Hafen und Bucht erstreckt sich eine Landzunge, die vor Lagerhallen und Buden überquillt und auf der sich Kinder und Pick-ups tummeln. Mindestens hundert Kinder in jedem Alter ergießen sich nach dem Essen aus den rund zehn Häusern ins Freie, wie die Osterlämmer im Frühling auf die Weide. Sie bummeln zwischen den Buden umher, spionieren an den Türen der Warenlager und balancieren auf der hauchdünnen Eisschicht, die den Hafen umgibt, während sie sich über das Knistern unter ihren Füßen freuen. Vom Ufer aus rufe ich ihnen zu, dass sie vorsichtig sein sollen. Sie schauen mich verwundert an. Sie verstehen mein Englisch ganz und gar nicht. Ich lächle ihnen zu. Hinter vorgehaltener Hand reden sie über mich. Ihre Eltern werden sagen: Das muss die Krankenschwester der Île d'Entrée sein. Ja, ich bin diese Person, diese geheimnisvolle Jungfrau, der man hinterherschaut, wenn sie unbeholfen mit gerafften Röcken die schlammigen Wege entlanggeht.

Ich habe das ganze Dorf durchquert. Nördlich des oberen Weges gibt es eine Anhöhe, die man les Demoiselles *nennt. Ich bin hinaufgestiegen, weil ich hoffte, mitten im Eis das Kielwasser der* North Gaspe *zu entdecken.* Les Demoiselles. *Das ist es, ich bin eine Demoiselle. Ich habe Urlaub.*

Ich lasse Miss Hadfield, die Krankenschwester auf der Île d'Entrée, hinter mir. Ich habe Lust auf Frivolitäten.
Ich kehre ins Hotel zurück und bitte die Männer, mir zu erklären, wie man Karten spielt.
Ich bin die Pique Dame.

6\. *April 1959*

Die Fahrrinne ist noch nicht markiert. Die North Gaspe *hat die Île d'Entrée einmal umrundet und sich einen Weg in die Bucht gebahnt. Nach der Messe versammeln sich alle Leute aus Havre-Aubert, Bassin und Étangs-des-Caps am Kai. Die Schlange der Autos reicht bis zum Rathaus zurück. Es ist ein Festtag. Das große weiße Schiff mit dem von schwimmenden Eisschollen zerkratzten Rumpf bringt den Frühling zu den Demoiselles.*
Zwei Stunden später gehe ich an Bord. Ich genieße das Vergnügen, nichts auf der Welt als diesen leichten Koffer zu besitzen. Warm angezogen gehe ich an Deck spazieren, während wir um die Insel fahren. Der Winter fordert sein Recht. Die Luft ist eisig und feucht. Das Schiff taucht in eine Mondlandschaft ein, in der die Stürme aus Labrador zwischen den Eisbergen heulen. Ich erkenne den Leuchtturm und die Ambulanz.
Ich lehne mich an die Reling. In dieser Haltung habe ich vor zwölf Jahren gesehen, wie Amsterdam sich entfernte. Ich stellte meine Füße auf die untere Strebe des Geländers um mich auf die Höhe meines Vaters zu schrauben. Erinnerungen an meine Atlantiküberquerung steigen in mir auf. Dieses Schiff voller Auswanderer, diese langen Stun-

den an Deck mit einem Buch in der Hand, diese grauen Wasser, die sich am stählernen Bug brachen. Jede Sekunde entfernte mich ein Stückchen weiter von Europa, von der kleinen Wohnung in London, von den Ruinen und den Rationierungen. Auf der anderen Seite dieser riesigen Wasserfläche lag Amerika. Papa war glücklich. Abends spielte er mit den Bordmusikern. Artig am Tisch sitzend, versuchte ich mich unsichtbar zu machen. Doch von Zeit zu Zeit hob er den Kopf von seinem Instrument und lächelte mich an. Hatte ich immer noch Spaß? Wollte ich vielleicht lieber ins Bett gehen? Ich antwortete mit einem Augenzwinkern. Er erklärte aller Welt, dass er eine fantastische Tochter habe. Ich war das Lieblingskind an Bord. Die Damen boten mir Kuchen an, die Männer Wein, den ich höflich ablehnte. Der Abend verging wie im Fluge. Mein Vater zog seine Jacke aus, und ich summte beim Einschlafen, in einen Mantel gewickelt, eine Jazzmelodie:
There will never be another you … Isn't it romantic?
Am Ende des Festes trug er mich auf den Armen in die Kabine. Wenn er zu viel getrunken hatte, weckte er mich, und ich zeigte ihm den Weg in unsere Betten. Er sang und erzählte mir von den Indianern. Der Dampfer fuhr über den Nordatlantik. Wohin gingen wir? Die Betten waren eng. Es war schwierig, zu zweit darin zu schlafen.
Eines Abends flüsterte ein Mann zwischen zwei Liedern meinem Vater etwas ins Ohr. Mein Vater stand auf und überließ seinen Platz einem Jungen von etwa zehn Jahren, der eine Bachsche Fuge mit großer Meisterschaft spielte. Aus dem Augenwinkel beobachtete er die Reaktion der Leute. Ihre erste Verwunderung legte sich, die Leute nah-

men ihre Gespräche wieder auf, lachten und warteten auf den nächsten Swing. Das Kind begann ungerührt, die Fuge zu paraphrasieren und in ein modernes Ritornell zu verwandeln. Papa war fasziniert. Man drängte sich um uns. Der Junge gab seine Zurückhaltung auf und lächelte glücklich in die Runde. Er beendete sein Stück unter lauten Bravorufen.

Mein Vater und Hans wechselten sich am Klavier ab. Gegen Mitternacht holte die Mutter ihn von der Bühne, um ihn ins Bett zu bringen. Am nächsten Tag lernte Papa sie kennen. Maria Grünwald war eine kleine melancholische kurzsichtige Deutsche mit krummen Schultern. Sie sprach leise, aber mit tiefer Stimme. Ihr Mann war im Krieg gestorben. Sie lebte allein auf der Welt mit diesem kleinen Teufel, der sie mit seinen unablässigen Fragen quälte.

Hans. Er führte mich in seine Kabine und zeigte mir sein stummes Klavier, auf dem er seine Anschläge übte. Er hätte mir auch noch ganz andere Dinge gezeigt, wenn unsere Eltern nicht schon so eng verbunden gewesen wären. »Also deine Mutter und dein Bruder sind … zack weg! Nach einer Bombe?« Er sah mich von oben herab an, während er auf seinem Spielzeugklavier spielte. »Vielleicht hat dein Vater diese Bombe abgeworfen …«, dachte ich, ohne es zu sagen. Ich hatte keine Verwendung für dieses Monster in meinem Leben.

Wir näherten uns Halifax. Mein Vater und Maria gingen gemeinsam an Deck spazieren. Nebel hüllte sie ein. Mein Vater hatte wieder eine Frau und einen Sohn gefunden. Deutsche und außerdem noch Musiker. Der Krieg hatte nicht stattgefunden. Deutsche und Engländer lebten in

bestem Einvernehmen unter den wachsamen Augen von Purcell und Beethoven. Mich ließen sie völlig kalt. Ich sang falsch und konnte kein einziges Instrument spielen. Eines Abends, als der Sturm besonders heftig wehte, legte Papa mich in das obere Bett.
Aber das alles würde vorübergehen. In Halifax würde die Begeisterung wie der Nebel schwinden. Die Deutschen würden sich davonmachen, und wir würden ein neues Leben bei den Indianern finden.
Ich erinnere mich nur schwach an Neuschottland, an die Wohnung in Hafennähe, an die Schule, in der sich meine Mitschüler über meinen britischen Akzent lustig machten. Papa gab Unterricht an einem College. Doch die Indianer waren weit weg, in Reservaten.
Jede Woche brachte die Post einen Brief aus Saskatchewan. Ein Bruder von Maria gab dort eine Zeitschrift heraus. Papa beantwortete ihn, Papa, der eigentlich zu schreiben hasste.
Maria kam mit dem Zug nach Halifax. Ich hörte die beiden hinter der Tür flüstern und seufzen. Ihre tiefe Stimme stammelte ein Englisch, das ich sogar unter meinem Kopfkissen hörte. Papa brauchte mir nichts mehr vorzumachen. Wir zogen weiter in Richtung Westen. Er erzählte mir nichts mehr von den Indianern. Ich war ja schon ein großes Mädchen.
Heute erwartet er mich, über seinem Laden, Hadfield and Grünwald … *Das klingt gut. Zwei Jahre später spielten alle Kinder der vornehmen Familien in Saskatchewan Posaune oder Geige. Sonntags dirigierte er ein Kammerorchester. Mit seinen ukrainischen und ungarischen Freun-*

den ersäufte er nach den Konzerten seinen Kummer im Scotch.

29. April 1959

Ich habe seit meiner Abreise von der Insel nicht mehr in dieses Heft geschrieben. Während meines Aufenthalts im Westen war ich wie abwesend. Ich verbrachte ganze Abende vor dem Fernseher. Papa und Maria leisteten mir bis elf Uhr Gesellschaft. Wenn Maria ins Schlafzimmer verschwand, erhob sich mein Vater und goss sich einen Gin ein. Ich trank ein oder zwei Gläser mit ihm, bevor ich ihn allein weitersaufen ließ.

Er redete ununterbrochen und wob einen Teppich aus Erinnerungen, Plänen und Vorschlägen. Seine Annäherungsbemühungen brachten mich gegen ihn auf. Nichts kann das Vertrauen in der Liebe ersetzen. Er hatte zwischen London und Halifax seine innere Überzeugung verloren, mich ganz und gar zu besitzen, auf ewig mein angebeteter Vater zu sein. Zweifel hatten den empfindlichen Mechanismus seiner Unbekümmertheit gestört. Er versuchte, sich in mir wiederzufinden, versuchte, den begabten Musiker zu sehen, der das Klavier aufgab, um Oboe zu spielen, den Liebhaber meiner Mutter, der sich in diesen Kindernarr verwandelt hatte, der seine Kunst vergaß, um mit seiner Tochter im Park spazieren zu gehen.

Ich wollte mit dieser Komödie nichts zu tun haben. An der Seite eines Phantoms, dessen Inkarnation ich einst bewunderte, starrte ich im Halbdunkel des Wohnzimmers auf den grobkörnigen Bildschirm. Hans erschien mit seinem

Blick eines lüsternen Pan. »Guten Tag, Schwesterchen …« Er ließ keine Gelegenheit aus, mir unsere nutzlose Verwandtschaft wie ein faules Ei unter die Nase zu reiben. »Guten Tag, Hans.« Geh zum Teufel, Hans. Er goss sich ein Glas ein und verschwand im Musikzimmer. Seine Klaviermusik, ein wildes Durcheinander von Arpeggios und Modulationen wie die eleganten Schwingungen eines vergifteten Geistes, brachte uns einander näher. Papa hörte zu und seufzte. Sein bester Schüler hatte keine schöne Entwicklung genommen. Maria wartete still und von Schlaflosigkeit gequält im Ehebett.

Mit dem üblichen »O Canada« verabschiedete sich das Fernsehprogramm in die Sendepause. Papa küsste mich auf die Stirn. Wir trennten uns und hofften trotz allem auf einen glücklicheren Morgen. Er stieg zu seiner Deutschen ins Bett. Längst lebte jeder für sich und verbarg seine Dämonen unter den Scherben. Ich rollte mich in meinem Kinderbett zusammen. Mein Teddybär, der nach Desinfektionsmittel roch, sah mir gleichgültig zu.

Ich hab ihn hierher mitgenommen. Er thront jetzt auf meinem Kopfkissen. Ich hab ihn mit milder Seife gewaschen und mit meinem Parfüm eingesprüht. Er erinnert mich an Bill Patterson.

Die Insel ruht in lichter Klarheit. Der Wind hat sich gelegt. Der Frühling bringt eine gewisse Stille mit sich. Bill ist vorbeigekommen, unter dem Vorwand, er müsse etwas reparieren. Er hat vergessen, wie abweisend ich im vergangenen Monat zu ihm war. Er läuft mir nach wie ein treuer Hund. Im Urlaub hab ich kaum an ihn gedacht. Trotzdem bin ich froh, ihn wiederzusehen. Hinter seiner

geschwätzigen Art versteckt er manch erstaunlichen Geistesblitz. Er erkennt instinktiv ein paar Wahrheiten, die ich trotz meiner Bildung nicht erkennen kann.
Ich liebe ihn nicht. Er weiß das. Er wartet geduldig. Er wechselt meine Doppelfenster aus, er bringt mir Heringe, er leistet mir an verregneten Abenden Gesellschaft. Das Meer behält am Ende immer recht gegenüber dem Felsen. Verliebt sein … was für ein merkwürdiger Ausdruck! Als bedeute Liebe ein Paralleluniversum jenseits der Wirklichkeit, in das man nur durch eine verborgene Tür eintreten kann, mit dem Leuchten in den Augen eines Unbekannten als Schlüssel.

16. Mai 1959

Das laute Tuckern der Boote weckt mich im Morgengrauen. Sie verlassen den Hafen auf dem Weg zu ihren Fischfanggründen. Kleine weiße Flecke tanzen auf den Kämmen der Wellen ein eigenartiges Ballett um die Bojen. Mit dem Bug von Schnurrbärten aus Schaum umgeben, kämpfen sie tapfer im Wind gegen die Strömung in der Fahrrinne an. Von der Küste aus sieht man die Männer breitbeinig in ihren flachen Booten stehen. Sie treideln die Käfige auf die Brücke, schütten die Hummer aus und stellen die Käfige zurück in die Flut. Sie fangen weit draußen wieder von vorn an, dreihundert mal dreihundert Käfige. Das ist eine harte Arbeit. Sie kehren am Nachmittag zurück und fahren wieder auf See, um ihre Heringsnetze herauszuziehen.
Die Tage werden immer länger. Die Insulaner verausgaben ihre über den Winter aufgesparte Energie in einem

Wahnsinn an Betriebsamkeit, an Arbeiten und Erledigungen, die nur wenige Stunden Schlaf zulassen. Die Frauen kümmern sich um die Gemüsegärten, die Alten hüten das Vieh, die Kinder schwänzen die Schule, um am Hafen herumzulungern. Ich bin überflüssig. Die Kranken genesen auf wundersame Weise. Die alten Fischer vergessen ihre schiefen Knie und fahren wieder hinaus, voller Begeisterung für die neue Hummersaison, für diese zwei Monate viehischer Arbeit, die ihnen für den Rest des Jahres das Gefühl vermittelt, ihren Lebensunterhalt verdient zu haben.

Ich halte mich am Rande des Schauspiels. Ich lege einen Gemüsegarten an. Ich habe die Erde umgegraben, Rillen gezogen und pflanze mit Phyllis' Hilfe Kartoffeln, Karotten und Rüben unter einer unzuverlässigen Maisonne. Gemeinsam mit den anderen laufe ich um zwei Uhr zum Hafen, um den Fang zu bewundern. Bill ist glücklich. Er hat einen seetüchtigen 29 Fuß langen Kahn mit einer merkwürdigen Sirene gekauft, die er zu seinem Vergnügen dauernd ertönen lässt. Ich höre sie, wenn ich morgens im Bett liege, ihr Kreischen übertönt das gleichmäßige Tuckern der Boote. Am Tage erreicht mich dieser merkwürdige Schrei manchmal zusammen mit dem Lärm der Möwen. Es ist, als wolle er mich aus meinen Träumen reißen.

28. Juni 1959

Ich habe einen neuen Nachbarn. Er ist Maler und lebt in Toronto. Er verbringt hier den Sommer. Gestern ist er mit Frau und Kindern eingetroffen. Seine Frau kam mit der

Jüngsten, die sich eine üble Grippe eingehandelt hatte, in die Ambulanz. Sie spricht mit einem deutschen oder skandinavischen Akzent. Diese Leute aus der Stadt geben sich verdammt viel Mühe, arm auszusehen. Das Kind trägt ein Drei-Groschen-Kleid, durch das an allen Ecken und Enden der Wind weht und das es nicht wärmer hält als ein Unterhemd. Die Frau interessierte sich für mich, sie wollte mir sicher zeigen, dass sie keine Vorurteile hegte. Dann hat sie mir ihr Kind anvertraut, damit ich es von dem Husten befreie, der sie stört, wenn sie ihre Romane liest.

Ich will ehrlich sein. Sie hat bestimmt kein leichtes Leben. Am Tag nach ihrer Ankunft stellte ihr Mann seine Staffelei raus. Während sie die Fenster putzte und die Küche vom Staub befreite, malte er, ohne sich um die Kinder zu kümmern, die barfuß um ihn herumtollten.

Die Kleine hatte sogar eine Lungenentzündung. Ich musste ihr Antibiotika geben. Die Mutter wunderte sich. Es schien ihr unbegreiflich, dass eines ihrer Kinder eine solche Krankheit bekommen könnte. Sie fragte mich nach dem Preis für die Medikamente und versprach, mit ihrem Mann darüber zu reden.

Abends machte ich mir Sorgen und ging rüber, um nach dem Kind zu sehen. Sie haben mich vorbehaltlos und sehr freundlich empfangen. Sie halten es für normal, dass ich mich um die Gesundheit ihrer Tochter sorge. Sie hatte Fieber. Ich hab ihr eine Spritze gegeben, ohne es zu erwähnen. Der Maler bot mir ein Glas französischen Wein an. Er hat eine ganze Kiste davon im Schuppen. Er ist ein harter, aber charmanter Mann. Er fragte mich nach meiner Familie und meiner Arbeit. Er hörte aufmerksam zu.

Meine Antworten schienen interne Unstimmigkeiten zu beseitigen. Ich wiegte die Kleine, während er von seiner Kindheit erzählte. Seine Frau trank mit ihm, sie ist sehr schön und hochgewachsen. Als es Zeit war zu gehen, hab ich mich doch tatsächlich nicht getraut, nach dem Geld für die Antibiotika zu fragen.

Das Tagebuch endet mit dem Auftauchen von Timothy Collins. Madame Patterson hatte bestimmt weitergeschrieben. Es musste noch andere Tagebücher geben. Warum hat sie es ihrem Sohn nicht geschickt? François Robidoux versuchte sich die Fortsetzung vorzustellen, Bill Pattersons geduldiges Werben, die Hochzeit, die Geburt der Kinder, die Besuche beim Musikervater in Saskatchewan. Madame Patterson war vielleicht nichts anderes als der Beweis ihres eigenen Lebens.

Er löschte das Licht. Die *Gertrude-Béatrice* würde um neun Uhr anlegen. Trotz seiner Erschöpfung schlief er schlecht. Die ganze Nacht schlug er sich mit einer Galerie verzerrter Porträts herum. Das entsetzliche Bild einer Madonna mit den Zügen einer Pique Dame oder eines Mädchens, das durch hohes Gras läuft. Er wachte vor Schreck auf und starrte ins Halbdunkel: Der Tag hatte noch nicht begonnen. In seiner Verwirrung stand er auf, um bloß nicht die Fähre zu verpassen, die ihn nach Cap-aux-Meules zurückbringen würde.

Endlich schob sich die Morgenröte unter die Nacht und verdrängte sie gen Westen. Die Sonne ging auf. Das Meer rauschte, es erstreckte sich bis zum Horizont. Er verbrannte das Tagebuch und machte eine letzte Runde

durch die Ambulanz. Wie ein Schauspieler, der die Bühne betritt, trat er in die beißende Morgenluft hinaus. Er ging zum Hafen hinunter.
Am Kai stand die gewohnte Menge. Niemand bemerkte Madame Pattersons Fehlen. François Robidoux erwartete jeden Moment einen Schrei, der den Fund der Leiche verkündete. Er hielt sich abseits und kämpfte gegen den hartnäckigen Eindruck, dass alle Welt ihn beobachtete. Die Sonne ließ die kleinen Wellen der Fahrrinne glitzern und den weißen Rumpf der *Lucy Maud Montgomery* leuchten, die in Richtung Île du Prince Edouard fuhr. Das Leben ging weiter. Wenn er erst zu Hause wäre, könnte er diese Geschichte aus einer angemessenen Perspektive betrachten, als zwei verrückte Nächte auf einer Insel, auf der er wegen des schlechten Wetters gestrandet war.
Er bestieg die Fähre. Im Ruderhaus betrachtete ihn der Erste Offizier mit aller Gelassenheit.
»Was haben Sie denn mit der kleinen Engländerin gemacht? War sie nicht nach Ihrem Geschmack?«
François Robidoux fühlte sich nicht zum Scherzen aufgelegt. Er überhörte die Fragen, setzte sich und schloss die Augen. Er spürte, wie der Dampfer beim Drehen der Schraube erzitterte und die Fahrrinne erreichte. In einer Stunde oder höchstens zwei würde sich die Polizei melden.

35
Sonntagmorgen

Sonntage sind tödlich.

Francine D'Amour

Wenn der Kalender nur aus Sonntagen bestünde, gäbe es bald keine alten Junggesellen mehr. Sie würden Selbstmord begehen oder sich wenigstens entschließen, das Verhalten der Toten nachzuahmen und sich eine doppelte Existenz zu schaffen.

Derlei Gedanken kreisten im Hirn von Cyril Moreau, genannt Krabbe, als der Schlaf ihn am Morgen des Tages des Herrn verließ. Vor Krabbe lagen unzweifelhaft jene Stunden, die seine Mitbürger dem Erhalt ihrer Seele, ihrer Familien oder ihrer Autos widmeten. Er bedauerte, dass in diesen hochtechnisierten Zeiten noch niemand ein probateres Mittel zum Zeittotschlagen erfunden hatte, als mit der Wochenendzeitung zu *Chez Rosaline* frühstücken zu gehen.

Das Wetter war schön. Der Nachbar putzte in Vorbereitung auf die Elf-Uhr-Messe sein Auto auf Hochglanz. Die Erinnerungen an den Vorabend und der Anblick seiner

Wohnung füllten Krabbes Seele mit dichtem Nebel. Für gewöhnlich verzog sich diese Laune nach seinem ersten Kaffee. Mit der Tasse in der Hand telefonierte er mit Phyllis Dickson. François Robidoux hatte die Ambulanz nicht verlassen. Madame Patterson hatte ihn um zwei Uhr morgens besucht. Fünfzehn Minuten später kam sie wieder heraus und verschwand in Richtung Wald.
»Allein?«
»Das hat er mir gesagt.«
»Hat Winston sie nicht verfolgt?«
»Er ist vor der Ambulanz stehen geblieben. Verstehen Sie, ich hab ihm gesagt, er soll den Doktor beobachten. Gegen vier Uhr morgens sah er Rauch aus dem Schornstein aufsteigen.«
»Merkwürdige Zeit, den Herd anzuwerfen. Hat der Doktor heute Morgen die Fähre genommen?«
»Er stand um halb neun am Kai.«
»Und Madame Patterson?«
»Ich hab sie noch nicht angerufen. Sonntags steht sie spät auf.«
»Wecken Sie sie.«
Krabbe schaute auf seine Uhr. Zwanzig nach zehn. Die *Gertrude-Béatrice* lag bereits am Kai. Er rief François Robidoux an. Der Arzt schien bester Laune. Es sei nichts Besonderes geschehen.
»Nichts?«
»Madame Patterson machte ein bisschen auf schlaflos. Vermutlich wegen des Todes ihrer Schwiegermutter. Sie kam um zwei Uhr morgens in die Ambulanz.«
»Merkwürdig.«

»Sie kam, um ihren Schal zu holen, den sie hier vergessen hatte.«

»Es ist eben Grippezeit.«

»Ich habe sie nicht gefragt. Sie wissen ja, wie sie ist.«

Mehr bekam der Sergeant nicht aus ihm heraus. Er verbot Robidoux, aus dem Haus zu gehen.

Mit dem Gefühl, einen Mund voll Schwefelsäure verschluckt zu haben, legte Krabbe auf.

Die Frühstücksgäste verstummten, als er eintrat. Er setzte sich an einen Tisch und spürte ihre Blicke in seinem Nacken. Er verzichtete auf sein Frühstück und bestellte ein Glas Milch. Zu Fuß auf dem vom Regen blank geputzten Gehweg oder im Sonntagsstaat in ihren glänzenden amerikanischen Autos begaben sich die Gläubigen zum Hochamt. Ihre Überraschung war nicht gerade klein, als sie ihren heidnischen Sergeant mitten in der Predigt eintreten sahen. Mit geröteten Wangen und wehendem Mantel setzte er sich in die hinterste Bank wie ein Landstreicher, der in die Kirche kommt, um sich aufzuwärmen. Er vergaß auch, bei der Elevation niederzuknien.

36
Bis zu den Knöcheln im Sand

... ich war klug gewesen, geradezu gerissen; ich konnte nicht mehr einfach verschwinden.

Jacques Ferron

François Robidoux sprang an Land. Sein Wagen wartete neben den Krabbenreusen auf ihn. Er spürte diese Mischung aus Glück und Wehmut, die ihn bei der Rückkehr von langen Reisen überkam. Cap-aux-Meules träumte vor sich hin. Er fuhr ins Krankenhaus. Die leeren Flure, der Geruch nach Desinfektionsmittel und die vertrauten Gesichter vermittelten ihm ein Gefühl der Sicherheit. In seinem Büro öffnete er eine Musterpackung Anxiolytika und schluckte zwei Tabletten, während er sich im Spiegel betrachtete.

Mit müden, schweren Beinen fuhr er nach Hause. Freud empfing ihn mit einem Gebell, das nach Vorwurf klang. François legte Mozart auf und begann, gründlich aufzuräumen. Er spürte ein dringendes Bedürfnis nach Ordnung und Sauberkeit. Für den Besuch der Polizisten sollte alles ordentlich sein. In der Küche roch er an dem Glas mit Zimt. Er versuchte zu pfeifen. Er war gerettet. Der Sergeant rief ihn an und fragte nach den Ereignissen der Nacht. Er erzählte die Geschichte vom vergessenen Schal.

Dann duschte er und legte sich schlafen. Die Wirkung der Tranquilizer erstaunte ihn. Seine Angst vor dem Gefängnis, seine Gewissensbisse, die Bilder von Charlene und Madame Patterson zogen auf einer großen Leinwand unter seiner Schädeldecke vorbei. Er hatte sich noch nie so erschöpft gefühlt. Seine Laken waren weich. Er schlief ein.

Er wachte um elf Uhr dreißig auf und wunderte sich, noch nichts von der Polizei gehört zu haben. War die Leiche aufs offene Meer hinausgetrieben? War Madame Patterson so einsam, dass nicht einmal ihr Verschwinden bemerkt wurde?

Er aß eine Kleinigkeit und ging mit Freud an den Strand hinunter. Er lief in Richtung Havre-Aubert. Der Sand bekam in der Herbstsonne eine aschfarbene Blässe. Die Wellen folgten ihren schäumenden Kronen. Auf ihren zierlichen Füßen hüpfend, machten sich die Vögel einen Spaß daraus, die Wellen zu verspotten, indem sie sich auf sie stürzten, sobald sie ins offene Meer zurückfluteten, um das aufzupicken, was sie in einem größer werdenden Halbkreis im Sand zurückließen.

François Robidoux setzte sich der Île d'Entrée gegenüber. Er hörte Stimmen von der Dünenseite. Krabbe und der Beamte Matte, bis zu den Knöcheln im Sand, kamen auf ihn zu.

Während der Agent sein gewohntes Lächeln zur Schau trug, war sein Vorgesetzter nicht zum Scherzen aufgelegt.

Freud begann zu bellen.

»Aus!«, befahl sein Herrchen, »das sind Freunde.«

37
Gelacht wird nicht mehr

Schließen wir die Zaubertruhe
Es ist für alle Spiele zu spät

Alain Grandbois

Churchill verzichtete darauf, Phyllis' Hotel zu bewachen. Polizisten, Pensionsgäste, Zeugen gingen ein und aus, in einem Durcheinander, das an einen Julisonntag erinnerte, wenn die Insel von den Franzosen heimgesucht wird, die das Ende der Hummerfangsaison feiern. Mit verweinten Augen sorgte Phyllis für alle, nur sein Fressen vergaß sie ihm hinzustellen.

Im Salon versuchte François Robidoux, in einen Sessel versunken, mit verzweifelter Gutmütigkeit jeden Verdacht zu entkräften. Dieser stille Sonntag unter einem wolkenlosen Himmel belastete ihn mehr als die beiden Tage zuvor.

Am Strand hatte er sofort geahnt, dass der Sergeant ihn verdächtigte. Krebsrot und mit aufgelöster Krawatte marschierte er hin und her und warf ihm unter Missachtung aller Regeln der Polizeiarbeit die Einzelheiten über die Entdeckung von Madame Pattersons Leiche an den Kopf. Dann quälte er ihn mit Fragen zu seinem Alibi. In seiner Wohnung machten sie eine regelrechte Hausdurchsuchung. Jolicœur erschien mitten in der ganzen Unordnung und konnte nicht glauben, was er sah. Krabbe begrüßte seinen Pokerpartner zurückhaltend. Bevor er rausgeworfen wurde, sah Jolicœur, wie die Polizisten Fußabdrücke von den Schuhen seines Freundes nahmen, seine Sachen, den Keller und den Schuppen durchsuchten.

Im Hafen von Cap-aux-Meules ging bereits das Gerücht um, es gebe eine zweite Tote. Doktor Pépin stand an Bord des Schnellbootes.

»Wenn du so weitermachst, François, werde ich dich am Ende noch verdächtigen. Zwei Tote in zwei Tagen! Diesmal kommt es sicher in die Nachrichten. Weißt du schon, dass man einen Detektiv aus Quebec angefordert hat?«

Das seit Tagen so unfreundliche Meer glänzte im Sonnenschein. Schaulustige mit einem Bier in der Hand nutzten das schöne Sonntagswetter, um noch einmal auszugehen. Sie kamen ganz nah an das Schnellboot heran, als könnten sie das Geheimnis riechen. An Bord herrschte eine düstere Stimmung. Der Sergeant starrte mit grauem Gesicht auf einen Punkt am Horizont. Matte, neben einem Kollegen, der auf den Namen Babeu hörte, zwiebelte nervös seinen Schnurrbart. François Robidoux wusste nicht, ob er entrüstet oder bekümmert aussehen sollte.

Auf der Insel ließ Krabbe den Arzt in Phyllis' Hotel unter Aufsicht zurück. Während die beiden Polizisten eine Sicherheitsabsperrung um das Haus von Madame Patterson

zogen, brachte Phyllis Dickson schniefend und jammernd den Sergeant und Doktor Pépin zur Leiche.
»Ich bin um halb elf zu Gladys gegangen. Die Tür war zu. Im ersten Moment hat mich das nicht beunruhigt. Ich hab sie noch ein paar Mal angerufen. Niemand hat sie gesehen. Ich hab Randy angerufen und bin an die Klippe gelaufen. Da war keine Leiche. Ich hatte eine Vorahnung. Ich verlangte, dass man auf offener See suchte. Eine Stunde später haben sie sie gefunden.«
»Wieso hatten Sie eine Vorahnung«, fragte der Sergeant.
»Sie war seit einiger Zeit so depressiv.«
»Warum liegt die Leiche bei Eva Patton?«
»Wir waren in Schwierigkeiten. Gladys hatte ihre Tür verschlossen. Der Schlüssel blieb unauffindbar. Ich wollte sie herbringen lassen, aber die Pattersons haben darauf bestanden, sie zu behalten.«
»Sie hatte ihre Schlüssel nicht bei sich?«
»Für gewöhnlich trägt sie ein ganzes Schlüsselbund in ihrer Hosentasche. Es war aber nicht da.«
Sie waren angekommen. Auf einem Tisch im Wohnzimmer, die Nase in die Luft gereckt, schien Eva Patton zwischen zwei Gefühlen hin- und hergerissen zu werden: das Glück, ihre Schwiegertochter endlich für ihre Sünden bestraft zu sehen, und das Missvergnügen, ihr eigenes Bett für die Leiche herzugeben. Die Insulaner, die ins Haus kamen, wussten nicht mehr, vor welcher Leiche sie sich verneigen sollten. Sie verließen für einen Moment die alte Dame, die in ihrem schwarzen Kleid zu schlafen schien, und warfen einen Blick auf die Krankenschwester, deren vom Meer durchtränkte Kleidung auf die Dielen tropfte.

Sie zogen sich in die Küche, in den einzig lebendigen Hafen in diesem Totenhaus, zurück und kommentierten leise die Ereignisse.
Pépin packte erneut seine Instrumente und seine Reagenzgläser aus. Während er am Vortag noch Spaß daran hatte, die Rolle des Gerichtsmediziners zu spielen, spürte er an jenem Sonntag nur eine trostlose Furcht. Das Ungewöhnliche wird bedrohlich, wenn es sich wiederholt. Seine Untersuchung brachte keine besonderen Erkenntnisse, nur blaue Flecken und Zeichen, die darauf hindeuteten, dass sie ertrunken war. Krabbe hatte zuerst ihre Sachen durchwühlt und war dann zu seinen Kollegen gegangen, die bei Madame Patterson auf ihn warteten.
Sie standen vor dem Haus und rauchten. Ein Dutzend Kinder aller Größen spielten mit dem Band der Absperrung, sprangen hinüber, andere stellten einen Fuß in die verbotene Zone und liefen dann schreiend davon.
Krabbe schlug eine Fensterscheibe ein und betrat das Haus. Er fand den Brief und die Kette.
»Das erklärt alles«, sagte Matte, der sich über die Schulter des Sergeant beugte und mitlas. »Madame Patterson hat uns echt die Arbeit erleichtert.«
»Sorgen Sie dafür, dass hier niemand reinkommt, und kein Wort über den Brief und was er bedeutet.«
Krabbe legte die Kette in einen Umschlag. Er würde sie am Nachmittag sorgfältig untersuchen. In der Ambulanz durchsuchte er alle Zimmer und inspizierte den Herd in der Küche. Er ging durch den Wald bis an die Stelle, an der man die Leiche aus dem Wasser gefischt hatte. Bei Phyllis befragte er mit Winston und Randy Aitkens beginnend

die wichtigsten Zeugen des Vorabends. Er besuchte Timothy Collins. Danach schloss er sich über eine Stunde bei Madame Patterson ein.
In dieser ganzen Zeit langweilte sich François Robidoux bei Phyllis. Er hatte Kaffee und Kekse angenommen, ohne große Begeisterung den Wohnungseinrichtungsvorschlägen von Margie Stone zugehört, mit Doktor Pépin Schach gespielt. Er galt als Hauptverdächtiger. Hinter der Freundlichkeit seiner Gesprächspartner erriet er jenes besorgte Mitleid, das er selbst gegenüber Krebskranken entwickelte. Sein Gehirn arbeitete wie wild, um seine Geschichte zu untermauern. Er musste sich nur an seine eigenen Vorgaben halten. Der Brief und die Kette würden genügen, den Verdacht von ihm abzuwenden. Die einzige Gefahr bestand darin, dass jemand sie gesehen hatte. Madame Patterson und ihn, zwischen Ambulanz und Klippe.
Die Angst verließ ihn nicht. Ein Fehler, und er würde verhaftet, angeklagt, verurteilt werden, seine Karriere wäre ruiniert, seine Familie zerstört. Wie konnte er im Laufe von drei Tagen in eine solche Gefahr geraten?
Bei Einbruch der Dunkelheit trat Krabbe mit seinen Gehilfen ein. Agent Babeu stellte einen Pappkarton in den Speisesaal. Der Sergeant bat Margie Stone und Winston, den Raum zu verlassen. Phyllis beeilte sich, es ihnen gleichzutun.
»Bleiben Sie. Ihre Anwesenheit ist vielleicht von Nutzen. Bevor mein Kollege aus Quebec eintrifft, werden wir die Ergebnisse zusammenfassen.«
Mit dicken Schweißperlen an den Schläfen, seiner fahler

Haut und den gebeugten Schultern schien Krabbe von den Geschehnissen schwer gebeutelt zu sein.

»Die Todesfälle haben sich in einem Zeitraum von vierundzwanzig Stunden ereignet. Die beiden Opfer sind Frauen. Man hat ihre Leichen am selben Ort gefunden. Durch einen merkwürdigen Zufall haben beide mitten in der Nacht Doktor Robidoux in der Ambulanz aufgesucht. Tatsache ist, dass Doktor Robidoux der letzte Mann ist, der sie lebend gesehen hat.«

»Welchen Grund hätte ich haben sollen, sie zu töten?«

»Wer sagt, dass Sie sie getötet haben, Doktor? Ich versuche nur Ordnung in meine Gedanken zu bringen. Gestern Nachmittag haben Sie darauf bestanden, auf der Insel zu bleiben. Aus welchem Grund? Warum haben Sie Ihr Abenteuer mit Charlene verschwiegen? Ich habe den Fehler gemacht, Sie nicht mit nach Cap-aux-Meules zu nehmen.«

Der Sergeant machte eine Pause. Robidoux spürte, wie er unter den prüfenden Blicken der Polizisten und Doktor Pépins rot wurde. Phyllis Dickson hielt die Augen gesenkt.

»Heute Morgen fand man die Leiche von Madame Patterson. In ihrem Haus hinterließ sie einen Brief, in dem sie den Mord an Charlene gesteht, und eine Kette, die – wie Timothy Collins schwört – seiner Tochter gehörte. Alles ist klar: Madame Patterson hat sich, von Gewissensbissen geplagt, umgebracht. Nur ein paar Details sind ungeklärt: Erstens das Motiv. Aus welchen Grund sollte Madame Patterson Charlene Collins getötet haben? In ihrem Brief schiebt sie es auf ihre Verrücktheit. Das ist ein schwaches

Argument. Sie war deprimiert, ein bisschen paranoid, aber sie war eigentlich nicht in der Lage, sich auf ihre Nachbarin zu stürzen. Zweitens, der Schlüssel. Das Problem ist klein, aber entscheidend. Warum ist Madame Patterson gegen jede Gewohnheit ohne Schlüssel aus dem Haus gegangen und hat die Tür hinter sich zugeschlagen? Und schließlich, was noch seltsamer ist …«

Der Sergeant steckte eine Hand in die Tasche und holte Charlenes Kette hervor.

»Haben Sie diese Kette schon mal gesehen, Doktor?«

»Ich habe sie an Charlenes Hals gesehen, in der Nacht ihres Todes.«

»In der Nacht, in der Madame Patterson sie ihr abnahm, nicht wahr?«

»Ich weiß nicht. Aber es ist doch wahrscheinlich, wenn man sie bei ihr gefunden hat.«

»Madame Patterson hatte eine Sammlerseele. Was denken Sie von dieser hier?«

Wie ein Zauberkünstler zog der Polizist aus seiner anderen Tasche eine silberne Kette, die der ersten aufs Haar glich.

38

Schöne Laken

Kein Mensch hat ein so gutes Gedächtnis,
um erfolgreich den Weg der Lüge zu gehen.

Abraham Lincoln

In der fünften Klasse musste François Robidoux an einer Laienaufführung der Passion Christi mitwirken. Seine Lehrerin glaubte, ihn vor den Schweißausbrüchen bewahren zu können, die ihm der geringste Vorwurf bescherte, indem sie ihm die Rolle des Pontius Pilatus anvertraute. In ein schönes Baumwolllaken gehüllt, führte er hochherrschaftlich den Vorsitz bei der Verhandlung gegen seinen Rivalen, Denis Goyette. Er erhob sich am Ende, tauchte seine Hände in eine Wasserschüssel und deklamierte: »Ich wasche meine Hände in Unschuld, tut ihr, was ihr für richtig haltet.«
Dann setzte er sich wieder. Abgesehen von der Bedeutung der Rolle, musste er mit der Angst leben, sich bei seinem einzigen Satz zu versprechen. Nur sein Stolz hinderte ihn daran, seine Lehrerin zu bitten, ihn zum Legionär zu degradieren. Tausend Mal wiederholte er seinen Satz, in

der Schule und zu Hause im Badezimmer. Er stammelte nur noch dieses Ich-wasche-meine-Hände ... Nach einem zehntägigen Martyrium, vor etwa vierzig ungeduldigen Elternpaaren, erhob er sich, blasser als seine Toga, und sagte den verdammten Satz in einem solchen Tempo, dass jeder dramatische Effekt abhandenkam. Er setzte sich, erleichtert und überzeugt, ein ganz schlechter Schauspieler zu sein.

Sergeant Krabbe stand vor ihm. Anstelle einer Wasserschüssel hielt er in jeder Hand eine silberne Kette. Mit weit aufgerissenem Mund rang François Robidoux nach Worten, wohl wissend, dass allein seine Überraschung ausreichte, ihn zu überführen.

»Was beweist das?«, fragte er gepresst.

»Gar nichts«, gab Krabbe zu. »Das wirft nur Fragen auf. Warum sollte Madame Patterson Charlenes Kette neben ihren Brief mit dem Geständnis legen, wenn sie eine identische Kette besaß, die in ihrem Schmuckkoffer lag?«

»Aber den Brief hat sie eigenhändig geschrieben, oder?«, fragte Pépin dazwischen.

»Den Brief hat sie eigenhändig geschrieben. Jemand hat sie vielleicht angestiftet, ihn zu schreiben. Derselbe vielleicht, der, um sicherzugehen, dass der Verdacht auf sie fällt, die Kette auf den Tisch gelegt hat, weil er nicht wusste, dass Madame Patterson die gleiche hatte. Er ist hinausgegangen und hat die Tür hinter sich zugeschlagen, obwohl der Schlüssel im Haus lag ...«

Triumphierend zeigte Krabbe den Schlüsselbund der Krankenschwester.

»Irre ich mich, Doktor Robidoux?«

»Zweifellos nicht.«
»Sie haben keine Idee, wer dieser jemand sein könnte?«
»Nicht die geringste.«
»Das sind Sie.«
François Robidoux versuchte, sich zu wundern. Er stand auf, protestierte und wedelte mit den Armen. Er sah in den Augen der Polizisten, schlimmer noch in denen von Doktor Pépin, dass er nicht über die Rampe kam. Er spielte, wie immer, schlecht.
Er senkte die Arme und begann, mit großen Schritten durch den Raum zu gehen. Dank seiner Lügen hatte er jene Glaubwürdigkeit verloren, die es ihm erlaubt hätte, sich an seine erste Version zu klammern. Er hatte keine andere Wahl, als Krabbe von Madame Pattersons Schuld zu überzeugen.
Mit gesenktem Kopf berichtete er die Ereignisse der Nacht, Madame Pattersons Besuch, ihren Weg zum Felsen, den Selbstmord, sein Weg in ihr Haus, die Kette, die er neben den Brief legte, das Tagebuch. Man hörte ihm misstrauisch zu. Einmal lachte Matte sogar.
»Das ist alles, was ich weiß«, schloss Robidoux. »Madame Patterson hat Charlene Collins getötet. Sie hat den Brief eigenhändig geschrieben. Glauben Sie wirklich, sie war der Typ, der sich ein Mordgeständnis diktieren ließe?«
»Sie hat Sie geliebt«, sagte Krabbe.
Diese vier Worte, mit sanfter Stimme gesprochen, zerstörten den Mediziner am Boden. Er setzte sich wieder in seinen Sessel und schüttelte den Kopf.
»Und außerdem hat Ihre Geschichte einen Haken«, fuhr

Krabbe fort. »Das Motiv fehlt. Warum sollte Madame Patterson Charlene Collins getötet haben?«
»Sie wollte es mir nicht sagen. Es war ihr Geheimnis.«
Phyllis Dickson ging ans Telefon. Die neue Krankenschwester der Ambulanz fragte nach François Robidoux. Ein Mann war mit einer Schnittwunde gekommen, die genäht werden musste.
Mit verächtlichem Blick erlaubte der Sergeant dem Arzt, sich zu dem Verwundeten zu begeben. Verstört und mit gebeugtem Rücken ging François Robidoux zwischen den beiden Polizisten hinaus. Auf dem Weg zur Ambulanz versuchte er, die Unterbrechung der Befragung zu nutzen, um neue Argumente zu finden und einen Aktionsplan zu entwerfen. Er dachte einen Moment lang daran, sich zu retten, indem er sich wie Madame Patterson von der Klippe stürzte. Aber das war keine angenehme Lösung.
In der Ambulanz wunderte sich die junge Krankenschwester über die Anwesenheit der Polizisten. Ein großer kräftiger Kerl Mitte zwanzig badete seine Hand in einer Jodlösung. François Robidoux untersuchte ihn und beugte sich zum Hängeregister hinunter, um seine Akte zu suchen. Er sah dem Verwundeten ins Gesicht und versuchte gewohnheitsgemäß, trotz aller anderen Sorgen, von seinem Aussehen auf seinen Familiennamen zu schließen.
»Unter welchem Namen soll ich suchen? Collins?«
»Patterson.«
Die Krankenschwester glaubte, Doktor Robidoux sei betrunken. Etwa fünfzehn Sekunden lang ließ er seine Hand im Register hängen und starrte in das Gesicht seines Pa-

tienten. Im nächsten Moment erhob er sich, ließ ein Triumphgeheul hören und brach in ein irres Gelächter aus. Die beiden Polizisten kamen hinzu. Der Arzt beruhigte sich sofort.
»Machen Sie sich keine Sorgen. Mir ist nur so eine Idee durch den Kopf geschossen.«
Er setzte sich und nähte mit einem stillen Lächeln auf den Lippen die Wunde an der Hand von Thomas Patterson.

39 Der Mann von der Fähre

Einzig, um nicht in der anderen Welt verbrennen zu müssen, in einem riesigen Bottich siedenden Öls, widerstand Madame de Torvel Valmont.
Ich begreife nicht, warum der Gedanke, der Rivale eines riesigen Bottichs siedenden Öls zu sein, Valmont nicht aus Ärger vertrieb.

Stendhal

François Robidoux beendete seine Arbeit. Matte ließ ihn nicht aus den Augen. Allein und seinem Clan gleich zeigte sich Thomas Patterson abweisend und antwortete nur einsilbig auf die Fragen des Arztes.

»Dieser Mann ist Madame Pattersons Sohn«, sagte Robidoux. »Er könnte sicher bei den Ermittlungen helfen.«

Die Polizisten sahen sich an. Matte fragte Thomas Patterson, ob er sie zu Phyllis begleiten würde.

»Ich wüsste nicht, wozu das nützlich sein könnte.«

»Warum sind Sie ins Haus Ihrer Mutter eingestiegen. Haben Sie die Absperrung nicht gesehen?«

»Ich hatte das Recht, in mein Haus zu gehen.«

»Das ist nicht so wichtig«, unterbrach Robidoux. »Ich versichere Ihnen, dass Ihre Anwesenheit sehr nützlich sein wird.«

Der junge Engländer schloss sich mit seiner in einen dicken Verband gewickelten Hand der Truppe an. Die Nacht war hereingebrochen. Der Wind roch nach Seetang und feuchter Erde. Die Scheinwerfer des Jeeps, der unter den gegebenen Umständen vom Bürgermeister ausgeliehen worden war, beleuchteten die Giebel an Phyllis' Haus.

Die Gruppe betrat den Salon. Alle Blicke richteten sich auf den Neuankömmling. Phyllis Dickson, weiß wie Milch, schien sich am liebsten in Luft aufzulösen.

»Das ist der Sohn von Madame Patterson«, erklärte Matte. »Er ist gerade angekommen.«

»Ich habe Ihnen natürlich ein paar Fragen zu stellen«, sagte der Sergeant.

»Ich möchte zunächst einmal etwas klarstellen«, unterbrach ihn François Robidoux.

Er ging zu dem Tisch, auf den Krabbe die beiden Ketten gelegt hatte. Sie waren identisch, dieselben grinsenden Teufel auf den Spitzen eines silbernen Halbmondes.

Er sah dem Sergeant ins Gesicht. Seine Stimme zitterte.

»Sie beschuldigen mich, Charlene und Madame Patterson getötet zu haben. Ich weiß nicht, aus welchen Gründen. Sie vergessen ein Detail, die Ketten. Warum besaßen Madame Patterson und Charlene die gleichen Ketten?«

»Ich weiß es nicht«, sagte Krabbe. »Viele Insulaner sind im Krieg in Hongkong gewesen.«

»Thomas, haben Sie diese Kette schon einmal gesehen?«

Der junge Patterson betrachtete das Schmuckstück. Er hatte es nie am Hals seiner Mutter gesehen.
»Sie haben diese Kette noch nie gesehen?«, beharrte Krabbe.
»Das ist doch ganz normal«, unterbrach Robidoux wieder, »Thomas hat die Insel vor Jahren schon verlassen. Aber es gibt einen anderen Grund.«
»Welchen?«
»Sie war ein Geschenk von Timothy Collins.«
»Selbst wenn das so wäre, warum hat sie sie dann versteckt?«
François Robidoux antwortete nicht. Er näherte sich Thomas Patterson. Der blitzte ihn wütend an. Der Arzt machte auf dem Absatz kehrt.
»Schauen Sie sich Thomas genau an. Er ist kein Patterson, er ist ein Collins.«
In der entsetzten Stille richteten sich alle Augen auf Thomas Patterson. Sobald die Zweifel zurückgedrängt waren, trat die Ähnlichkeit ganz offensichtlich zutage. Thomas war ohne jeden Zweifel der Sohn von Timothy Collins.
»Da haben Sie den Grund für die beiden Ketten, Sergeant. Collins hatte zwei Ketten in Asien gekauft. Eine hat er Gladys Hadfield geschenkt. Die andere hat er behalten, vielleicht als Zeichen für ihre Verbindung. Vor kurzem hat er seine Kette Charlene geschenkt. Die Verbindung wurde zerstört. Vor zwei Tagen entdeckte Gladys fatalerweise die Kette an Charlenes Hals. Sie hat sie getötet. Collins hatte sie einst verführt und dann, schwanger, verlassen. Sie heiratete Bill Patterson und blieb hier. Trotz allem bewahrte sie die Hoffnung, nach dem Tode ihres

Mannes mit ihrer ersten Liebe zu leben. Aber dann kam Charlene zurück. Madame Patterson hatte Timothy Collins ein zweites Mal verloren.«

Thomas Patterson wollte sich auf den Arzt stürzen. Die Polizisten gingen dazwischen. Verwirrung entstand. Krabbe wandte sich an Robidoux.

»Ihre Geschichte reicht nicht aus«, warf er ihm vor. »Ich werde Sie nicht wegen eine vagen Ähnlichkeit laufen lassen.«

»Sie werden es dennoch tun«, sagte Phyllis Dickson langsam. »Denn alles, was er gesagt hat, ist wahr.«

Gestern Abend haben sie Mamas Leiche zur Autopsie gebracht, der Sergeant ist mit den beiden Ärzten zurückgefahren. Die Polizeibeamten sind hiergeblieben, um das Haus zu bewachen. Heute Morgen ist der Sergeant mit einem Detektiv aus Quebec wiedergekommen. Sie haben noch mal alles durchsucht und mit konspirativer Miene ihre Fragen gestellt. Phyllis sagt, dass sie den jungen Arzt frei gelassen haben.

Sie sind gerade erst verschwunden. Ich darf endlich wieder ins Haus. Sie haben Fingerabdrücke genommen, Bücher geöffnet und jedes Kleidungsstück untersucht. Sie haben mir ein Skelett hinterlassen, aus dem die Seele schon verschwunden ist und in dem ich mich fremd fühle. Ich irre durch die unordentlichen Zimmer, halb Kind, halb Mann. Ich schau die Fotos an, einen ganzen Film, bevor ich aufräume.

Ich hole Mamas Koffer herunter und stapele die Fotos, unsere Kinderzeichnungen, alles, was eine Spur Geschriebenes aufweist, den Schmuck, die Kochrezepte und die Geige von Großvater Patterson. Ich lege die Erinnerungen an ihre Schwiegermutter zur Seite. Ich habe nun mal zwei Gesichter – wie der Mond.

Im Hof entzünde ich ein Feuer. Ich verbrenne den ganzen Rest, Kleidung, Bücher, Kleinkram. Die Raben krächzen laut und fliegen von einem Pfahl zum anderen. Aus den Nachbarhäusern beobachten sie mich. Ich weiß, die Söhne von Bill Patterson waren immer schon ziemlich seltsam. Der eine ist verrückt, der andere hochmütig. In meinen Adern fließt das Blut der Collins. Künstlerblut. Ich kann mich an keinen Moment erinnern, in dem Timmy mich beachtet hätte. Er wusste es aber. Warum hat er mich immer so fasziniert? Mamas wegen habe ich ihn gehasst.
Ich wasche die Laken und räume auf. Der beißende Geruch des Rauches dringt durch die Fenster.
Das Haus ist glatt wie Stein. Meine Mutter lebt weiter in meinem Kopf und in diesem Karton mit dem alten Papierkram. Das Leben ist ein riesiger Ofen: Wenn man ihn verlässt, bleiben nur Schlacken, Bilder, Erinnerungen, eine Farce, die zwei Generationen später schon keine Bedeutung mehr hat. Ein weißer Stein auf einem Hügel neben der Kirche.
Ich habe darauf bestanden, dass Robert an der Beerdigung teilnimmt. Wenn er in Begleitung eines Pflegers an Land kommen wird, wird er die Orte seiner Kindheit nicht wiedererkennen, der arme Irre. Er wird sich durch die Räume schleppen und seine Delirien wiederkäuen. Ich werde ihn in meine Arme nehmen. Er wird nichts fühlen, wie immer. Mamas Tod wird ihm vielleicht einen Ausweg liefern.
Jemand rüttelt an der Tür. Die Freundin des Pastors, mit roter Mähne, kommt herein und entschuldigt sich. Sie will das Haus den Winter über mieten. Der Handel ist rasch abgeschlossen. Sie zögert ein wenig. Sie will über

die Ereignisse reden. Ich werfe sie raus. Sie läuft in großen Schritten zum Leuchtturm. Der Himmel hat sich wieder verdunkelt. Die Insel verschwindet im Nebel.
Ich hab den Dachboden vergessen. Ich stelle die Leiter an. Ganz nah bei der Luke finde ich Roberts Wiege. Mama wollte sie sicher runterholen und mir schicken.
Die Dachluke steht offen. Ich gehe hin, um sie zu schließen. Ein Ölbild steht mit dem Gesicht zur Wand. Unter dem Staub erscheint der Körper einer jungen Frau, über der Schulterlinie das Gesicht meiner Mutter. Unten am Bildrand, beinahe unleserlich, Collins' Signatur. Abgesehen von mir ist das alles, was von ihrer Verbindung bleibt.
Ich nehme das Bild mit hinunter und packe es in zwei Müllsäcke. Der Wind hat gedreht und weht den Rauch ins Haus. Ich stelle das Bild neben den Karton mit dem Papierkram, gehe hinaus und verschließe die Tür hinter mir. Ich besuche Timmy Collins.

Val McDermid

Das Moor des Vergessens

Roman

In der Idylle des Lake District wird eine zweihundert Jahre alte Moorleiche entdeckt. Der Tote weist bizarre Tätowierungen aus der Südsee auf und bestärkt einen Verdacht, den die junge Literaturwissenschaftlerin Jane Gresham schon länger hegt: Könnte es sich um die sterblichen Überreste von Fletcher Christian handeln, jenem legendären Anführer der Meuterei auf der Bounty? Ist er damals vielleicht heimlich zurückgekehrt und hat mit seiner abenteuerlichen Geschichte William Wordsworth, dem berühmten Dichter und Jugendfreund, den Stoff für ein verschollenes Meisterwerk geliefert? Jane scheint nicht die Einzige zu sein, die auf der Suche nach dem wertvollen Manuskript ist. Denn plötzlich geht der Tod um …

Knaur Taschenbuch Verlag

Reginald Hill

Welch langen Weg die Toten gehen

Roman

Ein Freitod, wie er perfekter kaum inszeniert sein könnte: im Hintergrund klassische Musik, auf dem Schreibtisch ein Gedichtband, um den Abzug des Gewehrs ein seidener Faden. Vor zehn Jahren hat sich der Unternehmer Palinurus Maciver in seinem Arbeitszimmer erschossen. Nun tut es ihm sein Sohn gleich, auf genau dieselbe zeremonielle Art und Weise. Doch war es wirklich Selbstmord? Andrew Dalziel, Chef der Polizei von Mid-Yorkshire, und Detective Chief Inspector Peter Pascoe beginnen zu ermitteln.

Knaur Taschenbuch Verlag

Nicole Jamet
Marie-Anne Le Pezennec

Dolmen

… vergessen sollst du nie

Die Polizistin Marie Kermeur kehrt zurück auf ihre bretonische Heimatinsel, um ihrem Jugendfreund das Jawort zu geben. Am Hochzeitsmorgen passiert das Entsetzliche: Sie entdeckt bei einem Spaziergang am Strand die Leiche ihres Bruders. In seiner Hand findet Marie eine rätselhafte Botschaft in bretonischer Sprache. Als einer der Menhire aus dem mystischen Steinkreis zu bluten anfängt, ist Marie sich sicher: Es war kein Unfall! Aber hat all das wirklich mit einer jahrhundertealten Legende zu tun? Da geschieht auch schon ein weiterer Mord …

»Nervenkitzel pur!«
Münstersche Zeitung

Knaur Taschenbuch Verlag

Jean Lemieux

Das Gesetz der Insel

Roman

In einer regnerischen Oktobernacht verschwindet auf einer nebligen Insel vor der kanadischen Küste die Tochter des Bürgermeisters. Bei der Entdeckung der Leiche deutet alles auf einen Ritualmord hin, doch der örtliche Polizist André Surprenant glaubt nicht daran – im Gegensatz zu Oberleutnant Gringas, der angesichts der ungewöhnlichen Umstände des Mordes vom Festland herübergekommen ist, um den Fall zu klären. Auf der Insel, deren Einwohner er sehr gut kennt, macht sich André mit unkonventionellen Mitteln auf die Suche nach dem Mörder. Dabei kommt er nicht nur einer makabren Inszenierung auf die Spur, sondern auch zahlreichen Geheimnissen, die besser nicht zu Tage befördert worden wären …

»Ein Thriller von der Stange, aber die
liegt ziemlich hoch.«
Oldenburgische Volkszeitung

Knaur Taschenbuch Verlag